FEDERHERZ
VERLAG

Liz Rosen

HEARTLESS REVENGE

EIN BABY FÜR DEN MAFIABOSS

Enthält sensible Themen

Eine genaue Auflistung aller in diesem
Buch enthaltenen Triggerthemen findest du auf:
www.federherzverlag.de/trigger

HEARTLESS REVENGE
Ein Baby für den Mafiaboss

Bildmaterial: Shutterstock, Freepik
Korrektorat: Anna Schlutter

Bestellung und Vertrieb: Nova MD GmbH, Vachendorf

ISBN: 978-3-98595-403-2

Druckerei Smilkov Print Ltd
Pokrovnishko shose
2700, Blagoevgrad

Federherz Verlag
Süntelstraße 70
31848 Bad Münder
www.federherzverlag.de
Instagram: @federherz.verlag

Für alle Frauen, in denen nicht nur ein Engel, eine Kriegerin und eine Hure steckt, sondern auch ein Schwanz.

TRIGGERWARNUNG

Bist du dir sicher, dass du diesen Weg gehen willst, kleiner Engel? Der Pfad ist lang, steinig und er führt nur in den Abgrund. Zu mir. In die Hölle. Deine Füße werden bluten, Blasen werden sich auf deiner Haut bilden und du wirst vor Schmerzen schreien. Immer und immer wieder. Jeder Millimeter deines Körpers wird vor Qualen brennen. Du wirst um Gnade flehen, aber es wird nicht aufhören. Nicht, bevor du das Ende nicht erreicht hast. Ist es das, was du willst? Nein? Dann schlag das gottverdammte Buch zu und lauf dahin zurück, wo du hergekommen bist! Auf deiner kuscheligen Wolke gibt es keine Gewalt, keine Drogen und keinen Tod. Keine vulgäre Sprache oder Verräter, die ein falsches Spiel spielen. Dort wirst du mir – dem Teufel – niemals begegnen. Dann kannst du dir weiterhin einbilden, dass alle Menschen immer nett zueinander sind, wir alle Kinder lieben und Sex nur der Fortpflanzung dient. Doch solltest du auch nur einen Schritt vorwärts machen, kann dir niemand mehr helfen. Nicht deine Freunde, deine Familie, nein, nicht einmal Gott. Niemand. Denn dann gehört dein Leben der Dunkelheit. Und bei einer Sache kannst du dir hundertprozentig sicher sein: Am Ende des Weges bist du kein Engel mehr. Ich werde dir deine Flügel brechen, deinen Heiligenschein zum Erlöschen bringen und dein gutes Herz in tausende Stücke zerfetzen. Bis nichts mehr davon übrig bleibt und all deine Liebe sich in grenzenlosen Hass umwandelt, weil sie dich zwingt, bei mir zu bleiben. Deine Seele wird mir gehören. Genau wie dein Körper. Für immer. Bist du bereit, kleiner Engel? Der Abstieg in die Hölle beginnt jetzt und du bist dumm genug, den Weg anzutreten. Doch sei gewarnt: Die *Bratwa* hat kein Mitleid. Auch nicht mit Engeln wie dir.

PLAYLIST

Big Guns – Dorothy
Para-noir – Marilyn Manson
Loser – Neoni
Forever Angel – Axel Rudi Pell
Cravin' – Stileto, Kendyle Paige
Bette Davis Eyes – Kim Carnes
Monster – Beth Crowley
I never wanna die – Bea Miller
Show & Tell – Melanie Martinez
I Want My Tears Back – Nightwish
Angels Like You – Miley Cyrus
Don't Blame Me – Taylor Swift
My Redemption – Halestorm
This house is not a home – Munn
I Hate Everything About You – Three Days Grace
Dead Or Alive – Stileto
Cinderella's dead – EMELINE
Noise – Nightwish
Nightmare – Neoni

PROLOG

MIKHAIL

»Ich weiß es nicht.« Sein Wimmern klang wie Musik in meinen Ohren und ließ mich lächeln, obwohl ich dem Arschloch für seine Lügen gern mein Messer in den Hals gerammt hätte. Schon seit Stunden saß er nun vor mir auf dem klapprigen, alten Holzstuhl im Keller und wehrte sich gegen die Kabelbinder, die ihm das Blut abschnürten und dafür sorgten, dass er sich kaum bewegen konnte. Ängstlich rutschte er auf der Sitzfläche herum und versuchte, seine Arme loszureißen, wodurch er aber nur erreichte, dass sich die provisorischen Fesseln tiefer in sein Fleisch gruben. Die Haut an seinen Hand- und Fußgelenken war bereits gerötet und in seiner linken Handfläche steckte eine Klinge, die seine Finger zwang, auf der Holzlehne zu bleiben. Blut lief über das Holz und tropfte auf den Boden. Neben seinem linken Bein hatte sich bereits eine kleine Blutlache gebildet, in der ich mich bei dem schummrigen Licht spiegeln konnte. Der Geruch nach Verwesung, Blut und Tod lag in der

Luft, während mein neuestes Opfer immer wieder ängstlich zu den beiden Leichen sah, die in der Ecke darauf warteten, dass irgendwer sie entsorgte. Jeder, nur ich nicht.

»Bitte! Ich habe keine Ahnung«, beteuerte der Arzt erneut und sog die Rotzblase, die sich an seinem rechten Nasenloch bildete, wieder zurück in die Nebenhöhlen. Angewidert wandte ich den Blick ab und hob eine Augenbraue, als ich auf den Tisch neben mir sah. Die Platte war ebenfalls schon blutgetränkt, genau wie die Geräte, die darauf ausgebreitet waren. Intuitiv griff ich nach einem Skalpell und drehte mich dann wieder zu Dr. Iwanow. Dem Leibarzt unserer Familie. Er hatte mich sogar entbunden und vor mir meinen *Otez*. Meinen Vater. Und jetzt – so viele Jahre später – hatte er die Familie verraten. Und wofür? Geld? Macht? Einfluss? Nichts davon würde ihm jetzt noch helfen.

Blitzschnell drückte ich das dünne Messer an seine Wange und zog es über die blasse Haut. Schweißperlen standen ihm auf der Stirn und Tränen schwammen in seinen Augen. Wusste er bereits, dass er diesen Raum nicht mehr lebend verlassen würde? Bereute er schon, sich gegen die *Morosows* gestellt zu haben?

»Dann solltest du deine Gehirnzellen benutzen, *predatel'*. Sonst wirst du noch mehr verlieren als nur deine Würde«, drohte ich und genoss den Anblick der Bluttropfen, die über seine Wange liefen, während der Schnitt in seinem Gesicht immer größer wurde. Präzise zog ich das Skalpell über seine Wange, bis zur Nase und auf die andere Seite. Der Doktor schrie verzweifelt auf vor Schmerz und ein Zittern schüttelte seinen Körper. Der Ton, der aus seinem Mund kam, wurde leiser, als ich das Messer von der Haut entfernte. Er verwandelte sich in ein Wimmern.

»Sie haben es weggebracht, ohne es auch nur einmal auf den Arm zu nehmen.« Ein Schluchzen drang aus seiner Kehle. Flehend blickten seine Augen zu mir auf, bevor sie sich auf Danilo richteten, der hinter mir an der Wand stand und wartete, bis es vorbei war. Genau wie ich wollte er das Kind der Rossijas finden, um auch noch den letzten Erben der Familie auszuschalten, aber keine Spur führte uns zu dem Kind, das in der Zwischenzeit immer älter wurde. Zumindest hatte Danilo endlich alle Beteiligten gefunden, die geholfen hatten, das Baby vor der Welt zu verstecken. Grinsend sah ich zu den beiden Leichen, die übereinanderlagen und nur noch von zerrissenen Stofffetzen umhüllt wurden. Der Anästhesist, der die Narkose gelegt hatte, musste als Erstes dran glauben und danach die Krankenschwester, die nicht lange durchgehalten hatte. Schon nach wenigen Minuten war sie mit meinen Händen um ihren Hals erstickt, ohne auch nur eine weitere Silbe von sich geben zu können, nachdem ihre letzten Worte gewesen waren, dass sie nichts wusste. Und das schien alle Beteiligten zu verbinden: Niemand hatte eine Ahnung, wo das Baby abgeblieben war. Es war fast, als wäre es vom Erdboden verschluckt worden. Oder als hätte es niemals existiert. Doch das konnte beides nicht der Fall sein.

»Wo haben sie es hingebracht?«, fragte ich und stellte mir vor, wie das arme, schreiende Wesen blutüberströmt aus seiner *Mat´* kam und, ohne gesäubert zu werden, durch Unmengen von Händen gewandert war, nur, damit sie es verschwinden lassen konnten. Hatten sie dem Bündel einen Namen gegeben, bevor es bei Nacht und Nebel aus dem Anwesen der Rossijas getragen worden war? Vermutlich nicht. Tatjana und Sergej Rossija waren nicht für ihre Herzlichkeit oder Sentimentalität bekannt gewesen. Keiner bei der *Bratwa* war das. Auch ich nicht. Ich hatte kein Mitleid mit Dr. Iwanow – egal, wie lange wir uns schon kannten. Er hatte es gewagt, für meine Feinde zu arbeiten und das war etwas, das ich nicht durchgehen lassen konnte. Niemandem. Sonst würde ich bald nicht mehr der *Don* sein und nur Gott weiß, wie viel es mich gekostet hatte, um dahin zu kommen, wo ich jetzt war. Ich seufzte schwer und vertrieb die aufkommenden Gedanken an *Otez* und meinen Onkel, die ebenfalls Verräter waren. Ob sie wussten, wo sich das Kind befand? Ich betete, dass es nicht so war. Wenn der Wurm ihnen vor mir in die Hände fiel, würden sie die Chance nutzen, um doch noch die Herrschaft an sich zu reißen. Und das würde ich nicht zulassen, selbst wenn ich dafür ein unschuldiges Baby töten musste. Die *Bratwa* gehörte mir. Und nur mir.

Zähneknirschend hielt ich das Skalpell an Dr. Iwanows Kehle. Sein Adamsapfel hüpfte nervös auf und ab. Er schluckte mehrmals, als würde er den Kloß in seinem Hals einfach nicht loswerden. Seine Augen traten ein Stück aus den Höhlen, als er ahnte, was als Nächstes passieren würde.

»Ich weiß es wirklich nicht. Ich ... Nein! Nein, bitte!«, schrie Dr. Iwanow flehend, rührte sich jedoch keinen Millimeter aus Angst, das Skalpell könnte seine Kehle verletzen. Er war Arzt. Er wusste, was solche Verletzungen bedeuten würden. Den sicheren Tod. Hier – im Keller meines Anwesens – war es kalt, feucht und es wimmelte vor Ungeziefer, die sich langsam um die Leichen auf dem Boden scharrten. Vielleicht würde sich die Entsorgung so von selbst erledigen.

»Ich möchte nicht noch einmal fragen.« Meine Stimme hallte an den steinernen Wänden wider. Sie war tief und klang wie dröhnender Donner. Stark, machtvoll und beängstigend. Stolz breitete sich in meiner Brust aus. Ich war gut darin. Der Beste, trotz meines jungen Alters. Und das würde ich mir von niemandem nehmen lassen.

»Bitte.« Wieder wimmerte Dr. Iwanow. Er presste die Augenlider fest zusammen, als könnte er verhindern, dass ich ihn ansah, wenn er mich nicht mehr erblicken konnte. Ich dachte, an diesem Irrglauben würden nur Kinder festhalten, aber wenn mich der beißende Geruch nach Urin nicht täuschte, hatte der Doktor mehr mit einem sich einnässenden Kind gemeinsam, als ich je vermutet hätte. Ich verzog meine Lippen. Meine Mundwinkel zuckten. Doch so sehr mich die Situation auch amüsierte, so sehr frustrierte sie mich auch und langsam verlor ich die Geduld. Einer von ihnen musste etwas wissen. Irgendwas. Den Namen des Kindes. Den Ort, an den es gebracht worden war oder wenigstens die gottverdammte Blutgruppe.

»Du hörst dich an wie eine Hure, die nach meinem Schwanz bettelt. Nur amüsierst du mich leider viel weniger.« Ein Knurren verließ meinen Mund und ich atmete angestrengt durch die Nase aus. Meine Nasenflügel bebten. Die warme Luft erzeugte Dampfschwaden in der Kälte des Kellers. Ich drückte das Skalpell fester gegen seinen Hals.

»Ich habe es nur entbunden. Das war meine einzige Aufgabe. Danach habe ich nie wieder für die Rossijas gearbeitet. Ich schwöre es! Bitte! Ich sage die Wahrheit. Ich bin den Morosows treu ergeben.« Die ersten Tränen liefen seine Wange hinab, als er die Augen wieder öffnete. Flehend richteten sich seine geweiteten Pupillen auf mich. Er log. Ich wusste bereits, was genau er wann getan hatte. Ich hatte die letzten Tage nichts anderes gemacht, als herauszufinden, wo alle Beteiligten in den letzten Jahren gewesen waren und Dr. Iwanow hätte lieber täglich ins Bett zu seiner hässlichen Frau und den zwei noch unattraktiveren Töchtern gehen sollen, statt sich in den Bordellen der Rossijas herumzutreiben und von ihnen Geld zu kassieren. Hatten wir ihn schlecht bezahlt? Diese Frage stellte ich mir ständig, aber eine wirkliche Antwort hatte ich darauf nicht. Vermutlich hätte ihm kein Geld der Welt gereicht. Er war gierig und hatte immer mehr gewollt. Und was wäre da besser, als auf den Gehaltslisten *beider* der mächtigsten Mafiafamilien von Russland zu stehen? Das würde ihm jetzt das Leben kosten.

»Das kannst du deinem Schöpfer erzählen, wenn du ihn triffst. Vielleicht glaubt er die Worte, die aus deinem stinkenden Mund kommen.« Denn ich würde es nicht. Keine Silbe. Er hatte die Huren der Rossijas behandelt, ihre Mitglieder, die wir angeschossen hatten, verarztet und schlussendlich hatte er sogar das Balg auf die Welt gebracht, das mir meinen Posten kosten könnte.

»Nein, bitte! Ich sagte doch ...« Weiter kam Dr. Iwanow gar nicht mehr, bevor ich das Skalpell tiefer in sein Fleisch presste und seine Kehle durchtrennte. Sofort sprudelte Blut aus der klaffenden Wunde. Die Augen des Arztes drehten sich nach hinten, bis ich die Pupillen kaum noch erahnen konnte. Ein Gurgeln drang aus seiner Kehle und kurz darauf füllte sein geöffneter Mund sich mit roter Flüssigkeit, die über seine Lippen lief.

»Er wirkte nicht, als hätte er gewusst, wo das Kind hingebracht wurde«, ertönte Danilos Stimme und zog somit meine Aufmerksamkeit auf sich. Er stieß sich von der Wand hinter ihm ab und schlenderte mit großen Schritten auf mich zu. Grinsend sah er auf die Leiche, die durch die Kabelbinder in einer aufrechten Position sitzen blieb. Nur der Kopf hing nach unten und verdeckte die Wunde am Hals. Ein weiterer Toter, eine weitere Leiche, die es zu entsorgen galt. Zumindest hatte das Gewusel der Ratten in der Ecke dann eine weitere Berechtigung, mir auf die Nerven zu gehen.

»Nein, er hatte vermutlich keine Ahnung. Aber irgendwer muss es wissen.« Zumindest hoffte ich, dass es noch irgendwer wusste, der lebte. Seit der Geburt des Kindes war viel passiert. Die Familie Rossija hatten wir beinahe ausgelöscht und auch von uns waren nur noch wenige übrig. Der Krieg hatte auf beiden Seiten ihren Tribut gefordert, aber am Ende hatten wir gewonnen. Ich. Und nun gehörte beinahe ganz Russland den Morosows. Ob es das wert war? Keine Ahnung. Wir hatten so viel verloren, aber es war besser irgendwas für die Opfer zu bekommen, die wir gebracht hatten, als mit leeren Händen auszusteigen. »Haben wir die Hebamme gefunden?«

»Ja.« Danilo nickte, griff nach einem der Messer auf dem Tisch und zertrennte damit die Kabelbinder. Wie ein nasser Sack fiel die Leiche von Dr. Iwanow auf den Boden – genau in die Blutlache. Die Flüssigkeit spritzte auf meine Hosenbeine und verfärbte punktuell den Stoff meiner Jeans, aber es kümmerte mich nicht. Die Kleidung würde ich sowieso loswerden, wenn die Befragungen vorbei waren und ich endlich dieses Kapitel in meinem Leben abschließen konnte.

»Bring sie als Nächstes rein«, befahl ich und trat gegen die Leiche zu meinen Füßen, damit sie auf dem Bauch landete. Ich bückte mich, griff nach den Handgelenken und schleifte den massigen Körper über den

Boden. Dabei hinterließ Iwanow eine Spur aus Blut und Urin auf dem Untergrund. Angewidert hielt ich den Atem an. Fuck, der Typ stank jetzt schon zum Himmel.

»Es würde mir nicht im Traum einfallen, deine Entscheidungen infrage zu stellen, aber was passiert, wenn wir es nicht finden? Vielleicht weiß keiner von ihnen, wo der Satansbraten abgeblieben ist«, gab Danilo zu bedenken und sprach damit meine größte Angst aus. In diesem Krieg hatten so viele Menschen ihr Leben gelassen. Natürlich war die Chance groß, dass alle, die den Aufenthaltsort des Kindes kannten, nun tot waren. Genau das war Tatjana Rossijas Plan gewesen. Sie wollte dafür sorgen, dass ihre Familie nicht ausstarb und versteckte deshalb ihr Baby irgendwo im Nirgendwo, damit es irgendwann dem Familiennamen alle Ehre machen konnte. Aber diesen Plan würde ich vereiteln und wenn es das Letzte war, was ich tat.

»Ein Kleinkind löst sich nicht in Luft auf, Danilo. Es ist irgendwo in Russland und solange das der Fall ist, droht immer das Risiko, dass es irgendwann die *Bratwa* übernehmen möchte.« Ich schleppte Iwanows Körper ins Eck zu den anderen, wobei das Quietschen einer Ratte und der fleischige Untergrund, auf dem ich stand, mir zeigte, dass ich besser aufpassen sollte, wo ich hintrat, weil die Biesterchen mir nicht schnell genug auswichen.

»Niemand wäre dumm genug, sich dir in den Weg zu stellen.« *Nicht mehr*. Die letzten Worte blieben ungesagt und so sehr ich auch hoffte, dass er recht hatte, ich konnte mich nicht darauf verlassen. Auch wenn ich mir mit Gewalt meinen Weg an die Spitze erkämpft hatte, würde es immer jemanden geben, der jemanden in meinem Alter nicht auf dem Thron der Mafia sitzen sehen wollte, oder sich selbst für geeigneter für diesen Posten hielt. Ich würde kein Risiko mehr eingehen. Die Erfahrung hatte gezeigt, dass ich niemandem vertrauen konnte. Nicht einmal meiner eigenen Familie.

»Sag das nicht. Ich habe die Rossijas einmal unterschätzt. Diesen Fehler werde ich niemals wieder machen.«

EINS

LEANA

20 JAHRE SPÄTER

»*Es ist nicht das, wonach es aussieht.*« Noch immer hallten Kirills Worte in meinen Ohren wider, während ich meinen Spind zuschlug und mein Outfit für den heutigen Tag, oder besser gesagt Abend, zurechtzupfte, bis keine Falte mehr im Stoff zu sehen war. Der kurze Minirock reichte geradeso über meinen Hintern, damit niemand den Ansatz meiner Pobacken sehen konnte, und schmiegte sich wie eine zweite Haut an meinen Körper. Aber das war immer noch besser als das lederne Top, das mit einer Schnürung über der Brust zusammengehalten wurde und an jeder Stelle ziepte. Ich fühlte mich nackt, obwohl ich Kleidung trug. Früher hätte ich gedacht, dass das nicht möglich war. Heute wusste ich es besser. Inzwischen war mir klar, wie dumm ich gewesen war, zu heiraten, sobald ich volljährig wurde. Es war nur einer von vielen Fehlern, die ich in meinem letzten Lebensabschnitt gemacht hatte. Fünf Jahre Ehe. Fünf Jahre war ich die perfekte Frau.

Fünf Jahre durfte er mich herumschubsen, mich schlagen und in sein Bett befehlen. Und wofür? Keine Sekunde hatte er mich glücklich gemacht, nachdem sein Ring endlich an meinem Finger steckte. Dünn war er gewesen und aus purem Gold, dennoch hatte er sich wie eine Fessel angefühlt, die mich zwang, an Ort und Stelle zu bleiben. Vermutlich wäre ich das sogar. Ich hätte ihn nicht verlassen. Niemals, auch wenn ich selbst nicht beschreiben konnte, weshalb. Nach all den Heimen, den Pflegefamilien und den Wochen, die ich obdachlos gewesen war, während ich versucht hatte, einen Job für Minderjährige zu ergattern, war ich wahrscheinlich einfach froh gewesen, irgendwo angekommen zu sein. Aber konnte ein Gefängnis jemals ein Zuhause werden? Keine Ahnung und nun würde ich es nicht mehr herausfinden. Ich würde nicht mehr zurückkehren. Nie wieder. Zwei Monate waren vergangen, seit ich ihn verlassen hatte. Von einem Tag auf den anderen. Dennoch hatte ich die Szene, die sich mir bot, als ich eines Tages vom Wocheneinkauf zurück in die Wohnung spazierte, noch genau vor Augen. Kirill, wie er stöhnend das Gesicht verzog und sein Becken ruckartig nach vorn bewegte. Die blonde Schlampe, die vornübergebeugt auf unserer Couch lag und sich von hinten von meinem Ehemann ficken ließ, während ihre langen Haare ihren nackten Rücken verdeckten. Keuchen vermischte sich mit Stöhnen. Schweiß stand beiden auf der Stirn. Der Gestank nach Sex lag in der Luft und verpestete die ganze Wohnung. Mein Herz stolperte bei der Erinnerung, als würde es den Schock wieder und wieder erleben. Verdammt! *Es ist nicht das, wonach es aussieht.* Tja, und was war es dann gewesen? Welche Erklärung hätte er mir aufgetischt, wenn ich geblieben wäre, um sie mir anzuhören? Hätte er sich überhaupt die Mühe gemacht, sich zu verteidigen, während er noch tief mit dem Schwanz in seiner Sekretärin steckte? Seine Sekretärin! Ausgerechnet seine Sekretärin, als wären wir ein lebendiges Klischee. Ich schnaubte frustriert und griff nach der Schnürung oberhalb meiner Brust, um sie enger zu ziehen. Meine Brüste wurden schmerzhaft aneinandergepresst, dafür entstand ein wunderschön anzusehender Ausschnitt, der mir bestimmt viel Trinkgeld einbringen würde. Außerdem half das unangenehme Ziehen mir, mich zu beruhigen. Es brachte nichts, darüber nachzudenken, was gewesen wäre. Denn die Wahrheit war, ich war nur einen Moment lang erstarrt und wie angewurzelt stehen geblieben, bevor ich endlich erkannt hatte, dass Kirills Verhalten mich irgendwann umbringen würde. Vielleicht nicht an diesem Tag oder am nächsten, doch irgendwann würde ich daran zerbrechen und darauf hatte ich nicht warten wollen. Also tat ich das Einzige, was mir logisch erschien. Ich ließ die Einkäufe fallen, wobei eine Packung Milch durch das Gewicht der anderen Lebensmittel zerdrückt wurde und sich über den ganzen Boden ergoss, und schnappte mir meine Handtasche, um zu verschwinden. Ich dachte wirklich, dass ich es wieder auf der Straße schaffen würde. Das hatte ich schließlich als Jugendliche auch. Ein Blick in den Spiegel verriet mir jedoch, dass ich mich geirrt hatte.

Meine braunen Augen hatten ihren Glanz verloren und meine Haut war blass, fahl, farblos. Ich hatte zehn Kilo abgenommen, obwohl ich davor schon wenig gewogen hatte, dennoch hatte ich keinen Hunger. Eigentlich nie, weil mein Magen inzwischen die Größe einer Erbse haben musste. In meiner Tasche war kaum genug Geld für eine Woche Essen gewesen und danach … na ja, ich hatte anscheinend vergessen, wie hart es war, draußen zu schlafen, wenn der Winter hereinbrach und man nicht einmal eine Jacke, geschweige denn eine Decke hatte, die einen warmhielt.

»Leana?« Irinas Stimme riss mich aus der Betrachtung meines erschöpften Gesichts und das Klackern ihrer High Heels kündigte an, dass sie auf dem Weg zu mir war. Schon nach wenigen Sekunden erschien sie hinter mir im Spiegel und lehnte sich an die Spinde, die neben dem Wandspiegel aufgereiht waren.

»Was?« Schnell griff ich nach meinem Lippenstift und zog meinen Mund damit nach. Zwar wirkte der Farbton viel zu stark auf meinem blassen Gesicht, aber die Kunden würden es bestimmt mögen und vielleicht würde die Schminke von den Augenringen ablenken, die sich nach einer weiteren schlaflosen Nacht nicht mehr zurückbilden wollten. Ich war müde und ich wollte nicht hier sein, auch wenn ich wusste, dass ich pures Glück gehabt hatte, ausgerechnet auf einer Bank vor dem Club zu landen und als hübsch genug bewertet worden zu sein, um hier zu arbeiten, nachdem ich keinen Wohnsitz mehr hatte und keine Papiere, um mich auszuweisen und mir einen richtigen Job zu suchen. Und es gab Schlimmeres, als halbnackt ein paar Tische abzuwischen und zur Musik zu tanzen, nicht wahr? Wenigstens würde mir hier niemand die Nase brechen, weil das Essen nicht pünktlich auf dem Tisch stand, oder er einen Staubkorb auf dem Boden fand.

»Deine Schicht beginnt gleich«, erinnerte Irina mich und sah auf ihre Armbanduhr hinab, die viel zu protzig an ihrem dünnen Handgelenk aussah. Sie wippte angespannt mit dem Bein und ihre Augenbrauen waren nachdenklich zusammengezogen. Etwas, das bei ihr immer der Fall war. Langsam, aber sicher glaubte ich sogar, dass ihre Brauen zusammengewachsen waren, so ernst wie sie ständig durch die Gegend sah. Aber heute konnte ich es verstehen. Jeden Dienstag eigentlich. Das Treffen der Eigentümer fand im Club statt und an diesem Tag musste alles perfekt funktionieren. Keine Fehler waren erlaubt, es sei denn, man wollte seinen Job riskieren und das wollte ich definitiv nicht. Am Ende war er alles, was ich noch hatte. Nachdem ich praktisch aus meinem Zuhause geflüchtet war, hatte ich die Stadt verlassen und meine Haare abgeschnitten, sodass sie nun knapp meine Schultern berührten. Und mit meinem ersten Gehalt hatte ich sie sogar gefärbt in der Hoffnung, dass mich so niemals jemand erkennen würde. Kirill durfte mich nicht finden. Eine Weile hatte ich geglaubt, er würde mich sowieso nicht suchen – jetzt, wo er seine Sekretärin hatte. Doch das war eine Illusion, in der ich drohte, mich zu verlieren. Es ging bei uns niemals um Liebe oder Lust. Sondern um Macht. Ihm hätte ein ganzer Harem gehören können, er würde mich nicht in Frieden lassen, weil ich ihm etwas weggenommen hatte. Es seiner Macht entzogen hatte. Mich. Und ich war sein allerliebstes Spielzeug gewesen.

»Ich bin jede Sekunde fertig.« Meine Stimme klang zittrig. Angst schnürte mir die Kehle zu und Tränen schossen mir in die Augen, als alle Gefühle wieder in mir hochstiegen. Zwei Monate – solange hatte ich es geschafft, unerkannt zu bleiben und mich vor der Welt zu verstecken. Seit einundsechzig Tagen war ich frei, aber für wie lange noch? Überall sah ich sein Gesicht. Es verfolgte mich wie mein eigener Schatten und jagte hinter mir her, ohne dass ich wirklich davor fliehen konnte. Ich hörte immer wieder dieses Stöhnen, das er ausgestoßen hatte, bevor es sich in ein wütendes Schnauben verwandelt hatte, als er meine Störung bemerkte. Und ich hatte mich im ersten Augenblick sogar schlecht gefühlt, dafür, dass ich ihn unterbrochen hatte. Dabei war er es, der gerade mich betrog, nach fünf Jahren Ehe. Fünf Jahre, die ich verschwendet hatte mit Schmerzen, Angst und Resignation. Ich blinzelte die aufkommenden Tränen weg und drückte den Rücken durch. Irina hatte recht, in wenigen Minuten begann meine Schicht und wir waren sowieso schon unterbesetzt. Eine heulende Kellnerin wollte niemand sehen. Wir hatten hübsch auszusehen und das war alles. Man sollte uns sehen und auf keinen Fall hören. Ein Schluchzen würde schließlich die Partylaune der Gäste zerstören.

»Sehr gut!« Gespielt erfreut klatschte Irina in die

Hände und trat einen Schritt auf mich zu. Im Spiegel konnte ich beobachten, wie ihre Augen meinen Körper scannten und meine Arbeitskleidung beurteilte. Der Drang, unter ihrer Musterung zusammenzuzucken, war stark, doch im Gegensatz zu der Situation vor fünf Wochen konnte ich dem jetzt Gefühl standhalten. Sie würde mich nicht schlagen, wenn ihr nicht gefiel, was sie sah. Nicht so wie *er*. Das wusste ich. Dennoch war die Panik mein ständiger Begleiter. Heute schien ich jedoch Glück zu haben. Ein Lächeln bildete sich auf Irinas Lippen und sie nickte mir freundlich zu, bevor sie wieder den Mund öffnete. »Übernimmst du das Separee? Olga ist krank und ich will ungern Ewa zu den Geschäftsmännern schicken«, bat sie und der Knoten, der mit jeder Sekunde, in der ich von meiner Panik beherrscht wurde, größer wurde, wuchs weiter an. Das Separee? Das konnte nicht ihr Ernst sein. Olga bediente das Separee und die Eigentümer des Clubs. Immer. Sogar letzten Monat, als ihre Babysitterin abgesagt hatte, kam sie samt Kind, schob ihre Tochter mir zu und kümmerte sich um die wichtigen Gäste. Kein Wunder, immerhin gaben die Herren unverschämt viel Trinkgeld. Etwas, das ich durchaus gebrauchen konnte. Vielleicht würde ich es dann schaffen, mir ein richtiges Zimmer leisten zu können, anstatt weiterhin bei Ewa auf ihrer alten Matratze zu schlafen. Ein warmes Gefühl breitete sich bei dem Gedanken in mir aus und dämpfte ein wenig die Angst, die meinen Magen ausfüllte. Ewa ließ mich kostenlos bei ihr wohnen und verlangte dafür nichts außer eine Freundin, mit der sie reden konnte, wenn Irina sie wieder einmal wegen ihres Gewichts diskriminierte. So wie jetzt. Ewa war wunderschön. Sie hatte Kurven an genau den richtigen Stellen, unendlich lange, blonde Haare und ein Lächeln, dessen Strahlen sogar die Sonne erblassen ließ, doch das reichte nicht, weil sie keine Modelmaße mehr hatte, nachdem ihr Sohn auf die Welt gekommen war. Und deshalb verlor sie Geld, das ich nun bekommen konnte. Dabei war ich mir sicher, dass sich niemand beschwert hätte, wenn sie das Separee bedient hätte.

»Ich erledige das«, murmelte ich und beschloss, die Hälfte des Trinkgelds an Ewa abzugeben, wenn die Herren wirklich so großzügig waren, wie Olga immer sagte. Zeitgleich schnappte ich mir meinen Kajal und zog meine Lider damit nach, um meine Augen schwarz zu umranden. Ja, viel besser. Sofort sah ich nicht mehr aus wie eine Untote, die gerade aus einem Sarg gestiegen war.

»Perfekt.« Wohlwollend vertiefte sich Irinas Grinsen und sie trat noch einen Schritt näher auf mich zu. Sanft legte sie ihre Hände auf meine Hüften und betrachtete uns beide im Spiegel. Was sie wohl sah? Trauerte sie ihrer eigenen Jugend hinterher? Oder war sie stolz, wie sie *ihre Mädchen*, wie sie uns immer nannte, formte, indem sie uns anwies, genau wie sie zu sein? Dabei konnte ich mir nichts Schlimmeres vorstellen, als mit Mitte Vierzig alleinstehend zu sein und mein ganzes Leben in einem Club zu verbringen, in dem alle Frauen schöner waren als ich selbst. »Und Leana?«

»Ja?« Ein letzter Blick auf mein Aussehen verriet, dass ich aufhören konnte. Ich sah annehmbar aus. Besser würde ich es nicht mehr hinbekommen und die Uhr über dem Spiegel verriet, dass es Zeit war, mich der Masse an Männern zu stellen, die nur darauf warteten, dass der Club endlich öffnete.

»Der Rock ist zu lang«, murrte Irina streng, zwinkerte mir aber zeitgleich zu, sodass ich wusste, sie meinte es nicht so ernst, wie es klang, und zog währenddessen am Stoff meines Rocks, um ihn nach oben zu befördern. Erst dann stieß sie ein Lachen aus, nahm ihre Hände von mir und marschierte davon. Wieder ertönte das Klackern ihrer Schuhe, die furchtbar unbequem sein mussten. Ich war nur froh, dass die Kellnerinnen wenigstens Turnschuhe tragen durften. Trotzdem fühlten sich meine Füße nach jedem Dienst an, als wäre ich barfuß über kleine Steine gelaufen.

»Sicher«, grummelte ich, verdrehte die Augen und wartete, bis Irinas Schritte verklangen, bevor ich den Rock wieder ein Stück hinunterzog und somit meine Pobacken bedeckte. Das musste reichen. Auf keinen Fall wollte ich den Besitzern des Clubs meinen Arsch vors Gesicht halten, wenn ich sie zum ersten Mal sah. Außerdem war mir jetzt schon eiskalt, obwohl es im Club angenehm warm war. Es lag auch nicht wirklich an der Außentemperatur oder an meiner knappen Kleidung. Nein, die Kälte kam von innen. Ich war wie erfroren. Immer noch. Obwohl ich meinen Ehering losgeworden war, als ich die Gelegenheit bekam, und versuchte, nicht an Kirill und seine Sekretärin zu denken, wollten die Eiszapfen, die sich um meine Organe gebildet hatten, nicht verschwinden. Inzwischen war ich sie sogar gewohnt, als wären sie ein Teil von mir. Ich würde gern behaupten, dass ich mich leer fühlte, weil ich Kirill vermisste, aber die Kälte füllte mich aus und zeigte mir, dass mein Ehemann mir absolut nicht fehlte. Nein, ganz im Gegenteil. Stattdessen hatte ich panische Angstzustände, dass ich wieder in mein altes Leben zurückverfrachtet werden könnte. Wieder und wieder fragte ich mich, wieso ich nichts getan hatte. Warum ich zugelassen hatte, dass er all das mit mir tat und erst sein Betrug mich aufgerüttelt hatte. Aber vermutlich würde ich darauf nie eine Antwort bekommen, also strich ich die Falten aus meinem Rock, straffte die Schultern und setzte ein falsches Lächeln auf. Schon in wenigen Stunden wäre ich wieder auf meiner Matratze und einige tausend Rubel reicher. Bis dahin musste ich nur überleben. Eine Sekunde und noch eine, bis eine Minute um war und dann die nächste. Alles würde gut werden, wenn ich es mir nur oft genug sagte.

Mit erhobenem Kopf stolzierte ich aus der Garderobe, die nur für das Personal zugänglich war und lief den langen Gang hinab, der zur Haupthalle führte. Schon jetzt hörte ich die dröhnende Musik, die mit so viel Bass untermalt wurde, dass die Wände zu vibrieren schienen. Eine tiefe Stimme säuselte irgendwelche schmutzigen Wörter in einer Sprache, die ich nicht verstand und zwischendurch war ein Klavier zu hören, das absolut nicht zum Rest der Sinfonie passen wollte. Meine Beine zitterten leicht, als ich den Raum betrat und mich umsah. Es war unangenehm voll, obwohl es noch nicht so spät war und der Abend gerade erst begonnen hatte. Freundlich nickte ich Ewa zu, die gerade dabei war, hinter der Bar die Bestellungen der Gäste aufzunehmen. Ich war zu weit weg, um irgendetwas zu verstehen, doch Ewas zusammengebissene Zähne verrieten, dass sie bereits jetzt genervt war. Dennoch hielt sie ihr gefaktes Grinsen aufrecht – so wie es von ihr und von uns anderen erwartet wurde. Ich seufzte. Na toll, Arschlöcher-Alarm. Hoffentlich waren zumindest die Besitzer des Clubs einigermaßen umgänglich, sonst würde es eine anstrengende Nacht werden.

Hastig ging ich auf eine der Seitentüren zu, die aus der Haupthalle in einen kleinen Flur führte, an den ein großer Raum grenzte. Die Musik war hier ein wenig anders. Leiser, damit man sich unterhalten konnte und die Stimme einer Sängerin erklang in einem perfekten Russisch. Sie sang von Hoffnung und Liebe, was mich kurzzeitig würgen ließ. Ja, früher hatte ich auch an solche Märchen geglaubt, aber jetzt? Jetzt war ich froh, wenn ich nicht vergewaltigt, gefoltert und getötet wurde. Mehr Ansprüche an meine Tage hatte ich gar nicht mehr. Vielleicht schockte es mich deshalb nicht, als ich die Schwelle ins Separee passierte und eine nackte Frau auf dem Boden kniete, die gerade dabei war, einen Schwanz zu lutschen. Ihre Haare fielen ihr ins Gesicht, sodass ich den Ansatz des Glieds nicht sehen und somit nicht erahnen konnte, welchen Durchmesser er hatte, doch so wie sie den Mund aufriss, war klar, dass der Typ unglaublich gut ausgestattet sein musste. Tränen glitzerten in ihren Augen, während sie ihren Blick kurzzeitig auf mich richtete, bevor ihre Lider flatternd zufielen und sie den Schwanz noch tiefer zwischen ihre geröteten Lippen gleiten ließ. Um die Frau herum saßen mehrere Männer im Anzug auf einem schwarzen Sofa und beobachteten ihre nackten Brüste, die bei jeder Bewegung sanft auf und ab wippten. Widerlich. Zwar waren alle Hosen der anderen Männer noch geschlossen, doch darunter zeichneten sich detailliert ihre Erregungen ab. Wie viele der Typen würde das arme Mädchen noch befriedigen müssen? Ich wollte es gar nicht wissen, aber bestimmt einige, wenn sie die Frau extra mitgebracht hatten, statt sich eine unserer Huren vorzunehmen. Irina war nicht die beste Chefin der Welt, aber selbst sie räumte uns Pausen ein, damit wir nicht zusammenbrachen.

»Guten Abend die Herren, darf ich Ihnen noch etwas zu trinken anbieten?«, rief ich in den Raum, um die Männer auf mich aufmerksam zu machen und schluckte zeitgleich meine Wut über die Ausbeutung der Not dieser Frau hinunter. Was war ihr im Leben passiert, dass sie sich an mehrere Typen gleichzeitig verkaufen musste? Hatte ihr Mann sie verkauft? War sie nie verheiratet gewesen und hatte aus anderen Gründen keinen Job gefunden? War sie früh Mutter geworden wie Ewa und schlug sich nun so durchs Leben, um für ihr Kind da zu sein?

»Sie bekommt gleich, was sie will, aber ich würde noch einen Doppelten nehmen«, ertönte eine raue Stimme und mein Blick glitt von der nackten Frau und der weit geöffneten Hose weiter hinauf. Über ein weißes geöffnetes Hemd, unter dem braungebrannte Haut zum Vorschein kam, auf denen geschwungene Tätowierungen zu erkennen waren. Leider sah ich aufgrund des Stoffes nicht genug, um zu verstehen, welche Motive sie ergaben, aber eines wusste ich bereits, ohne sie ganz gesehen zu haben: Sie waren wunderschön. Ein Kunstwerk. Genau wie der Mann, dem sie gehörten. Ich schluckte. Meine Augen wanderten über das markante Kinn, den harten Zug um seine schmalen Lippen und zu den braunsten Augen, die ich je in meinem Leben gesehen hatte. Sie waren zu dunkel für flüssige Bitterschokolade, aber zu hell, um nur schwarz zu sein. Hier und da waren ein paar gelbe Tupfer um die Pupillen zu sehen, die mich anstarrten, während ihr Besitzer seine Hand auf den Hinterkopf der nackten Frau legte und ihren Kopf weiter auf seinen Schwanz drückte. Seine Augen waren tief und düster, wie eine stockdunkle Nacht, die nur von ein paar Straßenlaternen in ein dumpfes Licht gehüllt wurde. Wunderschön und gleichzeitig beängstigend. Mein Mund klappte bei dem Anblick auf. Meine Umgebung verschwamm. Die anderen Männer wurden unwichtig und verblassten, bis nur noch er gestochen scharf für mich zu erkennen war. Sein schwarzes Haar war ein Stück zu lang und umrahmte sein kantiges Gesicht, das auf mich gerichtet war. Ein Lächeln umspielte seine Lippen, als würde mein Verhalten ihn amüsieren. Doch ich konnte es nicht ändern. Ich schaffte es nicht, mich zu bewegen. Da war etwas an ihm, das dafür sorgte, dass mein Herz einen Schlag aussetzte, und dann mit doppelter Geschwindigkeit weiterschlug. Die eisige Kälte in meinem Inneren schmolz dahin. Die Eiszapfen klirrten, bevor sie zersprangen und sich in Wasser verwandelten, das sich kühlend über die offenen Wunden in meinem Inneren legten. Sie dämpften den Schmerz, den ich seit Jahren mit mir herumtrug. Die Zeit wurde angehalten. Niemand bewegte sich, während er und ich uns einfach ansahen. Ich wusste, ich hatte ihn noch niemals in meinem Leben gesehen, sonst wäre er mir in Erinnerung geblieben und dennoch hatte ich das Gefühl, ihn wiederzukennen. Ein überraschter Laut kam über meine Lippen. Zeitgleich keuchte die nackte Frau und ein obszönes Sauggeräusch erfüllte den Raum. So laut, dass es nicht zu überhören war. Es zerstörte den Zauber, in dem ich gefangen war und ließ mich blinzeln. Irgendwann – keine Ahnung, wie viel Zeit vergangen war – wurde mir wieder bewusst, was ich hier tat. Ich starrte einen der Clubbesitzer an, während er einen Blowjob bekam, obwohl ich arbeiten sollte. Verdammt! Ich war geliefert. Irina würde sicher davon erfahren und dann war ich meinen Job los. Ich musste mich zusammenreißen. Schnell senkte ich den Blick, um den braunen Augen ausweichen zu können und trat auf den kleinen Tisch zu, um nach dem einen leeren Glas zu greifen, das darauf stand. Meine Finger umfingen es. Viel zu fest. Wie an einen Anker klammerte ich mich daran und betete, dass es nicht zerspringen würde.

»U-u-und der R-rest?«, fragte ich stotternd. Zeitgleich bemühte ich mich, nicht darauf zu achten, was um mich passierte. Doch das war leichter gesagt als getan. Der Kopf der Blondine bewegte sich immer schneller. Die Geräuschkulisse wurde lauter und übertönte beinahe die Musik. Ich wünschte, es wäre anders. Es sollte mir egal sein. Ich kannte den Mann schließlich nicht und bis gerade eben hatte ich noch Mitleid mit der Frau gehabt, doch irgendwas in diesen Augen brachte mich dazu, das nackte Mädchen packen, sie von ihm fortziehen und stattdessen vor ihm auf die Knie gehen zu wollen. Aber das war falsch. Ich wusste es, weshalb ich gegen den Drang ankämpfte, der mit jeder Sekunde stärker wurde. Ich musste dringend raus aus diesem Raum. Sofort. Bevor ich etwas tat, das mir mit Sicherheit nicht nur den Job, sondern auch meine Würde und meinen Stolz kosten würde.

»Wir sind versorgt, Kleines«, antwortete einer der Männer, der ganz außen saß, hob die Hand und schlug mir mit der Handfläche auf den Hintern. Es klatschte. Ein Brennen zog sich über meine Pobacke. Schockiert riss ich die Augen auf und drehte mich blitzschnell um, sodass er keinen Zugang mehr zu meinem Hintern hatte. Anklagend stemmte ich die Hände in die Hüften und wollte bereits eine Tirade an Schimpfwörtern auf ihn loslassen, die mir auf der Zunge lagen. Arschloch. Perverser Wichser. Frauenverächter. Höhlenmensch. Doch bevor ich auch nur eine Silbe sagen konnte, erklang wieder die raue Stimme des Mannes, der mir anscheinend mit einem Blick nicht nur das Herz, sondern auch das Gehirn gestohlen hatte. Verdammt! Er war nur ein Mann. Ein gutaussehender, das musste ich zugeben, aber trotzdem nur irgendein Typ. Mit etwas Pech sogar mein Boss, wenn er in diesem Raum saß. Und ich benahm mich wie eine sabbernde Hündin, die sich am liebsten an seinem Bein gerieben hätte. Dabei war ich mittlerweile Mitte Zwanzig und hatte fünf Jahre Ehe hinter mir. Ich sollte es gewöhnt sein, jemanden zu wollen, aber die Wahrheit war, dass ich diese Empfindungen noch nie zuvor gespürt hatte. Auch bei Kirill nicht. War das normal? Wurde ich vielleicht krank oder hatte mir jemand etwas in den Drink gemischt? Er war ein Fremder. Das war absolut irrational.

»Danilo! Zeig ein wenig Respekt!«, befahl der Unbekannte und jeder Ton aus seinem Mund rief Schauer in mir hervor, die meinen ganzen Körper erzittern ließen. Pure Dominanz lag in seinen Worten. Etwas, das ich bei Kirill immer verteufelt hatte, denn es war ein hundertprozentiges Zeichen dafür, dass ich in wenigen Minuten blutend auf dem Boden liegen und mir wünschen würde, endlich sterben zu dürfen.

»Jawohl, *Don*.« Danilo senkte den Blick, als unterwürfige Geste, und schenkte mir dann ein entschuldigendes Lächeln. Perplex verzogen sich meine Lippen ebenfalls und meine Mundwinkel hoben sich schüchtern, während ich die Chance nutzte, um endlich den Raum zu verlassen und meine Gedanken zu ordnen. Einen doppelten Wodka. Den würde ich ihnen bringen und dann würde ich irgendeine Ausrede erfinden, wieso ich sie nicht weiter bedienen konnte. Und wenn das bedeutete, dass ich mir den Finger in den Hals stecken musste, um zu brechen, würde ich das tun. Alles war besser als das Gefühlschaos, das in mir wütete.

»Zurück zum Geschäftlichen! Wer hat die neuesten Berichte?«, erklang noch einmal die Stimme des Fremden, während ich mich mit wackeligen Beinen umdrehte, über die Schwelle trat und den kleinen Flur entlang lief, um zurück in die Haupthalle zu kommen. Dabei versuchte ich das Bild von der nackten Frau, die den Unbekannten genüsslich in sich aufsaugte, zu verscheuchen, doch es nistete sich in meinem Kopf ein, sodass ich es einfach nicht loswurde. Ich rannte beinahe auf die Bar zu und stellte das Glas mit viel zu viel Wucht darauf ab, wofür ich einen verwirrten Blick von Ewa kassierte. Sie öffnete den Mund und wollte etwas sagen, doch sie kam nicht dazu, weil in diesem Moment ein Gast nach ihrer Aufmerksamkeit verlangte. Erleichtert ließ ich die Schultern hängen. Ich wollte gerade mit niemandem reden. Eigentlich wollte ich nichts lieber als weg von hier. Irgendwo an einen ruhigen Ort, an dem ich nichts anderes tun musste, als zu atmen. Ein und aus. Ein und aus. Langsam beruhigte sich mein Herzschlag wieder. Ich stützte meine Ellbogen an der Bar ab und ließ meinen Kopf auf meine Hände sinken. Ja, das war viel besser. Die verwirrenden Gefühle begannen, sich aufzulösen und ich schüttelte den Anblick von den braunen Augen ab, die mich zu verfolgen schienen. Egal, was das gewesen war. Ein Spuk, ein Fluch, oder sonst irgendeine Art von Wahrnehmungsstörung – jetzt war es vorbei. Kurz schloss ich die Augen und genoss die Ruhe, die mich durchströmte. Doch der Moment dauerte nur einen Wimpernschlag, bevor ein lautes Räuspern hinter mir mich wieder aufsehen ließ. Ertappt fuhr ich herum und blickte in Irinas Gesicht, die mich mit zu Schlitzen verzogenen Augen musterte.

»Alles in Ordnung? Du siehst heute etwas zerstreut aus«, meinte sie und der Unterton in ihrer Stimme machte keinen Hehl daraus, dass sie Besseres von mir erwartete. Sie zog jeden Buchstaben in die Länge und betonte das Wort *zerstreut* als wäre es etwas Widerliches. Vermutlich hätte sie auch lieber etwas weniger Freundliches gesagt, doch sie tat es nicht. Hässlich, zerzaust, unperfekt. Alles gute Synonyme für *zerstreut.* Gern hätte ich mich darüber beschwert, aber ich wusste, dass sie recht haben musste. Vermutlich war ich blass, meine Strähnen standen in alle Richtungen ab, so oft wie ich den Kopf gedreht hatte und durch die Gänge gerannt war. Ich seufzte. Der Tag war ein Desaster. Nichts schien so zu laufen, wie ich geplant hatte – ähnlich wie mein ganzes Leben.

»Es geht mir gut. Ich brauche nur …« Ich stockte. Ja, was? Ein paar Minuten für mich? Einen Neuanfang? Jemanden, der für mich Entscheidungen traf, weil ich augenscheinlich zu dumm dafür war, mein Leben auf die Reihe zu bekommen? Nichts davon war falsch, aber eben auch nicht richtig. Es gab vieles, was ich brauchen würde, um wieder glücklich zu sein. Angefangen damit, dass ich hier nicht arbeiten wollte. Im größten Sexclub der Stadt. Das hatten meine Lehrer bestimmt nicht gemeint, als sie sagten, ich sollte etwas aus mir machen. Aber ich hatte nicht wirklich eine Wahl, wenn ich weiterleben wollte, also was brachte es mir, es auszusprechen? Nichts, richtig. Also beendete ich den Satz nicht. »Nein, alles bestens. Ein doppelter Wodka bitte, Ewa«, rief ich und wandte mich am Ende des Satzes an Ewa, die sofort mit einer Hand nach einem frischen Glas und mit der anderen nach der Wodkaflasche griff. Sie schenkte den Drink ein und schob das gefüllte Glas anschließend in meine Richtung, während sie bereits die nächste Bestellung aufnahm.

Ich nickte ihr dankbar zu, schnappte mir das Getränk und wollte mich bereits auf den Weg zurück ins Separee machen. Zugegeben, mit langsamen Schritten in der Hoffnung, es würde mir erspart bleiben, doch ich nahm meine Pflicht ernst und hatte wirklich vor, wieder hineinzugehen. Und hoffentlich diesmal ohne wie ein pubertierendes Mädchen meinen Hormonen zu erliegen. Ich war eine professionelle Kellnerin. Schön, einen Abschluss hatte ich keinen, aber ich machte es jetzt schon ein paar Wochen. Lächeln, Bestellungen merken, Gläser abräumen. So schwer war das nicht. Bisher zumindest nicht. Ich konnte von Glück reden, dass die Männer im Separee keine Getränke haben wollten, denn mir den Wodka zu merken, war bereits ein Kraftakt gewesen und es gab nichts Peinlicheres, als zurückgehen und fragen zu müssen, wenn man einen der Drinks nicht mehr wusste. Ich betete, dass die Typen weiterhin keinen Durst haben würden, während ich meine Schritte beschleunigte. Doch zum ersten Mal seit einer langen Zeit schien Gott meiner armen Seele gnädig zu sein, denn bevor ich die Haupthalle verlassen konnte, eilten Irinas Schritte mir hinterher und eine kühle Hand schlang sich um meinen Oberarm. Perplex blieb ich stehen und sah Irina mit hochgezogener Augenbraue an.

»Ein Mann hat am Eingang nach dir gefragt, Leana«, erklärte sie und in ihren Augen glitzerte es verdächtig. Gierig. Egal, wer er war, es musste jemand mit Geld sein. Doch ich teilte Irinas Freude nicht. Ganz im Gegenteil. Mein Magen zog sich schmerzhaft zusammen und ich biss mir auf die Lippe. Kirill. Jedes Mal, wenn irgendjemand etwas von mir wollte, befürchtete ich, dass es mein Ehemann sein könnte. Es war lächerlich. Ich war mehrere Kilometer von seiner Wohnung entfernt und es gab auf der Strecke mehrere Etablissements wie dieses, sodass die Chance, dass er sich ausgerechnet hierhin verirrte, äußerst gering war. Dennoch blieben die Unsicherheit und die Angst zurück.

»Hat er gesagt, was er wollte?« Ich bemühte mich, meinen Ton neutral zu halten, damit Irina nicht mitbekam, was in mir vorging. Es reichte, dass sie wusste, wie abhängig ich von diesem Job war, weil sie von meiner Obdachlosigkeit erfahren hatte, aber dann musste ich ihr nicht auch noch einen weiteren Grund liefern, mich wie Scheiße behandeln zu können. Meine Angst vor Kirill machte mich angreifbar und jeder könnte sie gegen mich benutzen. Etwas, das ich zu verhindern versuchte.

»Nur, dass er dich sucht, aber er trägt eine Uhr, die mehr wert ist als dieser Laden, also sorg dafür, dass er nicht so schnell wieder verschwindet.« Irina warf mir einen bedeutsamen Blick zu und ich wusste sofort, was sie damit bezwecken wollte. Ich sollte alles tun, was der Neuankömmling wollte. Alles. Auch wenn ich keine der Prostituierten war, wusste ich, dass Irina nicht davor zurückschrecken würde, meinen Körper zu verkaufen, wenn ihr genug Geld geboten wurde. Bisher hatte ich Glück gehabt. Ich war nicht in die Situation gekommen und hoffte, es würde so bleiben.

Dankbar für den kleinen Aufschub, änderte ich meinen Kurs und ging auf den Ausgang zu satt auf das Separee. Ob der Unbekannte dort in der Zwischenzeit bekommen hatte, was er wollte? Oder war die nackte Frau noch immer dabei, ihn zu beglücken? Ich wollte es gar nicht erst wissen.

»Natürlich.« Ich nickte Irina zu, um ihr zu signalisieren, dass ich verstanden hatte und ließ mich von meinen Füßen über den Teppich tragen. Inzwischen fühlten sie sich nicht mehr an wie Wackelpudding, worüber ich froh war. Zielsicher ging ich zu den Türstehern und schenkte dem größten von ihnen ein Lächeln, während ich mich fragte, wer nach mir gefragt haben könnte. Einer der Typen von dem Junggesellenabschied letzte Woche, die unbedingt meine Nummer haben wollten? Oder doch der Kerl, dem ich vor einer Woche unbeabsichtigt einen Drink über das Sakko geschüttet hatte, weil er in mich reingerannt war? Wollte er eventuell, dass ich die Reinigung bezahlte? Hoffentlich nicht. »Ivan? Irina sagte, jemand wollte etwas von mir?« Ich grinste den Türsteher an, dessen Anblick mich immer schmunzeln ließ. Ivan war breit wie ein Schrank und auch ungefähr so braungebrannt wie ein bearbeitetes Stück Holz. Seine Glatze reflektierte das künstliche Licht und ließ seinen Kopf strahlen wie eine Diskokugel. Er wäre der geborene Partymensch, würde er Menschen nicht verachten und immer einen grimmigen Gesichtsausdruck zur Schau stellen. Auch jetzt schnalzte er nur mit der Zunge als Begrüßung und sah mich nicht einmal richtig an, obwohl ich wusste, dass er mich mochte. Zumindest hatte er das einmal zu Ewa gesagt. Na schön, er hatte gemurmelt, dass ich erträglicher war als die anderen Kellnerinnen, aber das war wahrscheinlich das Netteste, das er je zu einer Frau gesagt hatte.

»Ja, der Typ da hinten am Eingang.« Ivan deutete mit seinem Kopf in die hintere Ecke, während er zeitgleich die Hand dem nächsten Gast entgegenstreckte, der ihm widerwillig seinen Ausweis zeigte. Mit einer kleinen Taschenlampe leuchtete Ivan über den Führerschein, bevor er ihm den Mann zurückgab und einen Schritt zur Seite machte, damit der Kerl weiter ins Innere des Clubs vordringen konnte. Danach nahm er sofort wieder seine ursprüngliche Position ein, als hätte er sie nie verlassen, und wiederholte das Prozedere. Ich lächelte zaghaft. Ja, nicht alles war schlecht an diesem Club und Ivan war eines dieser Dinge. Er sorgte dafür, dass niemand, der noch nicht das passende Alter hatte, in den Club kam. Ach, und er schmiss jeden hinaus, der Ärger machte. Und das kam leider viel zu oft vor.

»Danke, dann werde ich …« *Hingehen.* Die Worte blieben mir im Hals stecken. Mitten im Satz erstarb meine Stimme. Meine Gesichtszüge wurden starr. Keiner meiner Muskeln zuckte auch nur, was dazu führte, dass das Lächeln auf meinen Lippen blieb, obwohl ich am liebsten geschrien hätte. Nein. Nein. Einfach nein. Das durfte nicht wahr sein. Aber je länger ich in die Richtung starrte, desto sicherer wurde ich mir. Das helle Blond seiner Haare war dunklem Schwarz gewichen und er hatte tiefe Ringe unter den blutdurchlaufenen roten Augen, aber er war es. Musste es sein. Kirill.

ZWEI

LEANA

»Kirill«, hauchte ich, als ich die Stimme wiederfand. Mein Puls schoss in die Höhe. Schweiß brach aus all meinen Poren aus. Ich zitterte. Meine Hände waren eiskalt. Ich wusste nicht einmal, dass mir gleichzeitig so heiß und kalt sein konnte. Da stand er. Mein Ehemann. Ich schluckte. Sofort fühlte ich wieder das Brennen auf meinem Hintern und das Kribbeln in meinen Wangen, als würde sich mein Körper daran erinnern, wo Kirill ihn immer und immer wieder verletzt hatte.

»Leana!«, rief Kirill und auf seinen Zügen erschien ein raubtierhaftes Lächeln. Seine strahlend weißen Zähne kamen unter seiner Oberlippe hervor. Sie waren spitzer als bei durchschnittlichen Gebissen und ließen ihn mit der neuen Haarfarbe und der blassen Haut wie einen Vampir aussehen. Es war weit davon entfernt attraktiv zu sein, dennoch hielt er sich für den schönsten Mann in diesem Club. Aber das war er nicht. Ein Blick ins Separee hätte genügt, um ihn von diesem Gedanken zu befreien. Aber das war nebensächlich. Selbst wenn er das perfekte Aussehen gehabt hätte, hatte er mich behandelt wie Müll und das war etwas, das ich nicht tolerieren würde. Nie wieder. Doch dazu musste ich von hier weg. Sobald er mich erwischte, wäre es vorbei. Das wusste ich. Er würde mich festhalten, mich mit sich zerren und mich einsperren. Wenn ich Glück hatte und seine Schläge mich nicht vorher umbrachten.

»Halte ihn auf, Ivan!«, schrie ich unserem Türsteher zu, als Kirill sich einen Weg durch die Menge bahnte. Mein Gehirn realisierte zwei Sachen gleichzeitig. Erstens: Kirill war nicht zufällig hergekommen. Er hatte nach mir gefragt, auf mich gewartet und pirschte sich nun wie ein Panther an mich heran. Seine Augen funkelten gefährlich und das bösartige Grinsen zeigte, dass er einen genauen Plan hatte. Nichts würde ihn davon abbringen, mich mitzunehmen. Zweitens: Ich durfte nicht kampflos aufgeben und ich würde nicht mit ihm mitgehen. Es klang hart und schockierte mich selbst, als der Gedanke sich in meinem Kopf formte, aber ich würde entweder allein oder in einem Leichensack den Club verlassen. Ein Ruck ging durch meinen Körper und die Starre fiel von mir ab. Adrenalin schoss durch meine Adern. Es dauerte nur den Bruchteil einer Sekunde, bis mein Organismus reagierte und meine Muskeln sich anspannten. Als wäre ich eine Marionette, drehte sich mein Körper um und meine Beine begannen zu laufen.

Keine Ahnung wohin, aber ich blieb auch nicht stehen.

»Aber Irina sagte, wir sollen ihn durchlassen, weil er eine teure Uhr …«, hörte ich Ivan hinter mir sagen. Seine Stimme klang verwirrt und ich hätte es ihm gern erklärt, aber dafür fehlte mir einfach die Zeit. Jede Sekunde zählte. Ich brauchte einen Plan. Einen guten. Aber welchen? Wohin konnte ich? Zu Ewa? Damit sie auch in Kirills Fadenkreuz kam? Nein, das konnte ich nicht riskieren. Hätte ich doch bei Ivan bleiben sollen? Würde er mir helfen, wenn ich ihn bat? Ich warf einen schnellen Blick hinter mich, doch ich war schon zu weit von Ivan entfernt – und Kirill direkt hinter mir.

»Leana! Bleib stehen!«, verlangte er und rannte mir nach. Er war größer als ich und seine Beine länger, sodass ich mein Tempo erhöhen musste, damit er mich nicht erwischte. Was hatte ich vorhin über Gott gesagt? Das war völliger Blödsinn gewesen. Diese Illusion eines alten Mannes mit weißem Bart musste mich hassen. Sonst würde er irgendetwas tun, um mir zu helfen. Oder wenigstens jemanden schicken, damit ich mich nicht so allein fühlte. Doch es war niemand da. Die umstehenden Gäste machen mir zwar Platz, damit ich vorbeilaufen konnte, aber keiner fragte, was los war. Niemand hielt Kirill auf. Nein, einige lachten sogar über die Angst in meinen Augen, während die halbnackte Kellnerin vor dem großen, starken Typen wegrannte, der ihr wehtun wollte. Es widerte mich an. Kirill und alle anderen Männer, die mich nur begafften, als wäre ich kein Mensch, sondern ein Spielzeug.

»Verschwinde!«, schrie ich, ohne stehen zu bleiben, und jagte durch die Haupthalle, wo die Gäste eine Schneise bildeten, damit ich hindurch kam. Doch mehr Aufmerksamkeit schenkte uns keiner der Anwesenden. Das Glas in meiner Hand wackelte gefährlich und der Wodka schwappte über den Rand. Der kalte Alkohol floss über meine Finger und tropfte zu Boden, sodass ich beim Rennen eine Spur hinterließ. Panik machte sich in mir breit. Kirill kam immer näher. Ich spürte den Hass und die Wut, die von ihm ausgingen. Sie vibrierten fast so sehr wie der Beat des Basses.

»Leana! Du sollst anhalten!«, befahl Kirill, doch ich dachte gar nicht daran. In meiner Seite begann es zu stechen, während ich über die Schwelle in einen kleinen Flur abbog. Fuck! Es war derjenige, der in die Garderobe führte. Weit weg von allen anderen Gästen. Ich erkannte den Fehler zu spät und ich konnte es auch nicht mehr ändern. Zurück führte kein Weg, also kämpfte ich mich weiter nach vorne durch. Die Musik wurde leiser. Dafür hörte ich meinen rasselnden Atem immer lauter. Es vermischte sich mit Kirills Keuchen, das so nah war, dass ich befürchtete, es gleich in meinem Nacken spüren zu können.

»Lass mich in Ruhe!«, brüllte ich erneut, drehte mich wieder zu ihm und schüttete den verbliebenen Wodka aus dem Glas in sein Gesicht. Ich wartete nicht auf seine Reaktion und lief weiter. Den Flur entlang, dann rechts und wieder geradeaus. Ich hörte, wie er aufschrie und seine Schritte schneller und schneller auf dem Boden ertönten. Er schnaufte wütend.

»Was, du beschissenes Miststück? Dachtest du, du könntest dich vor mir verstecken? Du gehörst mir, schon vergessen? Ich werde dich überall finden, auch wenn du dich als Hure verkleidet in einem Bordell verschanzt.« Kirills Stimme klang kalt und bösartig. Er wollte mich verletzen und da er es nicht physisch konnte – noch nicht – gab er sich damit zufrieden, mich zu beleidigen. Hure. Das war ich für ihn. Eine Hure. Seine, um genau zu sein. Tränen schossen mir in die Augen. Fünf Jahre Ehe und meine Angst war alles, was davon übriggeblieben war. Meine Sicht verschwamm. Ein Schluchzen bahnte sich meine Kehle hinauf und am Ende klangen meine Worte nur noch wie ein Ächzen, als ich den Mund öffnete.

»Ich gehöre niemandem! Schon gar nicht dir!« Panisch sah ich mich um und sprintete in die Garderobe. Fuck, fuck, fuck! Wohin jetzt? Ich saß in der Falle. Kirill rannte zur Tür hinein und verfolgte mich. Ich hatte keine Ahnung, wie ich an ihm vorbei sollte, um wieder aus dem Raum zu kommen, der nur einen Ein- und Ausgang hatte. Verdammt, verdammt, verdammt! Meine Beine trugen mich weiter. Sie führten mich zu den Sprindreihen, die wie ein Labyrinth im Zimmer aufgestellt worden waren, aber sobald ich das Ende erreichen würde, wäre da nichts mehr. Eine Sackgasse. Aber was war die Alternative? Ich konnte nicht einfach anhalten. Das durfte ich nicht. Ich wollte nicht zurück. Verstand er das nicht? Wusste er nicht, was er mir angetan hatte? Tag für Tag? Er hatte mit meinen Gefühlen gespielt, mir meine Würde genommen und sich darüber lustig gemacht. Und dann hatte er mich betrogen. Einfach so. Als wäre unsere Ehe nichts wert. Dabei hatte ich so sehr an dieses Versprechen geglaubt. Für immer. Eine Ehe sollte für die Ewigkeit sein. Nicht für einen Tag, ein Jahr oder ein halbes Jahrzehnt.

»Leana, halt endlich an!« Kirill wollte nach mir greifen. Ich spürte seine Fingerspitzen an meinem Oberarm und beschleunigte das Tempo. Er rutschte ab und bekam mich nicht zu fassen. Dennoch stellte sich keine Erleichterung ein. Das Ende der Spindreihen kam näher und mit jedem Schritt schlug mein Herz schneller gegen meine Rippen. So stark, dass ich Angst hatte, es würde mir die Knochen brechen. Aber ich konnte es verstehen. Auch ich hatte wahnsinnige Angst. Die ersten Tränen liefen über meine Wangen.

»Niemals.« Ich keuchte. Meine Waden brannten von der Anstrengung. Meine Sehnen protestierten und meine Muskeln zogen sich schmerzhaft zusammen. Sie wollten, dass ich aufhörte, dass ich aufgab, weil sie die Belastung nicht gewohnt waren, doch wieder kickte das Adrenalin durch meinen Körper und überschwemmte jede Zelle mit Energie.

»Ich sagte, du sollst stehen bleiben!« Kirills Schritte verstummten. Ein Schuss ertönte. Laut und kraftvoll. Die Kugel zischte an mir vorbei, aber das merkte ich erst, als sie etwas seitlich vor mir in die Wand flog und sich in den Putz der Mauer bohrte. Überrascht entfuhr mir ein Japsen. Starr sah ich auf das kleine Projektil, das wie eine Drohung vor mir aufragte. Jetzt war sie in der Wand gelandet, aber was war mit der nächsten? Ich wollte es gar nicht wissen und gab Kirill, was er wollte. Ich blieb stehen. Sofort. Meine Beine stoppten abrupt. Ich strauchelte, verlor das Gleichgewicht und griff instinktiv zu den Spinden, um mich abzustützen und nicht mit dem Hintern auf dem Boden zu landen. Meine Augen weiteten sich. Was zum Teufel hatte er getan? Ich warf einen Blick über meine Schulter und da stand er. Mit hocherhobener Hand, in der eine Waffe ruhte. Sie war klein und schwarz, dennoch machte sie mir noch mehr Angst als mein Ehemann. Ein Schuss, eine Kugel konnte ein ganzes Leben von einer Sekunde auf die andere beenden. War ich wirklich bereit zu sterben, um nicht mitgehen zu müssen? Jetzt würde ich diese Entscheidung tatsächlich fällen müssen. Ob ich wollte oder nicht. »Kirill?«, hauchte ich und drehte mich zu ihm, sodass ich in den Lauf der Pistole sehen konnte. Schon im selben Moment bereute ich es jedoch, weil ich nun die Kugel sehen würde, wenn sie aus der Waffe kam und auf mich zuflog. Ich schluckte. Ein Wimmern kam aus meinem Mund. Das leere Wodkaglas rutschte aus meiner Hand. Meine kalten Finger ließen es einfach los. Es fiel zu Boden. Ein Klirren ertönte. Das Glas brach und plötzlich stand ich in einem Meer aus Scherben.

»Dass ich immer erst gewalttätig werden muss, damit du mir zuhörst. Wieso läufst du vor mir weg, Liebling?«, säuselte Kirill, als hätte ich wirklich keinen

Grund Angst vor ihm zu haben. Er klang verwirrt, dabei wusste er genau, was er getan hatte. All die Knochenbrüche, all die Narben. Sie waren alle von ihm. Kirill bedachte mich mit einem Lächeln, das mich ängstlich zurückweichen ließ. Der liebevolle Unterton in seiner Stimme biss sich mit dem wütenden Funkeln in seinen Augen.

»Ich ... ich ... ich ...« Ich schluckte. Meine Stimmbänder wollten mir nicht gehorchen. Sie schmerzten und rieben aneinander, doch nur unzusammenhängendes Gestammel kam über meine Lippen, als Kirill die Distanz zwischen uns verringerte. Den Lauf der Waffe immer fest auf mich gerichtet. »Bitte«, ächzte ich und hörte mich an wie Schleifpapier. Konnten Stimmbänder bluten? Es fühlte sich an, als würden sie es. Sie waren trocken, rau und bei jeder Bewegung schienen sie ein wenig mehr aufzureißen. »Nicht«, bettelte ich und wollte nur, dass die Schmerzen aufhörten. Aber das taten sie nicht. Sie wurden immer schlimmer.

Kirill legte eine Hand an meine Wange und drückte mit der anderen die Pistole an meinen Brustkorb, als er nah genug war. Beruhigend kreiste sein Daumen über meinen Kiefer. Eine Gänsehaut breitete sich auf meinem Körper aus. Ich erschauderte. Seine Berührung fühlte sich falsch an. Schmerzhaft. Als hätte er Säure auf den Fingerkuppen, die bei jedem noch so kleinen Streifen meine Haut verätzte. »Ich dachte schon, ich hätte dich verloren. Du bist einfach gegangen, ohne dich zu verabschieden.« Der unausgesprochene Vorwurf, dass ich geflohen war, schwang in seiner Stimme mit. Und er würde mich dafür leiden lassen. Er wusste es und ich ebenfalls. Ein Schuss, dann wäre alles vorbei. War es das nicht wert? Der Tod war akzeptabel. Wir alle starben irgendwann und wenigstens war ich die letzten Wochen halbwegs zufrieden gewesen. Das musste reichen, oder? Das war besser, als mich ewig vor Kirill zu verstecken. Dennoch brachte ich es nicht über mich, nach der Waffe zu greifen und abzudrücken. Irgendwas hielt mich zurück. War es meine eigene Angst, weil ich befürchtete, nach dem Tod würde noch etwas Schlimmeres kommen als das Leben? Oder lag es an meinem Stolz, dass ich nicht aufgeben wollte? Vielleicht war es auch die Hoffnung, dass das Schicksal doch einen anderen Weg für mich bereithielt.

»Du warst beschäftigt.« *Damit, deine Sekretärin zu bumsen.* Ein Schluchzen hallte durch den Raum und es dauerte eine Weile, bis mir klar wurde, dass es aus meinem Mund gekommen war. Sofort presste ich die Zähne zusammen. Es reichte, dass er meine Tränen sah, die ich nicht zurückhalten konnte. Noch mehr Schwäche wollte ich vor ihm nicht zeigen.

»Für dich habe ich immer Zeit, mein Liebling. Du bist meine Ehefrau.« Kirill fuhr ein letztes Mal über meine Wange, wobei er eine Träne fortwischte, und wanderte dann mit seinen Fingern meinen Hals und meine Schulter entlang, bis er über meinen Arm streichelte und seine Hand mit meiner verschränkte. Ich rührte mich nicht. Meine Finger lagen unbeteiligt in seinen, dabei schrie alles in mir, ihn von mir zu stoßen.

Würde mich jemand hören, wenn ich jetzt schrie? Hatte Ivan Irina Bescheid gesagt, dass etwas nicht stimmte? Wer würde mich finden, wenn Kirill mich umbrachte? Ich wusste es nicht, aber ich hoffte, dass es nicht Ewa war. Sie hatte schon genug durchgemacht und hatte Besseres verdient, als ihre einzige Freundin tot aufzufinden.

»Nein, bin ich nicht.« Ich schluchzte. Eine neue Salve Tränen flutete meine Augen und ich schaffte es nicht, sie wegzublinzeln. Es war vorbei. Mein Leben war zu Ende wegen einer falschen Entscheidung, die ich getroffen hatte. Ich hatte dieses Monster geheiratet.

»Doch bist du, Liebling. Und jetzt gehen wir gemeinsam nach Hause.« Der liebevolle Unterton wich einer Strenge, die mich erzittern ließ. Er duldete keinen Widerspruch. Niemals. Das hatte ich schon früh genug gelernt. Aber dieses eine Mal würde ich nicht den Kopf senken und ihm seinen Willen lassen. Lieber starb ich durch eine Kugel in meiner Brust als totgeprügelt in meinem Ehebett.

»Lass mich gehen, bitte.« Meine Stimme brach. Langsam ließ das Adrenalin nach. Mein Puls verlangsamte sich, als würde auch mein Körper sich mit der Erkenntnis abfinden, dass es nun zu Ende ging. Es erleichterte mich. Vielleicht würde ich dann friedlich sterben. Ohne Panik.

»Wohin? Du gehörst zu mir.« Kirill schwenkte die Waffe an meiner Brust, bis sie seitlich lag und sah abwechselnd in meine Augen und hinunter auf den Waffenlauf. Eine unausgesprochene Warnung. Er würde schießen. Das wollte er damit sagen. Aber würde er es wirklich tun? Vermutlich nicht, immerhin hatte er mir in den letzten fünf Jahren so oft gedroht, mich zu töten, aber er hatte es nie durchgezogen. Weil er sein Spielzeug dann verlieren würde. Leider hatte ich trotzdem immer Angst gehabt, dass ich mich irren könnte. Immer. Nur heute nicht. Die Hand, die die immer noch auf einem der Spinde ruhte, legte ich langsam über den Griff der Pistole. Kirill riss die Augen auf, als befürchtete er, ich würde sie ihm wegnehmen, aber das war nicht der Fall. Ich wollte schießen. Ich würde es beenden. Ein für alle Mal.

»Ich gehöre dir nicht. Schon lange nicht mehr.« Mein Finger legte sich über seinen auf den Abzug und ich drückte so weit wie möglich nach unten. Kirill sog scharf die Luft ein, als ihm klar wurde, was ich vorhatte. Sein Finger wurde einen Augenblick starr vor Schock und diesen Moment nutzte ich, um abzudrücken. Ein Schuss löste sich. Aber ich war nicht schnell genug. Kirill trat blitzschnell einen Schritt zurück und riss die Waffe nach oben, sodass die Kugel sich nicht in meine Brust bohrte, sondern in die Luft flog. Sie traf die Decke und blieb oben stecken. Sollte ich enttäuscht sein, oder erleichtert? Mein Innerstes schien keine Antwort darauf zu wissen, also fühlte ich einfach gar nichts. Außer Leere. Es war, als würde ich schweben und zwischen all meinen Gedanken hin und herfliegen, bis mich Kirills Worte aus dem Himmel holten.

»Dein Herz vielleicht nicht, aber dein Leben schon.« Kirill lachte. Er drückte seine Lippen gegen meine Wange und löste seine Finger von meinen, um sie stattdessen um mein Handgelenk zu legen, als wären sie eine menschliche Fessel, aus der ich mich nicht befreien konnte. Verdammt! Ich hatte eine Chance gehabt und ich hatte sie nicht genutzt. Der Moment war vorbei. Nun würde Kirill mich an den Haaren aus dem Club ziehen und mich einsperren, bis er mich satthatte. Ich konnte nur beten, dass er früher das Interesse verlieren würde, wenn ich mich nicht mehr wehren würde. Also ließ ich zu, dass seine Finger sich schmerzhaft in mein Fleisch bohrten und mich nach vorn zogen. Einen Schritt und noch einen. Bis ein raues Räuspern erklang, das Kirill innehalten ließ.

»Damit liegen Sie absolut daneben«, mischte sich eine Stimme ein, die ich unter tausenden wiedererkannt hätte. Mein Kopf fuhr zur Seite. Mein Blick heftete sich zwischen zwei Spindreihen, wo ein hochgewachsener Mann stand – diesmal mit geschlossener Hose. Dennoch wusste ich sofort, wer er war. Der Mann aus dem Separee und statt genüsslich die Augen zu verdrehen, weil er gerade einen geblasen bekam, starrte er uns wütend an. Seine Nasenflügel bebten und an seiner Stirn pochte eine Ader. So stark, dass ich befürchtete, sie würde gleich platzen. Aber das tat sie nicht. Sie hielt dem Druck stand. »Waffe runter!«, befahl der Unbekannte und hob zeitgleich seinen Arm, der von einer silbernen Pistole verlängert wurde. Die Waffe passte perfekt in seine große Pranke, als wäre sie ein Teil seines Körpers.

»Kann ich Ihnen helfen? Wir unterhalten uns gerade«, beschwerte sich Kirill, der sichtlich nicht angetan von der Störung war. Er wandte seinen Blick ebenfalls dem Neuankömmling zu und betrachtete ihn abschätzig. Dabei verzog sich sein Mundwinkel und er rümpfte angeekelt die Nase. Trotzdem senkte Kirill die Waffe, als wäre er sich nicht sicher, was er von der Situation halten sollte. Ich auch nicht. Einerseits, weil der Typ in der Garderobe nichts verloren hatte – genauso wie Kirill. Und andererseits, weil ein Ausdruck im Gesicht des Fremden lag, den ich nicht deuten konnte. Es war keine Wut, kein Hass oder Zorn. Es sah eher aus wie … Eifersucht? Aber wieso sollte er so empfinden?

»Leana sieht nicht sehr glücklich darüber aus, sich mit Ihnen unterhalten zu müssen.« Höflich nickte der Unbekannte Kirill zu, stieß sich von den Spinden ab und schlenderte lässig auf uns zu. Sofort begann mein Herz, das sich gerade erst etwas beruhigt hatte, wieder schneller zu schlagen. Doch diesmal war es anders. Es war keine Angst, die den Muskel dazu brachte, gegen meine Rippen zu klopfen, sondern Aufregung. Es mehr ein Kribbeln als ein Schlagen. Als würde seine Nähe reichen, um meinen Körper aus dem Konzept zu bringen.

»Und Sie sind? Ihr neuer Stecher? Sie wissen aber, dass sie verheiratet ist, oder? Mit mir?«, fragte Kirill und der Griff um mein Handgelenk wurde immer fester, bis ich glaubte, meine Finger würden taub werden, weil kein Blut mehr durch meine gequetschten Adern fließen konnte. Doch Kirill kümmerte das nicht. Mit vom Wodka geröteten Augen starrte er den Fremden in Grund und Boden. Doch statt sich auf das Blickduell einzulassen, galt die ganze Aufmerksamkeit des Unbekannten mir.

»Geht es dir gut?«, wollte er wissen und überbrückte auch noch die letzten Meter, bis er vor Kirill und mir zum Stehen kam. Die Waffe ließ er dabei auf den Kopf meines Ehemannes gerichtet. Ob die beiden sich kannten? Es musste so sein. Wer würde einen Wildfremden mit einer Pistole bedrohen? Richtig, niemand.

Kurz überlegte ich, zu lügen, damit der Fremde sich in Sicherheit brachte und nicht von Kirill erschossen wurde, weil er sich in fremde Angelegenheiten eingemischt hatte. Doch sein aufrichtiger Blick ließ mich zögern. Er wollte die Wahrheit, verlangte sie geradezu, und die Situation war eindeutig, also brachte es nichts, es zu verheimlichen. »Nein.« Ich schüttelte zaghaft den Kopf, während meine Knie weich wurden. Es begann in meinem Bauch zu kribbeln und obwohl absolut nicht der geeignete Zeitpunkt war, spürte ich ein Ziehen in meinem Unterleib, das stärker wurde, je länger ich in diese wunderschönen Augen sah.

»Alles wird gut«, versprach der Unbekannte, schenkte mir ein Lächeln, das mich ebenfalls schmunzeln ließ, und zwinkerte mir zu, wobei seine dichten, langen Wimpern das künstliche Licht brachen und sein Gesicht in einen sanften Ton tauchten. Der Anblick hatte etwas Friedliches. Er beruhigte mich und sorgte dafür, dass ich aufhörte, mich in Kirills Griff zu winden. Seine Stimme klang überzeugend. Als glaubte er wirklich daran, dass alles gut werden würde. Doch das wurde es nicht. Kirill löste sich nicht einfach in Luft auf. Er war immer noch da und er stellte sich breitbeinig zwischen mich und den Unbekannten, um unseren Blickkontakt zu unterbrechen.

»Er hat recht. Du kommst jetzt mit mir nach Hause und dann hat der Spuk ein Ende«, bestimmte Kirill und legte den Kopf leicht schief, wodurch seine nassen, in Wodka getränkten Haare auf seine Stirn klatschten und dort kleben blieben. Der beißende Geruch des Alkohols brannte in meiner Nase und vermischte sich mit den Aromen von Kirill, die mich heutzutage zum Würgen brachten. Cranberry, Menthol und ein Hauch von Zitrone durch die Zigaretten, die er immer rauchte. Früher hatte ich den Geruch gemocht, aber inzwischen stank er für mich fürchterlich.

Der Unbekannte brach in schallendes Gelächter aus. Seine Stimme erfüllte den Raum, umhüllte mich und zog mich in seinen Bann. Obwohl er lachte, hörte er sich nicht amüsiert an. Nein, es klang eher wie ein Grollen. Wie ein Blitz, der vor dem Donner zu erkennen war. »Fehlanzeige. Leana wird nirgendwo mit Ihnen hingehen.«

»Wer denken Sie, dass Sie sind? Sie können nicht bestimmen, was ich mit meiner Frau mache und was nicht.« Kirill zerrte an meinem Arm und zog mich ein Stück weiter von dem Fremden weg, während er seine Waffe hob und sie auf den Unbekannten richtete. Der

Nagel seines Daumens drückte sich dabei tief in meine Haut. Ich zischte schmerzerfüllt.

»Sie tun Leana weh«, merkte der Fremde an und sah hinunter auf Kirills Hand und die Abdrücke, die sich langsam auf meinem Gelenk bildeten. Meine Haut war bereits gerötet von dem Druck und ich hatte keine Zweifel daran, dass morgen um diese Zeit blaue Flecken in Form von Kirills Fingern darauf zu sehen sein würden. Erneut verfestigte er den Griff und diesmal konnte ich einen kleinen Schrei nicht mehr zurückhalten. Kirill lachte auf. Die Miene des Unbekannten verdüsterte sich.

»Na und? Und wenn ich ihr eine Kugel in den Kopf jage, ist das meine Sache. Sie ist mein Eigentum, Sie aufgeblasener ...« Weiter kam Kirill nicht, bevor ihm das Lachen im Hals steckenblieb. Mit einer wahnsinnigen Geschwindigkeit ließ der Fremde seine Waffe fallen. Die Pistole landete mit einem Knall auf dem Boden und blieb dort unbeachtet liegen. Seine Hände schossen hervor, rissen die Waffe aus Kirills Fingern und schmissen die Pistole zur anderen, bevor sie sich um Kirills Hals legten und zudrückten. Kirill holte japsend Luft, doch damit erreichte er nur, dass seine Augen aus den Höhlen traten. Kein Sauerstoff strömte in seine Lungen. Er lief rot an, wurde dann blass und letztendlich verwandelte sich sein Teint in ein giftiges Grün, das mich vermuten ließ, dass ihm schlecht wurde. Schock und Angst vermischten sich auf seinem Gesicht zu einer Fratze und er ließ endlich mein Handgelenk los, um stattdessen nach den Armen des

Unbekannten zu greifen und sie von sich zu drücken. Ohne Erfolg. Der Fremde war viel stärker als Kirill.

»Bitte!« Krächzend flehte Kirill den Unbekannten an, die Umklammerung zu lösen, doch damit erreichte er nichts, außer dass die Finger sich fester um seinen Hals krallten.

»Was wolltest du schäbige Kakerlake gerade über sie sagen?«, dröhnte die Stimme des Fremden durch den Raum und ließ mich erzittern. In den Tönen lag so viel Dominanz und Stärke, dass ich die aufkommende Panik hinunterschlucken musste. Kirill ging es nicht besser. Sein Selbstbewusstsein fiel in sich zusammen, jetzt wo er keine Waffe mehr hatte und sein Gegner keine zierliche Frau war, die er herumschubsen konnte. Nein, sie waren ebenbürtig. Wobei, das stimmte nicht ganz. Kirill war unterlegen und das zeigte der Fremde ihm auch, indem er ihn duzte. Der Unbekannte hatte keinen Respekt vor ihm und tatsächlich verdiente Kirill auch keinen, wenn er wehrlose Frauen schlug.

»Bitte! Ich bekomme keine Luft«, jammerte Kirill, doch der Fremde hatte kein Mitleid. Er drückte weiter zu, bis Kirills Augenlider begannen zu flattern und sein Teint sich langsam blau verfärbte. Ich wusste, ich sollte etwas tun. Irgendwas. Aber ich stand einfach nur erstarrt da und blickte perplex auf meinen Ehemann – der Mann, der mir am meisten bedeuten sollte – und hoffte, dass er starb. Der Gedanke erschreckte mich. Ich wollte mir nicht den Tod von irgendwem wünschen. Aber die Wahrheit war, dass vieles in meinem

Leben schlagartig besser werden würde, wenn der Fremde weiterhin zudrückte und Kirill ersticken würde.

»Hör zu, mein Freund«, begann der Unbekannte zischend und beugte sich näher zu Kirill, der kaum noch die Augen offenhalten konnte. Seine Lider fielen immer wieder zu und regelmäßig kam ein Röcheln aus seinem Mund, das mich mehr gruselte als jeder Horrorfilm es könnte. »Ich werde dir sagen, wie diese Sache nun laufen wird. Du wirst deine Visage aus meinem Blickfeld bewegen und alles, was wirklich dir gehört – die billige, nachgemachte Rolex, den Modeschmuck, den du um deinen fetten Hals trägst und die viel zu große Gürtelschnalle, mit der du deinen kleinen Schwanz kaschierst – und verschwindest aus Leanas Leben. Für immer. Und sollte ich dich noch einmal hier oder in ihrer Nähe sehen, nehme ich genau diese Gürtelschnalle und schlage sie dir so lange auf den Kopf, bis ich beweisen kann, dass in deinem Schädel kein Gehirn ist. Kapiert?« Die Stimme des Fremden wurde zum Ende immer kälter. Sie war so schneidend, dass ich mir am liebsten die Ohren zugehalten hätte. Doch stattdessen griff ich auf den Boden und hob eine der Waffen auf. Ich hatte noch nie mit einer Pistole geschossen und keine Ahnung, wie es genau funktionierte, aber die Waffe gab mir wenigstens das vorgetäuschte Gefühl von Sicherheit und Kontrolle. »Ob du das verstanden hast, habe ich gefragt!« Wieder hallte die raue Stimme durch den Raum und ich schlang meine Arme fester um die Pistole. Wer war dieser Mann? Und wieso setzte er sich so für mich ein? Verwirrung breitete sich in mir aus, doch lange konnte ich mich nicht damit beschäftigen, weil Kirill in diesem Augenblick mit letzter Kraft nickte und sich daraufhin der Griff um seinen Hals löste. Kirill schwankte. Seine Beine brachen unter ihm weg. Er fiel zu Boden, als wären die Hände des Fremden alles gewesen, das ihn aufrecht gehalten hatte. Gierig saugte er Sauerstoff in seine Lunge und bekam prompt einen Hustenanfall, der seinen ganzen Körper beben ließ. Die kleinen Scherben, auf die er gefallen war, bohrten sich in seine Kleidung.

»Ja«, gab Kirill wimmernd von sich, schnappte sich die zweite Waffe und rappelte sich vom Boden auf. Kurz dachte ich, er würde sie wieder auf mich oder den Fremden richten, doch stattdessen machte er einen großen Bogen um uns und lief die Spinde entlang – den Blick immer auf den Unbekannten gerichtet, als hätte er Angst, er könnte von hinten angegriffen und doch noch getötet werden. Erst als er bei der Ecke ankam, wollte er uns den Rücken zudrehen, doch der Plan wurde von dem Fremden vereitelt, der Kirill angrinste und noch einmal den Mund öffnete. Doch seine Worte ängstigten mich mehr als Kirill, denn sie verrieten drei Dinge. Ja, er war nicht nur ein einfacher Gast, sondern mein gottverdammter Boss. Der Chef der Chefs hier, um genau zu sein. Nein, er war nicht nur zufällig hier und hatte uns gefunden, sondern kannte mich offensichtlich. Und er war ein genauso großes Arschloch wie mein Ehemann, der Frauen behandelte wie Eigentum, das nichts zu sagen hatte. Fuck. Das bedeutete also das Sprichwort »vom Regen in die Traufe«.

»Gut. Ach, und um deine Frage zu beantworten. Mein Name ist Mikhail. Mikhail Morosow und ich bin Leanas zukünftiger Ehemann.«

DREI

MIKHAIL

Ihre Augen weiteten sich überrascht und ihre Pupillen fixierten mich. Sie waren so groß, dass sie beinahe ihre blauen Iriden verschluckten. Verwirrung stand in ihrem Gesicht geschrieben und Schock, dabei hatte sie noch keine Ahnung, was auf sie zukommen würde. Aber ich schon. Ich wusste genau, was sie erwartete. Die Hölle. Und noch war ich mir nicht sicher, ob der kleine Engel sie überleben würde, immerhin hatte sie schon viel erlebt, aber nichts war damit zu vergleichen, was ich mit ihr vorhatte. Ein Blick auf sie hatte genügt, um zu wissen, dass ich sie wollte. Dass sie die Richtige war. Selbst in diesem nuttigen Outfit sah sie immer noch aus wie eine Königin. Stolz und anmutig. Ihre braunen Haare fielen ihr auf die Schultern und umschmeichelten ihre Gesichtszüge. Die Fransen ihres Ponys verdeckten ihre gerunzelte Stirn. Sie waren lang, aber nicht lang genug, um die nachdenkliche Falte zu verstecken, die sich zwischen ihren Augenbrauen gebildet hatte. Ob sie wusste, wie ähnlich sie ihrer *Mat´* sah? Vermutlich nicht. Ich hatte sie beobachtet. Tagein, tagaus und sie hatte keine Ahnung, wie kostbar das Blut war, das durch ihre Adern zirkulierte. Das Blut, das dieser Bastard vergossen hatte. Wie oft hatte er sie geschlagen, bis ihre Lippe aufgeplatzt war? Oder sie getreten, bis eine ihrer Rippen brach und sie innere Blutungen hatte? Viel zu oft. Aber es war nicht seine Schuld. Nicht nur. Ich hatte versagt. Ich hatte Jahre gebraucht, um sie zu finden. Ewig, um genau zu sein und hätte Irina nicht die Ähnlichkeit zu ihrer *Mat´* erkannt und sie von der Straße aufgelesen, würden wir vermutlich immer noch suchen. Die Rossijas hatten nicht viel richtig gemacht, aber sie hatten es tatsächlich geschafft, ihr Kind vor mir zu verstecken. Doch das war nun vorbei. Ich sollte ihr die Kehle aufschlitzen, ihr eine Kugel ins Gehirn jagen oder sie in meinen Kerker schleppen, um sie für immer an eine Wand zu ketten. Aber dafür war sie zu schön. Es wäre eine Schande, sie für immer vor den Blicken anderer zu bewahren. Wie ein altes Kunstwerk, das man im Keller verstaute. Außerdem hatte ich nicht das Gefühl, dass sie mir gefährlich werden konnte. Sie war nicht einmal stark genug, sich selbst zu helfen, geschweige denn die *Bratwa* zu übernehmen. Und genau das würde ich zu meinem Vorteil nutzen. Selbst nach so vielen Jahren zweifelten immer noch Menschen daran, dass ich der beste Mann für diesen Job war, aber schon bald würde ich ihnen das Maul stopfen. Niemand würde es noch wagen, sich gegen mich zu stellen, wenn ich es schaffte, die letzte Rossija auf meine Seite zu ziehen.

»Was?«, hauchte Leana und sah mich durch ihre langen Wimpern an. Sie biss sich sanft auf die Unterlippe und ihr schüchterner Blick verriet, dass sie Angst hatte, obwohl ihr Ehemann bereits auf dem Weg nach Timbuktu war, wenn ihm sein Leben lieb war. Ehemann. Wie das klang. Absolut widerlich. Ich hielt nichts von der Ehe und noch weniger von der Liebe. Sie machte einen schwach und ließ einen nicht mehr klar denken. Beides Dinge, die ich absolut nicht gebrauchen konnte und wo es einen am Ende hinbrachte, sah man an Leanas Beispiel am besten. »Was tun Sie hier?«

»Ich habe eine halbe Ewigkeit auf meinen Drink gewartet und dachte, ich sehe nach, ob ich ihn noch bekomme.« Vielsagend sah ich auf den Boden, auf dem Scherben verteilt waren. Eine große Scherbe lag genau zu meinen Füßen. Ich hob den rechten Schuh an und zerdrückte das Glas unter meiner dicken Sohle. Es knirschte, als die Scherbe weiter zersplitterte.

»Nein. Ähm, ich meine ... ja. Natürlich hole ich sofort ein neues Glas«, stotterte Leana und sah auf die Waffe in ihren Händen hinab, während sie sich in Bewegung setzte. Schritt für Schritt entfernte sie sich von mir und ging damit in die Richtung, in die ihr baldiger Exmann verschwunden war. Ob sie deshalb so zögerlich ging? Hatte sie Angst, er würde ihr auflauern und nur darauf warten, dass sie ohne mich unterwegs war? Ich hoffte, er war klug genug, es nicht zu tun. Schon als ich ihn und Leana zusammengesehen hatte, wollte ich ihm eine Kugel ins Herz schießen, doch das erste, das meine zukünftige Braut von mir zu sehen bekam, sollte kein Mord sein. Sie würde noch früh genug erfahren, was für ein Mensch ich war, aber bis dahin musste ich sie dazu bekommen, mir zu vertrauen.

»Leana!« Sanft schlang ich meine Hand um ihren Oberarm und hielt sie zurück. Ihre Haut war warm und sie roch angenehm süßlich. Irgendwie blumig, als wäre sie eine Rose. Aber es war nicht so penetrant wie bei den anderen Frauen im Club, was ich begrüßte. Ich hasste aufdringliche Düfte.

Leana drehte sich zu mir um, vermied es jedoch, mir in die Augen zu sehen. Sie blickte überall hin – auf die Wände, die Spinde und die Waffe in ihren Fingern – aber wann immer die Augen auch nur in meine Nähe schweiften, änderte sie den Kurs. Dabei wollte ich nichts lieber als in ihre Augen zu sehen, weil sie aussahen wie der Himmel. Blau und wolkenbehangen. »Ja, Si-«

»*Don*«, verbesserte ich sie, noch bevor sie das Wort beenden konnte. *Sir*. Nicht, dass es sich nicht gut aus ihrem Mund anhörte. Das tat es. Mein Schwanz liebte es geradezu und reagierte sofort auf ihren gesenkten Kopf und das Zittern in ihrer Stimme, aber wir mussten klare Verhältnisse schaffen. Schon jetzt war diese Geschichte wahnsinnig verdreht und abgefuckt. Noch mehr Verwirrung würde nur zu einem riesigen Chaos führen und sie musste wissen, wer ich war. Der Boss der Bosse. Was ich noch war – ihr Untergang – würde sie erst erkennen, wenn es zu spät war.

»Was?« Leana schluckte sichtlich und musterte mich. Die Falte zwischen ihren Augenbrauen vertiefte sich. Unverständnis lag in ihren Zügen. Sie war überfordert. Mit mir. Ihrem Leben. Und der ganzen Situation. Aber dabei konnte ich ihr nicht helfen. Es würde noch viel schlimmer werden, bevor es besser werden konnte und sie durch meine Hand den Tod fand.

»Du kannst mich *Don* nennen.« Ich verzog meine Lippen zu einem beruhigenden Lächeln und hoffte, das würde reichen, damit sie sich entspannte. Tat es aber nicht. Stattdessen wich sie weiter zurück und sah sich nach Hilfe um. Sie wusste nicht, wie sie mich einschätzen sollte und sie war vorsichtig. Diese Karikatur eines Ehemannes, *ihres* Ehemannes, hatte wohl dafür gesorgt, dass sie das Grundvertrauen in die Gesellschaft verloren hatte. Sie war vorsichtig. Klug von ihr. Leider würde das die ganze Sache schwieriger machen, als ich gedacht hatte.

»Ich dachte, Ihr Name sei Mikhail«, hauchte Leana und jede Silbe, die aus ihrem Mund kam, brachte mein Blut in Wallung. Ihre Stimme klang piepsig und leise wie die einer Maus. Eingeschüchtert und devot. Als würde sie eine Katze anflehen, sie nicht mit Haut und Haaren zu verspeisen. Es war sexy, weil sie trotz ihres Outfits unschuldig wirkte. Wie eine Nonne, die man in das Kostüm einer Prostituierten gesteckt hatte.

»Das ist richtig. Mikhail Morosow. Aber ich bin

der *Don* der Morosow *Bratwa*«, erklärte ich und betonte jedes Wort, damit sie verstand, was ich sagen wollte. Dass ich die Kontrolle hatte. Über den Untergrund Russlands, alle illegalen Geschäfte im Ausland und ab heute auch über sie.

Leanas Pupillen weiteten sich überrascht und Erkenntnis schimmerte in ihren tränennassen Augen. »*Bratwa*? Ich wusste nicht ... Ich dachte ...«, stammelte sie und wich einen weiteren Schritt zurück, bis sie gegen einen der Spinde stieß. Es schepperte, als das dünne Metall ihre Bewegungen stoppte. Leana biss sich auf die Unterlippe. So fest, dass ihre Zähne sich in ihr eigenes Fleisch gruben, als wollte sie sich davon abhalten, etwas Falsches zu sagen. Das Bild vor mir verstärkte den Drang, sie gleich hier ficken zu wollen. Mein Schwanz dürstete nach ihrer Berührung. Er pochte unangenehm in meiner Hose, obwohl Viktorija mir gerade erst einen Orgasmus verschafft hatte.

»Was?« Blitzschnell fand meine Hand Leanas Kinn und hob es ein Stück an, sodass sich ihre blauen Augen wieder auf mich richten mussten statt auf den dreckigen Boden. Ihre Iriden leuchteten auf und sie leckte sich über die Unterlippe, die inzwischen zu bluten begonnen hatte. Es wäre so leicht, meinen Mund auf ihren zu drücken und mit meiner Zunge die kleinen Blutstropfen aufzulecken. Aber das würde sie verschrecken und ich brauchte ihr Vertrauen, damit sie nicht davonlief, bevor ich hatte, was ich wollte.

»Ich hatte keine Ahnung, dass Irina für die Mafia arbeitet.« Leanas Stimme wurde, wenn möglich, noch leiser, bis es kaum noch ein Flüstern war. Angst mischte sich in ihre Worte und ihr Kinn begann zu zittern. Hatte sie schon Bekanntschaft mit der Mafia gemacht? Vermutlich nicht, sonst hätte ich sie viel früher gefunden. Dennoch sagte die *Bratwa* ihr etwas – so wie jedem in diesem Land. Sie hatte gehört, was wir getan hatten. Die Drogengeschäfte, die Geldwäschen und die Morde. Erst vor einer Woche waren sieben Huren erschossen in der Gosse gefunden worden und die Nachrichten hatten es breitgetreten. Ich selbst hatte sie getötet. Jeder einzelne Schuss war aus meiner Waffe gekommen. Aber sie hatten es verdient gehabt. Gut, nicht sie, aber ihr Zuhälter. Geld vor mir zu verstecken, war wohl nicht seine beste Idee gewesen und nun musste er sich neue Frauen suchen, die für ihn anschafften.

»Tut sie auch nicht. Irina ist eine alte Freundin und sie führt den Club für mich.« Mein Lächeln wurde breiter. Das war eine sehr sympathische Beschreibung dafür, dass sie *Otez'* Hure gewesen war, bevor mein Dad sie statthatte und ausrangieren wollte. Dabei hatte sie ihm jahrelang treu gedient und alles für ihn getan. Wirklich alles. Aber es hatte nicht gereicht. Sie war ihm zu langweilig geworden und am Ende wäre für sie nur die Kugel im Kopf geblieben. Zumindest dachte sie das, bis ich sie von der Bildfläche verschwinden ließ und somit vor meinem *Otez* schützte.

»Das ist ... nett von ihr.« Leanas Worte kamen nur zögerlich über ihre Lippen und sie straffte die Schultern, als würde ihr plötzlich einfallen, dass sie keine

Angst zeigen sollte. Trotzdem schaffte sie es nicht, meinem Blick standzuhalten. Sie senkte den Kopf und betrachtete ihre Schuhspitzen. Es könnte mir egal sein. Aber das war es nicht. Ich wollte, dass sie mich mit dem freien Himmel in ihren Augen ansah. Das Pochen in meinem Schritt wurde stärker. Mein Schwanz zuckte. Wie es wohl wäre, wenn sie vor mir kniete, mein Glied in ihrem Mund und ihre Augen fest auf mich gerichtet? Die Wolken in ihren Iriden würden sich verziehen und das Blau würde vor Lust dunkler werden. Ein Schauer durchlief mich. Immer mehr Blut rauschte durch meinen Körper und sammelte sich in meinen kribbelnden Lenden. Wie lange waren wir schon hier? Würden mich die anderen bereits vermissen und nach mir suchen? Oder hatte ich noch genug Zeit, sie auf der Stelle zu ficken, bis ihr Leib mit meinem Sperma besudelt war?

»Leana!« Ich drückte meine Hand an ihrem Kinn wieder ein Stück hinauf. Eine klare Aufforderung, dass sie den Kopf heben sollte, doch stattdessen sah sie mich aus halbgeschlossenen Lidern an.

»Ja?«, murmelte sie und der Klang ihrer Stimme hörte sich an wie ein Stöhnen. Mein Unterleib zog sich zusammen. Fuck! Wenn das so weiterging, war nicht ich ihr, sondern sie mein Untergang.

»Sieh mich an!«, verlangte ich und trat näher auf sie zu, bis ihre Brüste gegen meinen Oberkörper gedrückt wurden. Sie war ein Stück kleiner als ich, sodass ich mich ein wenig zu ihr beugen musste, um jede Pore ihres Gesichts erkennen zu können. Aber das war es wert. Sie war makellos. Perfekt. Nirgendwo war auch nur eine Unreinheit zu sehen. Auch hatte dieses Arschloch ihr offenbar keine Narben im Gesicht verpasst. Glück für ihn. Vielleicht hätte ich ihn doch noch umgebracht, wenn er mein Eigentum beschädigt hätte.

»Was wollen Sie von mir?« Eine einzelne Träne lief über Leanas Wange, obwohl sie schon seit dem Abgang ihres Mannes nicht mehr geweint hatte. Ich hoffte, es lag an dem Gefühlwirrwarr, das sich in ihren Augen widerspiegelte. Oder machte ich ihr etwa Angst? Vielleicht. Sofort lockerte ich den Griff um ihr Kinn, um ihr nicht mehr wehzutun. Außerdem wollte ich ihr zeigen, dass sie nichts von mir zu befürchten hatte. Noch nicht.

»Das sagte ich doch bereits. Ich will dein zukünftiger Ehemann sein.« Das wollte ich wirklich. Es war ein unschlagbarer Plan. Ihr Name, ihre Herkunft würde meinen Thron für immer sichern. Für mich und meine – nein, unsere – Nachkommen.

»Das ist ein Witz, richtig?« Leana schnaubte belustigt, als hätte ich gerade versucht, sie zum Lachen zu bringen. Und ich verstand sie. Wie musste es sich für sie anhören, wenn ein Fremder um ihre Hand anhielt?

»Du kennst mich nicht, aber du wirst schon bald merken, dass ich in solchen Fällen keine Scherze mache. Nicht, wenn es ums Geschäft geht.« Diese Sache war wichtig, doch sie hatte keine Ahnung. Wie auch? Sie wusste nicht einmal, wer sie war. Alles an ihr war falsch. Angefangen bei ihrer Geburtsurkunde bis zu ihrem Führerschein und auch ihre Heiratsurkunde war ungültig. Weil es nie eine Leana Petrow gegeben hatte. Ihr ganzes Leben beruhte auf einer Lüge. Was für ein Wunder, dass es vor Gericht nicht aufgefallen war. Was die Frage aufwarf, ob ihr falscher Gatte wusste, wen er geehelicht hatte. Vielleicht sollte ich ihn von Danilo doch noch einmal durchleuchten lassen. Nur zur Sicherheit.

»Ums Geschäft?« Leanas gespieltes Amüsement verschwand und ihre Züge wurden wieder ernst. Sie runzelte die Stirn und legte den Kopf schief, während sie zu mir aufsah. Unsere Gesichter waren sich dadurch noch näher und ihr Geruch umhüllte mich. Ihr Atem fühlte sich warm auf meinen Wangen an. Keuchend stieß sie die Luft aus ihren Lungen. Obwohl sie stand und nicht mehr rannte, atmete sie schwer.

»Ich habe keinen Erben und sagen wir einfach, dass in meinem Beruf selten jemand an Altersschwäche stirbt.« Nie, um genau zu sein. *Deduschka* – der *Otez* meines *Otez* – starb durch eine aufgeschlitzte Kehle und dessen Dad wiederum an einem langsam wirkenden Gift, dass seine vierte Frau ihm untergeschoben hatte. *Otez* und sein Bruder lebten noch, weil sie im letzten Moment untergetaucht waren, doch ich ließ bereits nach ihnen suchen und sobald ich sie gefunden hatte, würde auch sie ein sehr schmerzhafter Tod ereilen.

»Was hat das mit mir zu tun?« Leana ruckte mit dem Kopf zurück, sodass ich den Griff um ihr Kinn lösen musste und ein störrischer Ausdruck breitete sich in ihren Augen aus. Ihr Kampfgeist war erwacht und ich freute mich schon darauf, ihn zu brechen.

»Ich brauche eine Frau und du bist perfekt dafür«, brummte ich und strich mit meiner Hand ihren Hals entlang und über ihr Schlüsselbein, das komplett von ihrem Shirt ausgespart wurde. Leana erschauderte unter meiner Berührung. Eine Gänsehaut bildete sich auf ihrem Körper.

»Wieso ich?« Leana verlagerte ihr Gewicht von einem Bein aufs andere und verengte ihre Augen zu Schlitzen, als würde ihr das beim Nachdenken helfen, doch die Verwirrung in ihrem Gesicht wurde immer größer. »Ich bin bereits verheiratet, habe keine Erfahrung mit Kindern und sehe nur durchschnittlich attraktiv aus, sodass es bestimmt jemanden mit besseren Genen …«

Nein, es gab absolut niemanden mit besseren Genen. Die Rossijas waren das stärkste Geschlecht der *Bratwa* gewesen, bevor *Otez* alles in die Wege geleitet hatte, sie von innen heraus zu zerstören. Und dafür hatte er Jahrzehnte gebraucht. Er hatte seine besten Männer geopfert und alles auf eine Karte gesetzt, um schlussendlich alles zu verlieren. Sogar seinen Sohn. Mich. Und nun stand ich vor der Frau, dessen Familie für all das verantwortlich gewesen war und alles, woran ich denken konnte, war, dass sie weit mehr war als nur durchschnittlich.

»Du brauchst mich«, unterbrach ich sie abrupt, um nicht länger darüber nachdenken zu müssen, wie schön sie war, wenn ihr eine Strähne übers Gesicht fiel, oder wie sexy die Blutstropfen auf ihren roten Lippen aussahen.

»Bitte?« Leana riss die Augen auf, als könnte sie dann besser hören, oder zumindest erkennen, ob ich mich versprochen hatte. Doch ich legte nur ein kühles Grinsen auf meine Züge und beobachtete ihre Reaktion mit Belustigung. Ja, es würde wirklich nicht einfach mit ihr werden und dauern, bis ich sie gebrochen hatte.

»Der Grund, weshalb du perfekt bist, ist, dass du mich brauchst. Genauso sehr, wie ich dich brauche.« Oder zumindest fast so sehr. Sicher, auch ein anderer reicher Typ mit Einfluss könnte sie aus ihrem Tief holen und ihr ein neues Leben ermöglichen. Mal abgesehen davon, dass ich gar nicht vorhatte, sie je wieder lebend gehen zu lassen. Aber wie hoch war die Chance, dass irgendwer in diese Absteige kam und sie rettete?

»Wovon reden Sie?« Leanas Stimme verwandelte sich in ein Zischen. Wut mischte sich in ihre sanften Töne und ein Glühen zog sich über ihre Wangen, während sie mich musterte, als hätte ich ihr gerade gesagt, ich würde kleinen Kindern den Kopf abbeißen. Als wäre ich abstoßend und würde sie anwidern. Tja, die Wahrheit tat weh. Ganz besonders einer stolzen Frau wie einer Rossija. Und ob bei der *Bratwa* aufgewachsen oder nicht – in ihr schlummerte das Feuer ihrer Familie.

»Sieben verschiedene Pflegeeltern, zwei Großheime und eine Wohngemeinschaft, bevor du überhaupt alt genug warst, um in diesem Land wählen zu dürfen. Vier angefangene Ausbildungen, die du abbrechen musstest, weil du arbeiten gehen musstest, um dich finanziell über Wasser zu halten, statt die Schulbank zu drücken. Und als Krönung eine lieblose Ehe mit einem Mann, der dich misshandelt hat und dem du nie die Stirn geboten hast, weil du Angst hattest, wieder auf der Straße zu landen.« Es war eine düstere Zusammenfassung für ein so kurzes Leben und ich konnte nicht verhindern, dass ich Respekt für sie empfand, weil sie immer noch hier war und weitermachte. Tag für Tag.

»Woher wissen Sie das alles?« Leana reckte das Kinn und zog die Schultern nach hinten, auch wenn ein panischer Ton sich in ihre Stimme schlich. Ahnte sie, dass ich sie beobachtet hatte? Ihr ganzes Leben durchleuchtet hatte und von jedem ihrer Geheimnisse wusste? Angefangen damit, wer der erste Mann gewesen war, den sie geküsst hatte, bis zu der Tatsache, dass sie letzte Woche von einem der Gäste angerempelt worden war? Nein, das konnte sie nicht wissen und es war auch absolut egal, denn alles vor mir hatte nun keine Bedeutung mehr. Es war nebensächlich, wer sie zuerst berührt hatte, solange ich der Letzte war, der das tat. Und das würde ich sein.

»Ist das wichtig? Sollte nicht eher zählen, was ich mit diesen Informationen vorhabe?« Ich stieß ein kaltes Lachen aus, als Leana sich versteifte, aber sie versuchte nicht wegzurennen. War sie einfach nur mutig, oder hatte sie gelernt, dass sie sowieso nicht schnell genug war, um ihren wahrgewordenen Albträumen zu entrinnen?

»Und was haben Sie vor?« Jegliche Emotionen verschwanden aus ihrem Gesicht und ihrer Stimme. Leanas Blick wurde kühl, berechnend. Als wäre sie eine Geschäftsfrau. Doch ich konnte hinter die Maske blicken. Sie versteckte ihre Angst vor mir, bis sie alle Informationen hatte. Sie war wirklich klüger, als ich sie ursprünglich eingeschätzt hatte. Aber auch das würde ihr nicht helfen.

»Ich will dir ein Angebot machen. Du wirst meine Frau, du ziehst bei mir ein und du bekommst mein Kind. Dafür kannst du eine Ausbildung machen, musst keine Angst haben, unter freiem Himmel schlafen zu müssen und sobald mein Erbe alt genug ist, um keine Muttermilch mehr zu brauchen, kannst du gehen.« *Und geradewegs in dein eigenes Grab spazieren.* Ich sagte es nicht, aber der Gedanke saß fest verankert in meinem Kopf. Viktorija oder Irina würden das Baby aufziehen, sobald Leana von der Bildfläche verschwunden war. Die Frage war nur, wie ich mich ihr entledigte. Aber dafür hatte ich noch genug Zeit. Wenn alles gut ging, zehn Monate.

»Das … das ist lächerlich. Und ich denke auch, dass es illegal ist. Erpressung oder Nötigung.« Leana schüttelte den Kopf und bemühte sich, weiter zurückzuweichen und Abstand zwischen uns zu bringen, doch der Spind hinter ihr hinderte sie daran. Sie knallte nur mit dem Rücken erneut dagegen und erntete von mir ein Lachen.

»Ich nenne es ein Tauschgeschäft.« Wobei Entführung oder Prostitution das Ganze auch gut definieren würden. Sie hatte ja recht. Ich erkaufte sie mir quasi. Machte mich das zu ihrem Sugardaddy? Nein, dafür war ich mit Mitte Dreißig noch zu jung und sie zu alt. Die knapp eineinhalb Jahrzehnte, die uns trennten, würden nicht ausreichen für so eine Art von Beziehung und die strebte ich auch nicht an.

»Und was, wenn ich ablehne?«, fragte Leana, aber der Ausdruck in ihren Augen zeigte, dass sie nicht gänzlich abgeneigt war. Ein Hauch von Erregung war in ihrem Gesicht zu erkennen. Kaum wahrnehmbar, aber vorhanden. So wie vor wenigen Minuten im Separee. Sie wollte mich. Gut, das würde es vereinfachen. Auch dass sie sich automatisch unterordnete, war eine Erleichterung. Und jedes Mal, wenn sie mich siezte, spannte meine Hose stärker um mein Glied.

»Du bist klug genug, um zu wissen, dass ein Mann wie ich ein Nein nicht gerne hört.« Und es auch keine Bedeutung haben würde. Ich hatte niemals eine Frau gegen ihren Willen genommen, immerhin boten sich genug freiwillig an, doch bei Leana würde ich eine Ausnahme machen, wenn es nötig war.

Leana räusperte sich. Sie lehnte sich gegen den Spind hinter sich und leckte sich nachdenklich über die Unterlippe, bis kein Tropfen Blut mehr zu sehen war. »Also ist Ihre Frage nur Täuschung, weil es egal ist, was ich dazu sage?«

Ja, war das nicht offensichtlich? »Du würdest es uns beiden leichter machen, wenn du einwilligen würdest.« *Oder besser gesagt: Mir würde es das leichter machen.* Bisher konnte ich verhindern, dass irgendwer außer meinen engsten Vertrauten erfuhr, dass ich Leana gefunden hatte und somit musste es auch *Otez* verborgen geblieben sein. Doch wenn ich sie wie ein Neandertaler über die Schulter legen und aus dem Club tragen musste, würde das Fragen aufwerfen. Und das würde meinen Zeitplan gehörig durcheinanderbringen.

Leana sog scharf die Luft ein und hob fragend eine ihrer perfekt geschwungenen Augenbrauen. »Gibt es keine anderen Frauen, die in einer ähnlichen Lage sind wie ich?«

»Ja, aber die haben nicht so gebärfreudige Hüften wie du.« Ich lachte noch, während die letzten Worte aus meinem Mund kamen, doch im nächsten Moment klatschte es, bevor meine Wange begann zu brennen. Fuck! Hatte sie mich gerade geschlagen?

VIER

LEANA

Ich hörte das Klatschen von Fleisch auf Fleisch, bevor ich überhaupt realisierte, was ich gerade tat. Mein Arm hob sich ohne mein Zutun und ich konnte nicht verhindern, dass meine Hand hart auf seiner Wange aufschlug. Ein Kribbeln zog sich durch meine Handfläche. Erschrocken zischte ich und schlug die Hand vor den Mund. Was hatte ich getan? Ich hatte ihm eine Ohrfeige verpasst. Dem gottverdammten *Don* der russischen *Bratwa*! »Oh mein Gott! Es tut mir so …«, begann ich, doch ich stoppte mitten im Satz, weil ich dabei war zu lügen. Nein, es tat mir nicht leid. Ich hatte auf seine unverschämte Äußerung reagiert. Nicht mehr und nicht weniger. Er hatte es verdient, dass seine Wange sich rot verfärbte, doch er war nun mal, wer er war und ein Schnipsen von ihm würde reichen, um mein Leben zu beenden. Nicht unbedingt der beste Zeitpunkt, um mich über sexistische Antworten zu ärgern und um mich zu schlagen. Ängstlich drückte ich mich gegen die Spinde und rechnete fest damit, dass er ebenfalls die Hand erheben und mich bestrafen würde. Ich kniff die Augen zusammen und hoffte, es würde schnell vorbeigehen, doch der Schlag blieb aus. Stattdessen erklang sein raues Lachen.

»Du hast Feuer, *angilótschik*. Das gefällt mir«, murmelte er und das russische Wort für Engelchen ließ mich erzittern. Schon mein Name hörte sich aus seinem Mund wie purer Sex an, doch der Kosename sorgte dafür, dass ich trotz meiner Angst und der Verwirrung, die gegeneinander um die Vorherrschaft kämpften, feucht wurde. Meine Feuchtigkeit verteilte sich in meinem Höschen und ein Keuchen schlüpfte aus meiner Kehle. Mikhails Grinsen wurde breiter. Die Hand auf meinem Schlüsselbein wanderte über meine Brüste hinunter zu meinem Bauch und weiter zu meinen Schenkeln. Fest schob er seine starken Finger dazwischen, ohne mir die Chance zu geben, etwas dagegen zu sagen und fuhr die Außenseite meines Höschens nach, sodass er die Nässe spüren musste. Seine Augen verdunkelten sich. Mein Puls beschleunigte sich. Ich biss die Zähne zusammen, um ein Stöhnen zu unterdrücken. Ein hungriger Ausdruck trat in Mikhails Gesicht und seine Hand glitt zum Saum meiner Unterwäsche, um sanft darunter zu ... Das Quietschen der Tür ließ uns auseinanderfahren und Mikhails Hand verschwand von meiner Mitte.

»Mikhail? Irina lässt fragen, ob sie uns Zimmer für heute Nacht anbieten soll?«, erklang eine Stimme, die mir bekannt vorkam. War das nicht der Typ aus dem Separee? Wie hatte Mikhail ihn genannt? Danilo? Ich war mir fast sicher, dass er es war, doch ich konnte ihn durch die Spindreihen nur hören und nicht sehen. War er allein? Ich wusste es nicht, aber selbst wenn hoffte ich, dass er auch uns nicht entdecken konnte. Ich musste aussehen wie eine Hure. Vielleicht hatte Kirill doch recht gehabt. Hier war ich und handelte meine Zukunft mit einem Mafiaboss aus, während ich zuließ, dass er seine Finger tief in mich vergrub. Wie weit wäre ich gegangen, wenn niemand den Raum betreten hätte? Und warum war ich enttäuscht, dass Mikhail nicht weitergemacht hatte? Ich war verheiratet, verdammt noch mal. Schön, nicht besonders glücklich und Kirill hatte sich ebenfalls nicht an seine Versprechen und die Gelübde gehalten, dennoch war es hart für mich, dass ich anscheinend bereit war, all meine Prinzipien über Bord zu werfen. Ich glaubte an Monogamie und ich hatte an die Ehe geglaubt. Daran, dass man sich liebte und für immer zueinander gehörte. Und es war verflucht schwer, mein jetziges Verhalten mit der Frau in Einklang zu bringen, für die ich mich gehalten hatte. Ich hatte mich nie als die Frau gesehen, die einen One-Night-Stand hatte, sich von ihrem Körper und ihren Gefühlen leiten ließ oder sich zu bösen Männern hingezogen fühlte. Und doch war ich hier. Mein Weltbild wurde gerade total zerstört und ich hatte keine Ahnung, wer ich eigentlich war. War es für mich in Ordnung, dass Mikhail mich berührte? Durfte ich es mögen und genießen? Sollte ich auf seinen Deal eingehen? Ich hatte keine Ahnung, was ich tun sollte und ich wünschte mir einfach jemanden, der mir eine Lösung für meine Probleme nannte, sodass ich wenigstens jemanden verantwortlich machen konnte, wenn ich mich am Ende für das Falsche entschied.

»Nein, wir gehen gleich. Ihr könnt schon mal zusammenpacken«, ordnete Mikhail an, hob seine Hand zu seinem Gesicht und roch an seinen Fingern. Geschockt beobachtete ich, wie seine Nasenflügel sich aufblähten und ein zufriedener Ausdruck auf seine Züge trat, während er seine Hand an seinen Mund führte und meine Nässe von seinen Fingern leckte. Es war widerlich. Ich war schon seit Stunden auf den Beinen und musste intensiv nach Schweiß und meiner Erregung riechen, doch gleichzeitig sorgte der genüssliche Ton, den Mikhail dabei von sich gab, dafür, dass ich immer feuchter wurde, bis ich glaubte, mich in einen Wasserfall zu verwandeln, der nur von Mikhail gestoppt werden konnten.

»Ich fahre den Wagen vor«, bestätigte Danilo und sein amüsierter Ton verriet, dass er ahnen musste, dass es einen Grund gab, weshalb Mikhail ihn wieder wegschickte. Und ich wusste nicht, ob ich froh sein sollte, dass Mikhail Danilo klar machte, dass er ihn nicht hier haben wollte, weil er ... ja, was? Mich ficken wollte? Mein Körper bettelte darum, aber war es wirklich eine gute Idee, diesem Verlangen nachzugeben? Ich wusste nichts über diesen Mann, außer seinen Namen und der Tatsache, dass er offenbar ein Stalker war, wenn er mich beobachtete oder beobachten ließ. Ein Mann wie er hatte sicher seine Leute für solche Jobs. »Wird Leana uns begleiten?«, wollte Danilo wissen und ich tauschte instinktiv einen Blick mit Mikhail, der langsam seine Finger aus seinem Mund nahm und zeitgleich »Ja« sagte, als ich ein »Nein« ausstieß, wofür mich ein wütender Blick von Mikhail traf.

»Wie bedauerlich.« Danilo lachte schallend, doch das schien ihm als Antwort zu reichen, denn kurz darauf erklang wieder das Quietschen der Tür und Schritte, die sich entfernten. Danilo ließ uns allein zurück, doch die Begegnung mit ihm warf noch mehr Fragen auf. Langsam bekam ich Angst, mein Gehirn würde bald explodieren.

»Woher kennt er meinen Namen?«, hauchte ich fassungslos. Wieso wusste er, wer ich war? Und noch viel wichtiger, warum ahnte er, dass ich gerade bei Mikhail war? Irgendwas entging mir hier und obwohl Mikhail mich aus ehrlichen Augen ansah, glaubte ich ihm nicht. Typen wie er konnten jede Frau haben. Und nein, das lag nicht nur an seinem Aussehen. Er hatte Geld und Macht. Zwei Dinge, die viele Schenkel automatisch aufklappen ließen. Also warum ausgerechnet ich?

»Jeder meiner Männer kennt deinen Namen und dein Gesicht.« Mikhail sagte es, als wäre es sonnenklar und absolut natürlich, aber das war es nicht. Es war beängstigend. Der Gedanke, dass die Mafia wusste, wer ich war und was ich tat, war nicht so leicht abzuschütteln. Ganz im Gegenteil. Dieses Wissen setzte mich unter Druck. Würde ich gejagt werden, wenn ich sein Angebot ausschlug? Gesucht und getötet, weil ich nicht seine Frau werden wollte? Hatte ich überhaupt eine Wahl? Die ganze Zeit dachte ich darüber nach, dass ich die falsche Entscheidung treffen könnte, aber je mehr Informationen mir Mikhail gab, desto sicherer wurde ich, dass die Entscheidung schon gefallen war. Nicht heute, oder gestern. Sondern vor Monaten und ich hatte nie ein Mitspracherecht gehabt. Hatte Irina mich ihm angepriesen? Verdankte ich es ihr, dass ich nun hier stand? Oder hatte ich irgendwie anders seine Aufmerksamkeit auf mich gezogen?

»Wieso?« Tränen brannten in meinen Augen. Nicht unbedingt, weil ich mir ein paar Monate an Mikhails Seite so schrecklich vorstellte. Überhaupt nicht eigentlich. Er sah gut aus, behandelte mich nicht wie Dreck unter seinen Füßen und nahm sich auch nicht einfach, was er wollte, sondern erweckte wenigstens den Anschein, als würde er sich meine Zustimmung holen, bevor er über mich herfiel. Außerdem gab er mir das Gefühl, die begehrenswerteste Frau auf diesem Planeten zu sein und nach dem Desaster mit Kirill genoss ich es, dass jemand mich wollte. Eine Frau konnte nur eine gewisse Anzahl von Zurückweisungen ertragen, bevor ihr Stolz all ihre Liebe im Keim erstickte und bei Kirill war genau das passiert. Umso mehr sehnte sich mein Organismus nach Zuspruch und Aufmerksamkeit und beides bekam ich von Mikhail. Trotzdem würde mich der Deal mit Mikhail zwingen, sich mit einer Seite von mir auseinanderzusetzen, die ich bisher niedergekämpft hatte. Ich wäre dann nicht besser als eine Hure. Mikhail würde nicht der Prinz auf irgendeinem weißen Ross sein, der mich aus purer Liebe vor dem Abgrund bewahrte und Drachen in die Flucht schlug. Nein, er verlangte etwas für seine Hilfe und meine Gebärmutter würde sich meine Freiheit und ein neues Leben erarbeiten müssen. Und ich war mir nicht sicher, ob ich dem Teil in meinem Inneren, der den Deal in Ordnung fand, nachgeben und mich selbst in diesem anderen Licht sehen konnte.

»Ich beobachte dich schon länger, Leana. Und ich finde es nur gerecht, wenn meine Männer wissen, von wem sie in Zukunft Befehle entgegennehmen müssen.« Mikhail lachte kurz auf und wischte sich dann den Speichel auf seinen Fingern an seiner Hose ab, bevor er wieder näher zu mir trat. Seine breiten Schultern kesselten mich zwischen ihm und den Spinden ein, sodass ich nicht fliehen konnte. Wenn ich ehrlich war, wollte ich es auch gar nicht. Wohin denn auch? Irina gehörte offensichtlich zu Mikhail, also würde ich hier nicht weiterarbeiten können, wenn ich sein Angebot ausschlug, und dann? Ich würde wieder auf die Straße müssen oder zu Kirill. Beides keine guten Alternativen. Doch der Tod? Nein, ich hing an meinem Leben und nun hatte sich ein neuer Weg aufgetan wie aus dem Nichts und ich schaffte es nicht, ihn einfach so zu ignorieren. Vielleicht würde ich in zehn Jahren bereits darüber lachen. Irgendwo in einer kleinen Wohnung, in der ich endlich glücklich war.

»Eine Schwangerschaft und dann kann ich gehen?«, hinterfragte ich und suchte in mir die Antwort auf die Frage, ob ich Kinder wollte. Eigentlich nicht. Nicht mehr. Als Jugendliche hatte ich immer diesen Traum von meinem Leben. Einen Mann, zwei Kinder, der perfekte weiße Gartenzaun um das wunderschöne Haus, das sogar einen Pool umfasste. Aber mit jedem Jahr war der Traum verblasst und weiter in den Hintergrund gerückt, bis er unerreichbar gewesen war. Wie hätte ich auch ein Kind in diese Welt setzen sollen, wenn ich ständig Angst hätte haben müssen, dass es Kirills Gewalt ausgesetzt sein würde? Es wäre unverantwortlich gewesen, meinen Kindern das zuzumuten, nur um meinen Traum zu erfüllen. Aber jetzt? Könnte ich ein Kind bekommen und es mit meinem Gewissen vereinbaren, das Baby allein zu lassen? Einen Fötus auszutragen, in dem Wissen, dass es niemals wirklich mein Kind sein würde, sondern immer der Erbe der *Bratwa*? Könnte ich es einfach verlassen und hinter mich bringen, um auf der Trauer meines Verlustes ein neues Leben zu beginnen? Fragen über Fragen und keine Antworten in Sicht. Ich fühle mich verloren in dem Strudel, als würde mich der Strom aus Unklarheiten mit sich ziehen und nicht mehr loslassen, bis ich darin ertrank.

»Wenn du das möchtest«, versicherte Mikhail und das riesige Lächeln auf seinem Gesicht zeigte, dass er schon wusste, dass ich in die richtige Richtung dachte und dabei war, sein Angebot anzunehmen. Doch auch das versetzte mich in Angst und Schrecken. Dieser Mann kannte mich nicht. Er hatte mich heute zum ersten Mal gesehen und sich mit mir unterhalten und dennoch hatte ich das Gefühl, er würde mich besser kennen als ich mich selbst. Als könnte er in meine Seele blicken und würde dort alle Antworten finden, zu denen ich keinen Zugang hatte.

»Aber wir wären dann verheiratet«, widersprach ich und wusste, dass in der Theorie alles einfach klang, aber am Ende in der Realität vieles viel schwieriger war. Als ich damals die Hochzeitsurkunde unterschrieb, um Kirill zu heiraten, hatte ich keine Bedenken gehabt. Wieso auch? Ich hatte ihn geliebt und obwohl einige Menschen in meiner Umgebung mich damals darauf hingewiesen hatten, dass ich noch wahnsinnig jung sei und mir Zeit lassen sollte, hatte ich nicht auf ihre Warnungen gehört. Man konnte sich schließlich scheiden lassen, wenn es doch nicht passte, richtig? Aber wie gesagt, so einfach war es eben doch nicht gewesen. Es war emotional anstrengend, bürokratisch ein Albtraum und gesellschaftlich immer noch verschrien, als wären wir weiterhin in einem vergangenen Jahrhundert gefangen. Ich hatte niemanden gehabt, der mir geholfen hätte, mich von Kirill zu trennen und kein Geld, um zu überleben, selbst wenn ich es auf eigene Faust geschafft hätte.

»Das ist richtig und das würde auch so bleiben. Dieser Punkt ist nicht verhandelbar. Du bist meine Frau. Für immer«, stellte Mikhail klar und wieder blitzte dieser Ausdruck in seinen Augen auf, den ich nicht deuten konnte. Es war ein merkwürdiges Glitzern. Nicht, als würde er lügen, aber irgendwas verschwieg er mir.

»Warum nicht?« Noch bevor ich die Frage stellte, hätte ich sie mir sparen können. Ich sah das Kreuz an seiner silbernen Halskette, das an seinem Brustkorb lag und durch die drei geöffneten Knöpfe seines Hemds gut zu erkennen war. Er war gläubig. Scheidung zählte für ihn wohl als Sünde. Aber wieso suchte er sich dann eine Frau aus, die geschieden werden musste, um ihm versprochen werden zu können? Und nicht eine Jungfrau, die ihr Leben im Kloster gelebt hatte, bevor sie ihn traf? Oder nahm er es doch nicht so genau und es hatte andere Gründe als göttliche? Immerhin schien er kein Problem mit Gesetzesbruch wie Nötigung, Belästigung, Mord und vielem anderen zu haben.

»Mein Kind wird nicht als Bastard aufwachsen.« Wieder formulierte er seinen Satz nicht als Frage, sondern als Feststellung. Langsam wurde das zur Gewohnheit und ich wusste, dass es mich stören sollte, aber ich war eher froh über die Klarheit seiner Worte. Sie gaben mir den Anschein von Sicherheit – etwas, das ich nie gehabt hatte. Und auch nie bekommen würde, wenn ich auf den Deal einging. Ich glaubte eher nicht, dass jeder sang- und klanglos zulassen würde, dass ich sein Baby austrug, um die nächste Generation zu sichern. Wenn es stimmte, was Mikhail sagte, dass er der *Don* der russischen Mafia war, und daran zweifelte ich ehrlich gesagt keine Sekunde lang, dann gab es bestimmt genügend Typen, die mir jetzt schon nach dem Leben trachteten und mich töten wollten, bevor Mikhails Kind überhaupt gezeugt wurde.

»Ein Mann wie du hat Feinde.« Meine Hand legte sich wie von selbst auf meinen unteren Bauch. Genau an dieser Stelle würde das Kind wachsen. Geschützt von einer Blase und mit mir als menschliches Schutzschild, doch gegen eine Kugel würde ich nichts ausrichten können. Es war eine Sache, mein Baby im Stich zu lassen, um danach ein glückliches Leben zu führen, solange ich wusste, dass es in Sicherheit sein würde, aber selbst, wenn es sicher geboren wurde, konnte niemand garantieren, dass es lange am Leben blieb. Babys waren so schutzlos ohne Erwachsene, die sich um sie kümmerten. Überall hatten sie Selbstzerstörungsknöpfe, die man sogar aus Versehen drücken konnte. Der Hinterkopf, dessen Schädeldecke noch nicht zusammengewachsen war. Die flexibleren Rippen, die eine Geburt erleichtern sollten. Die anfängliche teilweise Blindheit und das Bindungsverhalten, bei dem so viel schiefgehen konnte. Eine falsche Bewegung und das Baby verletzte sich. Konnte Mikhail mir versichern, dass er es beschützen würde? Vermutlich, immerhin war es sein Erbe. Aber was, wenn doch etwas geschah? Könnte ich mir das jemals verzeihen?

»Niemand wird dich anfassen. Auch nicht, wenn du nicht mehr bei mir bist«, meinte Mikhail und ich fragte mich gleich darauf, wie er das gewährleisten wollte, wenn ich nicht an seiner Seite war. Würde er mir einen Bodyguard besorgen, der mich Tag und Nacht bewachte? Ich ließ die Schultern sinken. Es war egal. Eigentlich hatte ich schon entschieden, sonst würde ich nicht so akribisch über alle Eventualitäten nachdenken. Ich wollte es mir nur nicht selbst eingestehen und suchte nach Ausreden. Aber die Wahrheit war, dass das Angebot zu gut war, um es abzulehnen. Es würde mir in Ruhe Zeit verschaffen, damit ich darüber nachdenken konnte, was ich in einem Jahr tun und wo ich sein wollte. Das war also mein Preis, um meine Gebärmutter zu verhökern. Ekel stieg in mir hoch, aber Mikhail betrachtete mich weiterhin, als wäre ich etwas Besonderes. Ich konnte nur hoffen, dass ich irgendwann die gleiche Meinung von mir hatte wie er.

»Selbst wenn ich wollte, ich bin immer noch mit Kirill verheiratet und ...« *Und das würde sich auch nicht einfach ändern lassen.* Eine Scheidung dauerte eine halbe Ewigkeit, vor allem, wenn einer der Ehepartner daran glaubte, dass die Ehe noch nicht vollends zerrüttet war. Ich würde auf eine strittige Scheidung warten müssen und Mikhail wirkte nicht wie der geduldige Mann, der Monate verstreichen ließ.

»Darum kümmere ich mich. Du wirst frei von ihm sein und er wird dich nie wieder behelligen«, versprach Mikhail entgegen meinen Gedanken und ich hatte zwar keine Ahnung, wie er das anstellen wollte, doch ich glaubte ihm, als er es sagte. Er klang fest davon überzeugt. Hatte er bereits einen Plan? Das musste es sein. Aber welchen? Kirill würde nicht von der Bildoberfläche verschwinden, es sei denn natürlich er ...

»Bedeutet das, du tötest ihn?«, fragte ich und

schnappte schockiert nach Luft. Natürlich. Es brauchte keine Scheidung, wenn ich plötzlich eine Witwe war, weil mein Ehemann an einem *Unfall* verstarb. Aber wollte ich das? Sicher, ich hasste ihn aus tiefster Seele, doch dann hätte ich einen Toten zu verantworten, weil ich irgendwann mal die falsche Entscheidung getroffen und eine Hochzeitsurkunde unterschrieben hatte. Und das war nichts, womit ich leben wollte.

»Wie kommst du darauf?« Mikhail hob belustigt eine Augenbraue, als hätte er tatsächlich mit dem Gedanken gespielt, was mir ins Gedächtnis rief, dass egal wie nett und sympathisch er auch wirken mochte, er dennoch ein gefährlicher Mann war. Das durfte ich niemals vergessen.

»Die Mafia ist nicht dafür bekannt, jemanden nett darum zu bitten, etwas zu unterlassen.« Oder überhaupt um irgendwas zu flehen. Die *Bratwa* landete ständig in den Schlagzeilen. Natürlich war alles nur Spekulation und die Behörden konnten ihnen nicht wirklich etwas nachweisen, aber trotzdem mussten sie überall irgendwie mit drinhängen und wenn es nur um den Mord an einem kleinen Drogendealer ging. Alles hatte einen Grund und ich wollte gar nicht erst wissen, welche Strippen im Hintergrund gezogen wurden. War Mikhail als *Don* der Puppenspieler? Oder gab es andere Strukturen, die kein Außenstehender kannte? Schließlich konnte Mikhail auch nicht überall zu jeder Zeit sein.

»Schön, ich lasse ihn am Leben, wenn es dir

wichtig ist«, brummte Mikhail und schien gar nicht glücklich darüber zu sein. Sein Kiefer spannte sich an. Ein harter Zug bildete sich um sein Kinn. Die Vorstellung, dass Kirill mir etwas bedeutete, schien ihm nicht zu behagen, auch wenn ich nicht verstand, warum. Ging es hier um Dominanzverhalten? Sah er mich schon als sein Eigentum, sodass es ihm nur darum ging, dass jemand etwas haben könnte, dass eigentlich ihm zustand? Obwohl es nur mein Herz war?

»Das ist es nicht. Er sollte nur vorher ein paar Finger verlieren.« Keine Ahnung, warum ich es sagte. Vielleicht, weil ich wirklich der Meinung war, dass der Tod viel zu einfach für Kirill wäre nach alledem, was er armen Frauen angetan hatte. Was er mir zugemutet hatte. Aber eine kleine Stimme in meinem Kopf strafte meine Gedanken Lügen. Nein, ich wollte Mikhail beruhigen, als wäre er mir jetzt schon wichtiger als mein eigener Ehemann. Als Frau war ich wohl eine Katastrophe.

»Ich wusste, du wärst die Richtige.« Mikhails Lachen hallte durch den Raum und Freude schlich sich auf seine Züge. Der trübe Gesichtsausdruck verschwand und seine Hand fand den Weg zu meiner Wange. Er streichelte darüber, als würde er mich für meine Antwort belohnen wollen. Als wäre ich ein Hund, der ihm gerade den geworfenen Ball zurückgebracht hatte und mir wurde klar, dass ich vorsichtig sein musste. Ich musste nicht nur meine Psyche schützen, sondern auch mein Herz. Mikhail war gut. Er wusste genau, wie er mit mir umgehen musste und ich durfte mich nicht davon einlullen lassen. Das Ziel vor Augen durfte ich nicht verlieren. Ein Jahr, höchstens eineinhalb und dann würde ich gehen. Das war keine gute Ausgangslage, um sich zu verlieben.

Es quietschte. Schritte erklangen. Schwerer Atem war zu vernehmen. »Der Wagen steht bereit«, rief Danilo und sorgte damit dafür, dass das Gespräch beendet war. Ich hatte eine Wahl getroffen und ich betete, dass es nicht die falsche war.

»Komm, *ángil*! Wir haben einiges zu klären.« Mikhail strich liebevoll über meine Wange, bevor er seine Finger von meinem Gesicht entfernte und stattdessen nach meiner Hand griff. Er verschränkte sie mit meiner – ähnlich wie Kirill es getan hatte, aber bei Mikhail hatte ich nicht sofort das Bedürfnis, mir den Arm abzuhacken, nur um von ihm loszukommen. Dennoch blieb ich stehen und verhinderte somit, dass er mich durch die Spindreihen zog.

»Ich muss mich noch verabschieden und meine Sachen …«, setzte ich zu einer Erklärung an, als Mikhail mir einen verwirrten Blick zuwarf. Er wollte gehen. Ich auch. Eine Entscheidung getroffen zu haben, nahm das ungeheure Gewicht von mir, das auf meine Brust gedrückt hatte und dafür sorgte, dass mir das Atmen schwerfiel. Doch meine Beine reagierten dennoch nicht, als ich mich in Bewegung setzen wollte. Alles ging so schnell. Noch vor zwei Stunden hatte ich Mikhail noch nicht gekannt und war einfach zu meiner Schicht als Kellnerin aufgebrochen und nun … Ich wünschte, jemand würde auf die Bremse treten, bis ich verarbeitet hatte, was um mich herum passierte. Aber niemand tat es.

»Irina wird deine Sachen zu mir bringen.« Mikhail zog mich von den Spinden weg, sodass mein Rücken nicht mehr gegen eine Metalltür gedrückt wurde, und setzte ein siegessiecheres Lächeln auf, während er unsere verschlungenen Hände an seinen Mund führte und einen Kuss auf meinen Ringfinger drückte. Genau an die Stelle, an der früher mein Ehering geprangt hatte.

»Aber ...«, protestierte ich schwach. Zeitgleich betrachtete ich fasziniert unsere Hände. Mikhails Teint war dunkler als meiner und ließ mich leichenblass aussehen. Es war ein interessantes Bild, wenn man bedachte, dass diese Hände – seine – sich nur um meinen Hals legen mussten, um mich zu einer wirklichen Leiche werden zu lassen.

»Wer?« Es war nur ein Wort, doch aus Mikhails Mund klang es wie ein Donner. Kraftvoll, stark und wütend. Der Ton ließ mich zusammenzucken und ich schreckte zurück. Meine Finger glitten aus Mikhails und er ließ es zu.

»Was?« Ich schlang meine Arme schützend um meinen Körper. Kam es mir nur so vor, oder war dic Temperatur in den letzten Minuten merklich gefallen? Meine Erregung hatte nachgelassen. Die Lust war von meinen Gedankengängen zerstreut worden, worüber ich froh war, immerhin konnte ich nun klarer denken, statt unter dem Einfluss meiner Libido. Doch damit war auch die Kälte in meinem Inneren zurückgekommen.

»Wer ist so wichtig, dass du nicht gehen kannst?« Mikhail drehte mir den Rücken zu und sah den Flur entlang, der uns zurück zur Tür führen würde. Seine Muskeln waren angespannt. Das Jackett spannte um sein Kreuz und seine Schultern. Der Stoff schmiegte sich wie eine zweite Haut an ihn und zeigte seine Körperform, dennoch konnte ich mir nicht vorstellen, wie er unbekleidet aussehen würde. Sicher, seine Brust war tätowiert, aber was war mit seinem Rücken? Und würde ich es erfahren? Als er mit der Frau im Separee intim geworden war, hatte sie nicht viel von ihm zu sehen bekommen. Wäre das bei mir genauso?

»Ich habe eine Freundin. Sie lässt mich bei sich wohnen und ...« Ich brach ab. Mikhail interessierte sich bestimmt nicht dafür, mit wem ich befreundet war und mit wem nicht. Außerdem verband Ewa und mich nicht viel, aber sie war immer nett zu mir gewesen und ich wollte sie nicht allein hier zurücklassen, während ich irgendwo im Bett eines Mafiabosses meine Zeit verbrachte. Schon gar nicht, ohne ihr vorher zu erklären, wieso ich ging und dass ich mich wieder bei ihr melden würde, sobald ich die Möglichkeit hatte. Doch das war gar nicht nötig. Mikhail drehte sich wieder zu mir um und starrte mich an. Von den Schuhspitzen bis zum Haaransatz. Es dauerte eine Weile. Einen Atemzug und noch einen. Und dann noch einen, aber irgendwann stieß er ein Seufzen aus und begann zu nicken.

»Danilo! Leanas Freundin wird ebenfalls eine Unterkunft bekommen. Lass Irina ihre Sachen auch zusammenpacken und sorg dafür, dass sie mit dem nächsten Auto an einen sicheren Ort gebracht wird, an dem sie keine Schwänze mehr lutschen muss, sodass Leana sie von Zeit zu Zeit besuchen kann«, befahl Mikhail und ließ damit meinen Mund überrascht aufklappen. Hatte er das wirklich gerade gesagt? Würde er das wirklich tun? Das war ... großzügig von ihm. Aber irgendeinen Haken musste es doch haben, oder nicht? All das war viel zu gut, um wirklich wahr zu sein.

»Sie hat ein Kind«, informierte ich ihn und hoffte, dass es nichts an seiner Entscheidung ändern würde. Er mochte Kinder doch bestimmt, richtig? Sonst würde er kein eigenes wollen. Oder ging es ihm nur um die Sicherung seines Erbes? Ich betete, dass es nicht so war. Niemand wusste besser als ich, wie es war, ungeliebt und ohne Bezugspersonen aufzuwachsen. Das war nichts, was ich meinem Kind wünschte.

»Sehr gut, dann können wir schon einmal üben.« Mikhail zwinkerte mir zu, schnappte sich mein Handgelenk und zeichnete mit seinem Daumen kleine Kreise auf meine Haut. Die Geste überraschte mich noch mehr als seine Worte. Mikhail war die personifizierte Stärke. Er war breit, muskulös und das Zusammentreffen mit Kirill hatte gezeigt, wie tödlich er sein konnte, wenn er wollte. Dennoch fühlten sich seine Streicheleinheiten geradezu zärtlich an und das wäre eigentlich keine Eigenschaft gewesen, die ich mit einem Mafiaboss in Verbindung gebracht hätte. »Verstanden, Danilo? Du und die Frau samt Kind fahren sofort. Leana und ich teilen uns den anderen Wagen.«

»Sicher, *Don*.« Keine Frage, kein Widerspruch, kein gar nichts. Danilo hinterfragte Mikhails Anweisungen nicht. Stattdessen ertönten seine sich entfernenden Schritte und zeigten an, dass Mikhail und ich bald wieder allein waren, als wäre es absolut normal, dass Mikhail etwas Derartiges von ihm verlangte. Vielleicht war es das auch. Ich hatte schließlich keine Ahnung, wer Danilo war. Mikhails Chauffeur? Sein Mädchen für alles? Sein Bodyguard? Schön, Letzteres konnte ich wohl ausschließen. Mikhail war nicht der Typ Mann, der beschützt werden musste.

»Ist damit alles für dich geklärt?« Die Bewegungen von Mikhails Daumen stoppten und er sah mir tief in die Augen, während er sich zu mir beugte. Sein Gesicht war plötzlich so nah, dass ich die Wärme spüren konnte, die von ihm ausging. Sein Mund war einen Spalt geöffnet. Er atmete ruhig, ganz im Gegensatz zu mir. Mein Puls hatte in der Zwischenzeit seinen Höhepunkt, und nur ein Ticken schneller und ich würde einem Herzinfarkt erliegen.

Nein. Ich hatte noch tausende Fragen, aber selbst, wenn ich darauf eine Antwort bekommen würde, änderte es nichts mehr daran, dass ich ihn begleitete, also beließ ich es dabei. Ich hatte keine Ahnung, was genau mich erwarten würde, aber als Mikhail diesmal an meinem Handgelenk zog, bewegten sich meine Beine vorwärts. »Ja.«

»Gut, dann lass uns gehen.« Entschlossen setzte

Mikhail einen Fuß vor den anderen und führte mich durch die Spindreihen, über die Türschwelle und hinaus auf den Flur, der zur Eingangshalle führte. Wir schwiegen, während er mich zwischen den Menschenmassen durchlotste. Er zog mich an der Bar, an der Ewa nicht mehr zu sehen war, vorbei und zu den Türstehern, wo die Musik weniger laut war, aber er hielt erst an, als wir aus dem Club traten und alle hinter uns ließen, die sofort aus dem Weg sprangen, wenn Mikhail auch nur in Sichtweite kam.

»Wieso tust du das für Ewa?«, wollte ich wissen, als die schweren Türen des Clubs zufielen und den Beat des Basses hinter sich verschluckten. Stille kehrte ein. Hier und da war das Brummen von Automotoren zu hören, wenn ein Wagen vorbeifuhr, doch ansonsten war es ruhig. Die Straßen wurden nur von den Laternen beleuchtet und tauchten alles in ein grelles, dunkelgelbes Licht. Der Wind wehte mir die Haare ins Gesicht. Meine Strähnen kitzelten an meiner Nase, doch das war weniger schlimm als die beißende Kälte. Ich war nicht warm genug angezogen für diese Uhrzeit. Es musste mitten in der Nacht oder bereits früher Morgen sein. Noch war kein Sonnenstrahl am Himmel zu sehen, der mich wärmen könnte.

»Ich tue es nicht für sie, sondern für dich. Sieh es als frühzeitiges Hochzeitsgeschenk.« Mikhail nickte einer Gruppe Männern zu, die sich wenige Schritte von uns entfernt eine Zigarette teilten und mich anstarrten. Oder eher meinen Rock, der bei jedem Schritt ein Stück nach oben gerutscht war und kaum noch meinen Hintern bedeckte. Schnell wandten sie sich ab und blickten in eine andere Richtung.

»*Don?*« Die Tür zum Club öffnete sich und Irina trat heraus. Gern hätte ich sie zur Begrüßung – oder zum Abschied? – angelächelt, aber ich wusste nicht wirklich, wie ich reagieren sollte. Dass sie anscheinend nicht nur unsere Anstandsdame war, sondern ein Mitglied der Mafia, war nichts, was ich vergessen konnte. Dennoch war ich froh sie zu sehen, weil sie meine Jacke in der Hand hielt, die sie mir entgegenstreckte. Sofort griff ich danach und zog sie über meinen zitternden Körper. Außerdem nutzte ich die Chance und zupfte meinen Rock zurecht, bevor ich zuließ, dass Mikhail wieder nach meinem Arm griff.

»Wir sind am Gehen, Irina.« Mikhail schnaubte genervt. Er war tatsächlich nicht der geduldigste Mensch, dennoch schien er auf irgendwas zu warten. Immer wieder sah er die Straße entlang. Hatte er wirklich einen Chauffeur, der uns abholen kam? Und ich dachte, so etwas gab es nur in Filmen.

»Du stiehlst mir zwei meiner Mädchen.« Gespielt tadelnd sah Irina Mikhail an und begann zu lachen. Zeitgleich reichte sie Mikhail ein Kuvert, von dem ich nicht wusste, was darin war. Es war dick befüllt und ich hätte gern gewusst, womit. Vielleicht würde ich es irgendwann erfahren, denn ich traute mich nicht zu fragen. Und ich wollte ihr Gespräch nicht unterbrechen. Es war spannend, die beiden gemeinsam zu sehen. Sie waren so unterschiedlich, wie man nur sein konnte. Während Mikhail mächtig, jung und stark war, versuchte Irina verzweifelt ihre Schwäche – und nichts anderes war ihr fortschreitendes Alter für sie – unter Schminke und kostbarem Schmuck zu verstecken. Dennoch schienen sie sich gut zu verstehen, wie alte Freunde, die sich schon ewig kannten, aber sich lange nicht gesehen hatten. Verbunden und doch distanziert.

»Ist es ein großer Verlust?« Mikhail stimmte in ihr Lachen mit ein, als wäre es ein Witz, den ich nicht verstand. Wollten sie damit sagen, dass Ewa und ich sowieso nicht genug Umsatz gemacht hatten? Wenn ja, war es wahnsinnig beleidigend. Aber keiner von den beiden wirkte bösartig. Irina sah mich sogar mit einem Strahlen an, das ich zuvor noch nie bei ihr gesehen hatte.

»Nicht, wenn ich bedenke, was wir dadurch gewinnen.« Irina seufzte zufrieden und blickte an meinem Gesicht hinab bis zu meiner Körpermitte, dabei war ich noch gar nicht schwanger. Trotzdem fühlte ich mich augenblicklich wie ein menschlicher Brutkasten. Ich hoffte inständig, dass diese Emotionen vergehen würden, bis wir in Mikhails Anwesen ankamen. Auf keinen Fall hätte ich große Lust auf Sex, wenn ich immer daran denken musste, dass wir es nur taten, damit wir ein neues Leben erschufen. Nicht aus Liebe und weil wir etwas haben wollten, das uns verband, sondern damit Mikhail sich bei seinem Tod keine Sorgen machen musste, dass Kämpfe um die Herrschaft seine *Bratwa* zerstörten. Keine besonders stimulierende Aussicht. »Ich wünsche einen guten Abend. Ivan fährt gerade den Wagen vor«, verkündete Irina und gleichzeitig hielt ein Auto mit quietschenden Reifen neben uns. Es war pechschwarz und verschwamm gänzlich mit der Nacht. Einzig die Scheinwerfer zeigten, wie groß der Wagen sein musste. Er war lang wie eine Limousine und der Motor brummte leise, als würde eine Katze schnurren.

»Das ist ein schönes Auto«, murmelte ich, weil ich nicht wusste, was ich sonst sagen sollte. Auf Wiedersehen? Ich hatte keine Ahnung, ob ich Irina wirklich noch einmal zu Gesicht bekommen würde. Und was sagte man zu einem *Don*, mit dem man gleich Sex haben würde? Sollte ich ihn bitten, es nicht im Auto mit mir zu treiben? Nein, denn eigentlich wollte ich genau das. Die Anspannung in meinem Inneren wurde mit jeder Sekunde schlimmer. Mein Herz pumpte unablässig Blut durch meinen Körper. Ich spürte das Pochen, das dadurch erzeugt wurde, in all meinen Gliedmaßen. Bumm, bumm, bumm. Mein Puls war regelmäßig, wenn auch viel zu schnell. Meine Muskeln verkrampften sich, als Mikhail die hintere Tür öffnete und mich auffordernd ansah. Sofort reagierte ich und setzte mich auf die dunklen Ledersitze. Der Stoff fühlte sich kühl auf meinem nackten Hintern an. Schon wieder war mein Rock ein Stück hochgerutscht, aber diesmal machte ich mir nicht mehr die Mühe, ihn zu richten. Ich war jetzt eine Hure, richtig? Also sollte ich mich daran gewöhnen, vor Mikhail nackt zu sein und sonst konnte mich niemand sehen. Die Scheibe zwischen dem Fahrerabteil und der Rückbank war hochgefahren und geschwärzt. Ich konnte den Fahrer nicht sehen und er mich nicht. Keine Ahnung, ob mich das freuen sollte. War es zu spät, um doch hierzubleiben? Sicher, hier hätte ich bestimmt keine Zukunft, aber die Vorstellung, dass Mikhail mich im Wagen ficken konnte, rief in mir gemischte Gefühle hervor. Ich wollte, dass er mich berührte und ich konnte es kaum erwarten, zu erfahren, wie er schmeckte. Aber ein anderer Teil von mir fürchtete sich auch. Würde er grob sein und mir wehtun? So wie Kirill es immer wieder getan hatte? Würde er dafür sorgen, dass ich blutete und mich unter seinem Körper wand wie ein Aal, um der Qual zu entgehen, während er mein Inneres zerriss?

»Du kannst dich entspannen, dir wird nichts passieren«, versicherte Mikhail, nachdem er Irina zum Abschied zugenickt, den Wagen umrundet und auf der anderen Seite der Rückbank Platz genommen hatte. Er klopfte an die Scheibe, schloss die Autotür und gleich darauf setzte sich das Auto in Bewegung. Ich schluckte. Die Panik wurde mit jedem Augenblick schlimmer und je mehr Zeit verging, desto klarer wurde mir, worauf ich mich eingelassen hatte. Plötzlich wurde es wirklich real. Im Club hatte es sich noch angehört wie in einem Film, aber nun saß ich hier und wartete darauf, was Mikhail tun würde. Ich hatte mich ihm völlig ausgeliefert. Wieder war ich von der Gnade eines Mannes abhängig und ich hasste es. Gleichzeitig dachte ich an das Leben, das ich irgendwann dafür führen könnte und lehnte mich in meinem Sitz weiter zurück.

»Ich sitze nicht jeden Tag mit einem Mafiaboss im Auto, der mich praktisch in einem Sexclub aufgegabelt hat.« Hoffentlich würde es das erste und letzte Mal sein. Trotzdem musste ich zugeben, dass es nicht so schlimm war. Sicher, ich hatte Angst, was noch kommen würde und ich vertraute Mikhail nicht. Aber bisher hatte er mich gut behandelt. Das war mehr, als ich von einem Mafiaboss erwartet hätte. Vielleicht würde er mich auch weiterhin überraschen und vielleicht, nur vielleicht, wenn es doch irgendetwas wie das Schicksal gab, würde alles gut werden, immerhin war irgendwas zwischen uns. Es war nicht greifbar und ich konnte es nicht definieren, aber allein seine Anwesenheit sorgte für ein Kribbeln in meinem Bauch. Als hätte ich Millionen Schmetterlinge verschluckt, die nun alle versuchten, einen Weg in die Freiheit zu finden.

Mikhail schnaubte. Er setzte sich bequemer auf die Sitzbank, was mich darauf schließen ließ, dass wir länger unterwegs sein würden, und drehte seinen Kopf in meine Richtung. Ein geheimnisvolles Lächeln lag auf seinen Lippen und er legte besitzergreifend eine Hand auf meinen Oberschenkel. Seine Finger waren warm auf meiner kalten Haut und ließen mich schaudern. »Ich mag es nicht, wenn du so angespannt und ängstlich bist. Du hast es nicht nötig. Du bist niemandem Rechenschaft schuldig.«

Doch, mir selbst und ich mochte mich von Minute zu Minute weniger. Weil auch noch die Reste meines Mutes, auf den ich immer so stolz gewesen war, verblassten, bis eine ängstliche, verletzliche Seele übrigblieb, die wehrlos alles mit sich machen ließ. Vor Kirill war ich nicht so gewesen. Ich hatte gern Sex gehabt, hatte es geliebt, berührt und liebkost zu werden. Und nun fürchtete ich mich vor den Schmerzen, die unweigerlich damit verbunden gewesen waren. So sehr, dass ich mich nicht einfach auf den Schoß von Mikhail schwang, obwohl ich neugierig war, wie sein Schwanz sich zwischen meinen Schenkeln anfühlen würde. »Es tut mir leid.« Ich wusste nicht, warum ich mich entschuldigte. Vielleicht, weil ich dachte, dass er vermutlich eine unerschrockenere Frau erwartet und stattdessen mich erwischt hatte. Oder weil ich glaubte, dass Mikhail andere, bessere Frauen gewohnt war, die nicht zögerten. Vielleicht entschuldigte ich mich auch einfach dafür, dass ich war, wie ich war und obwohl ich das nicht müssen sollte, tat ich es dennoch. Weil ich schwach war und das war etwas, das keine Frau sein durfte. Heute nicht mehr. Ich sollte meinen eigenen Haushalt und eine perfekte Ehe führen, bereits Kinder und Spaß am Sex haben, Karriere machen und meinen Tag mit einem Lächeln auf den Lippen beenden. Aber mir war nicht zum Grinsen zumute und der Gedanke, nie genug zu sein, machte mir zu schaffen. Egal, wie hart ich arbeitete, es reichte nicht und meine eigenen Gefühle zeigten mir immer wieder, wie unzureichend ich war. Als weibliches Wesen, als Ehefrau und als Tochter. Kein Wunder, dass meine Eltern mich nicht gewollt hatten. Sie wären bestimmt furchtbar enttäuscht, wenn sie mich heute sehen könnten.

»Keine Sorge, ich weiß, was wir dagegen tun können.« Mikhails Grinsen vertiefte sich und seine Finger fuhren an meinem Oberschenkel hinab, bis sie meine Schenkel auseinander drückten. Er lehnte sich ein Stück weiter zu mir hinüber, bis seine Lippen mein Ohr berührten. Sie waren weich und sein feuchter Atem kitzelte bei jedem Wort mein Ohrläppchen. »Spreiz die Beine!«, befahl er und setzte einen Kuss auf meinen Halsansatz. Genau an der Stelle breitete sich ein Kribbeln aus, das in Windeseile meinen ganzen Körper vereinnahmte. Ich schluckte angespannt und sah hinunter auf Mikhails Hand. Zwei Ringe befanden sich auf seinen Fingern. Sie waren groß und sahen schwer aus. Beide waren geformt wie ein Kreuz, das von einem Totenkopf verschlungen wurde. Die Motive waren beängstigend und machtvoll. Genau wie ihr Besitzer.

»Bitte?«, fragte ich, obwohl ich genau gehört hatte, was er gesagt, nein, verlangt hatte, doch mein Gehirn brauchte eine Weile, um zu verstehen, was genau er wollte und was es bedeuten würde, wenn ich seiner Anweisung nachkam. Ich trug nur ein dünnes Höschen und den viel zu kurzen Rock – viel zu wenig Stoff, um irgendetwas von ihm zu verbergen.

»Deine Knie auseinander, sodass deine Schenkel nicht mehr aneinanderreiben«, drängte er erneut und der Druck auf meine Oberschenkel wurde stärker. Er drückte so lange, bis meine Beine sich öffneten. Sofort spürte ich die kühle Luft des Wagens an meiner Mitte. Zeitgleich wurde die Kälte in meinem Inneren von der

Hitze abgelöst, die durch mein Blut rauschte. Mein Herz begann wild zu klopfen. Fasziniert starrte ich auf die Hand, die sich über meine Haut schlängelte und über mein Höschen fuhr. Genauso, wie Mikhail es im Club schon getan hatte. Ich unterdrückte ein Keuchen. Mein Magen zog sich erwartungsvoll zusammen.

»Was hast du vor?«, fragte ich und erkannte meine Stimme kaum wieder. Sie war schrill. Eine Mischung aus Vorfreude, Panik und aufkommender Lust. Meine Emotionen liefen Amok. Sie lösten sich schneller gegenseitig ab, als mein Gehirn mit dem Identifizieren von ihnen hinterherkam. Bei jedem Wimpernschlag schwankten meine Gefühle zwischen *»Ja, ich will das«* und *»Nein, bitte, es soll aufhören«*. Aber Mikhail ließ mir Zeit, mich daran zu gewöhnen. Viel zu langsam bewegten sich seine Finger von der Seite unter mein Höschen. Zuerst nur die Fingerspitzen, doch dann zog er den Stoff beiseite und legte seine Hand auf meine Scham. Scharf sog ich die Luft ein.

»Ich helfe dir, die Anspannung loszuwerden, damit du nicht mehr bei jeder meiner Bewegungen zusammenzuckst. Du kannst jederzeit sagen, wenn ich aufhören soll und ich werde sofort stoppen. Aber du musst es sagen.« Mikhails Worte kurbelten das Kribbeln in meinem Bauch weiter an und ich wusste nicht ganz, ob ich ihm glauben sollte. Würde er tatsächlich stoppen, wenn ich darum bat? Ein Blick in seine Augen brachte mich bei dieser Frage nicht weiter. Gier und Hunger standen darin geschrieben. Aber es machte auch keinen Unterschied, denn im Gegensatz zu meinem

Kopf schien mein Körper ganz genau zu wissen, was er wollte. Meine Knie schoben sich weiter auseinander, um Mikhail mehr Platz zu geben und meine Hüfte drängte sich seinen Berührungen entgegen. Seine Finger fuhren zwischen meine Schamlippen und erkundeten das feuchte Fleisch. Ich spürte, wie die Nässe aus mir lief und wandte peinlich berührt den Blick ab. Es sollte mich nicht so anmachen, von der starken Hand berührt zu werden, aber schon jetzt wünschte ich mir, Mikhail würde die Finger tiefer gleiten lassen und sie in mir vergraben, bis meine Muskeln ihn umschlossen und er die Punkte in mir rieb, die ich nur erreichte, wenn ich es mir selbst besorgte. Ich wollte in seinen Armen zerfließen und meine Lust gen Himmel schreien. Aber die Unsicherheit blieb, ob es auch das war, was er sich vorstellte. Vielleicht hatte er etwas ganz anderes im Sinn und wenn er mich fingerte, hatte er nichts davon, oder?

»Ich …« Ich wollte protestieren, aber Mikhails Finger, der über meine Klitoris strich, ließ mich verstummen, weil ich entweder stöhnen oder still sein konnte. Alles andere, selbst einen klaren Gedanken zu fassen, wurde immer schwieriger. Sacht fuhr die Hand über meine inneren Schamlippen, streichelte das warme Fleisch und sorgte dafür, dass immer mehr Blut in meine Mitte schoss. Zeitgleich presste Mikhail erneut einen Kuss auf meinen Hals. Doch bei einem blieb es nicht. Seine Lippen schwebten über meine Haut, setzten unzählige Küsse auf mein Schlüsselbein und zog eine Spur bis zu meiner halbnackten Schulter, von der Mikhail sanft meine Jacke hinunterzog. Seine Berührungen fühlten sich federleicht an, als wären sie nicht gewollt und gleichzeitig waren sie absolut zielsicher. Jeder neue Kuss sandte Wärme durch meinen Körper und schon bald vergaß ich die Kälte, die mir zu schaffen gemacht hatte. Und das war nicht das Einzige, das aus meinem Gedächtnis verschwand. Kirill trat in den Hintergrund. Die Gewalt, die ich bei ihm erlebt hatte, die Beleidigungen und seine Nichtachtung wurden von Mikhail weggeküsst. Jedes Streicheln von ihm und jeder Blick verwischten die Erinnerungen an die Schläge und ersetzten sie mit Zärtlichkeiten.

»Mach die Augen zu.« Mikhail strich über meine Vulva, zog große Kreise über meine Klitoris, die sich mit Blut füllte und meine Erregung wachsen ließ, und fuhr über meinen Eingang, der bei der Berührung zusammenzuckte. Mein Körper protestierte gegen die Leere in meinem Inneren. Ich wollte ihn. Egal, ob er ein Mafiaboss war oder nicht. Egal, ob er seine Finger oder seinen Schwanz in mich schob. Ich wollte nur, dass das bittersüße Gefühl endete und er mich füllte, damit die schreckliche Leere verschwand.

»Mikhail?« Meine Stimme klang wie ein Stöhnen. Langgezogen und verzerrt. Kurz ploppte die Frage, ob der Fahrer uns hören konnte, in meinem Kopf auf, doch Mikhail lenkte mich gleich ab, indem sein Daumen fester gegen meine Klitoris drückte, während sein Mittelfinger sich an meinem Eingang zu schaffen machte. Er neckte mich, spielte mit mir und wann immer ich stöhnte, wurde das Grinsen auf seinen

Zügen breiter. Doch auch ihn schien die Situation nicht kalt zu lassen. Seine Berührungen wurden schon nach kurzer Zeit unkontrollierter. Die Bewegungen schneller. Sein Atemrhythmus beschleunigte sich und jedes Mal, wenn er die Luft ausstieß, kam ein Knurren über seine Lippen. Der Laut sorgte dafür, dass mein Unterleib sich zusammenzog. Fuck, das fühlte sich unglaublich an.

»Du riechst unglaublich, weißt du das eigentlich? Wie ein Meer voller Rosen, nachdem es tagelang geregnet hat.« Mikhails Mittelfinger stupste gegen meinen Eingang und diesmal zog er die Hand nicht wieder zurück, sondern presste sie gegen meine Muskeln, bis sie nachgaben und seinen Finger fest einsaugte. Ich schrie auf. Meine Wände umfingen seinen Mittelfinger, schmiegten sich an den Ring, den er trug und der mich von innen stimulierte. Probeweise schob er die Hand zurück und ließ den Finger dann wieder in mich gleiten. Wieder löste sich ein Schrei aus meiner Kehle.

»Hör auf!«, bettelte ich lautstark. Es war zu viel. Die sanften Küsse an meiner Schulter gepaart mit den Berührungen an meiner Klitoris und nun sein Finger, der mich ausfüllte. Die Reize überfluteten meine Sinne. Schwarze Punkten tanzten vor meinen Augen, als mein Herz einen Schlag aussetzte. Es kam einfach nicht mehr mit dem schnellen Rhythmus zurecht und verweigerte seinen Dienst. Zumindest fühlte es sich so an. Ich brauchte eine Pause. Sofort. Doch Mikhail hatte nicht vor, seine Bewegungen auch nur zu verlangsamen. Stattdessen zog er das Tempo an und stieß unaufhörlich mit dem Finger in mich, bis seine Hand von meiner Nässe glänzte.

»Wieso? Dir scheint es zu gefallen.« Mikhails raue Stimme kurbelte meine Erregung weiter an. Seine Lippen pressten sich gegen meine Schulter und sein Knurren ließ meinen ganzen Körper vibrieren. Seine Zähne drückten sich gegen meine Haut. Er öffnete den Mund und biss sanft in die Kuhle, in der mein Hals in mein Schlüsselbein überging. Ich japste überrascht. Gleichzeitig zog Mikhail ruckartig seinen Finger aus mir heraus. Der Laut, der über meine Lippen kam, verwandelte sich in ein enttäuschtes Seufzen, wofür Mikhail ein Lachen ausstieß.

»Wir kennen uns gar nicht«, flüsterte ich und irgendwas in mir wollte ihn anbetteln, seinen Finger wieder in mich zu schieben, doch ich konnte mich im letzten Moment davon abhalten und genoss stattdessen die Berührung an meiner Klitoris. Schnell und hart rieb Mikhail mit dem Daumen darüber und brachte meine Nervenenden damit zum Glühen vor Lust.

»Ich muss nicht deine Lieblingsfarbe kennen, um dir einen Orgasmus zu bescheren.« Mikhail lachte auf und biss erneut sachte in meine Schulter. Gerade so fest, dass ich es spüren konnte. Aber es tat nicht weh. Es war eher ein kurzer Stich, der erneute Impulse der Erregung durch meinen Körper schickte. Ich stöhnte. Mikhails Miene wurde ernst. Er entfernte sich ein Stück von mir, sodass er mich besser ansehen konnte, während seine Hand jegliche Bewegung einstellte.

»Du kannst nichts falsch machen, *ángil*. Es ist kein Test. Du bist perfekt. So perfekt, dass ich keine Sekunde mehr warten kann, dich in den Himmel zu schicken. Lass es mich tun, ja?«, bat er und es war absolut falsch, die Worte aus seinem Mund zu hören. Es passte nicht zu der Vorstellung, die ich von ihm gehabt hatte. Ich hatte damit gerechnet, dass er sich nehmen würde, was er wollte. Ohne Rücksicht auf Verluste. Aber dass er mich fragte, dass er mir die Chance gab, es zu beenden, stellte mich vor zwei Probleme. Erstens zerbrach es all meine zurechtgelegten Erwartungen und machte Mikhail noch unberechenbarer. Und was noch viel schlimmer war, ich hatte keine Ausrede mehr. Ich würde sagen müssen, wenn ich es nicht wollte, oder würde durch mein Schweigen meine Zustimmung geben. Ich würde damit zugeben, dass ich mich danach sehnte. Ich könnte es dann nicht mehr abstreiten. Aber wollte ich das überhaupt? Ich würde schließlich seine Frau werden. Nein, ja, nein. Ich wusste nicht, was ich tun sollte. Mikhail schien genau zu erkennen, was in meinem Kopf vorging und was ich brauchte. In diesem Fall die Zusicherung, dass ich nichts falsch machen konnte. Die Anspannung fiel von mir ab und erlöste mich damit von dem Zwiespalt in meinem Inneren. Ich konnte nicht kontrollieren, was geschehen würde, wenn ich das Auto verließ. Aber hier und jetzt konnte ich von Mikhail etwas bekommen, das ich mir jahrelang gewünscht hatte. Geborgenheit. Lust. Die Illusion von Liebe. Also ließ ich mich einfach treiben, auch auf die Befürchtung hin, dass mein Herz es nicht verkraften würde, wenn es bei dem einen Mal bleiben würde.

»Oh Gott! Ja, bitte!«, rief ich aus und spürte, wie die zwei Finger mein Loch dehnten. Stück für Stück drangen sie in mich ein und ich konnte nichts tun, um meinen Körper davon abzubringen, mich ihnen entgegenzudrücken. Sie glitten in mich hinein und füllten mich noch weiter aus. Annähernd perfekt, aber dennoch nicht gut genug. Der Wunsch nach mehr brannte in meinem Inneren, aber Mikhail schien dem nicht nachkommen zu wollen, obwohl sein Herz genauso schnell schlug wie meines.

»Genieß es einfach, Leana«, hauchte Mikhail und begann langsam mit den beiden Fingern in mich zu stoßen. Sanft und zärtlich, aber gleichzeitig in einem strengen Rhythmus, der mich Sterne sehen ließ. Bei jeder Bewegung rieb er mit den Fingerkuppen über den Punkt in mir, der mich keuchen ließ. Ich hatte keine Ahnung, woher er wusste, dass er mich genau da anfassen musste, aber es brachte mich schnell dazu, nachzugeben. Meine Gegenwehr erstarb. Ich konnte gar nicht anders. Seine Worte ließen auch noch den letzten Rest meiner Angst und meiner Unsicherheit verschwinden. Ich schloss die Augen, lehnte mich zurück und biss die Zähne zusammen, um nicht zu laut zu stöhnen, als Mikhail seine Berührungen verstärkte. Doch das hielt ich nicht lange durch. Mikhails Finger trieben sich tiefer und tiefer in mich, während er mit dem Daumen über meine Klitoris streichelte. Kleine Kreise, die immer enger und enger wurden. Mein Herz pochte in meiner Brust. Das Geräusch des fahrenden Motors rückte in weite Ferne. Ich riss die Augen auf und blickte genau in Mikhails Gesicht. Die gleiche Lust, die ich empfand, schlug mir entgegen und im Augenwinkel erkannte ich, dass seine andere Hand die Härte massierte, die sich in seiner Hose gebildet hatte. Er war erregt wegen mir. Der Gedanke reichte und dann konnte ich es nicht mehr zurückhalten. Ein letztes Mal stießen seine Finger gegen den empfindlichen Punkt in meinem Inneren und ließen meine Welt explodieren. Die Fragen und Unsicherheiten in meinem Kopf kollidierten, fingen Feuer und lösten sich in Rauch und Asche auf, bis nur noch die Flammen meines Orgasmus mich ausfüllten. Sie brannten sich durch meinen Körper, lockerten all meine Muskeln gleichzeitig und ließen mich laut aufstöhnen, während ich meine Hand in den Sitz krallte. Meine Sicht verschwamm. Ich hörte nichts mehr außer meinem eigenen Herzschlag. Hart traf mich meine eigene Lust und verschlang mich. Ich krümmte die Zehen, um dem Druck in meinem Inneren Herr zu werden, doch nichts half. Ich wand mich auf der Rückbank, schob mein Becken nach hinten, um dem süßen Schmerz von Mikhails Händen zu entkommen, doch immer, wenn ich dachte, es wäre vorbei und von dem Fegefeuer nur noch die Glut übrig, umkreiste er meine Klit und neue Flammen schossen in die Höhe. Bis ich komplett ausgebrannt war. Erschöpft fiel ich in den Sitz zurück. Mein schwerer Atem flutete den Wagen. Ich bekam kaum Luft. Nur langsam tauchte ich aus dem Feuerwerk wieder auf und der Nebel aus Rauch verzog sich. Meine Sicht wurde klarer und mein Gehirn begann wieder zu arbeiten. Gedanken bauten sich auf und all meine Fragen kehrten mit voller Wucht zurück. Doch nur eine konnte ich wirklich erfassen. Was zum Teufel war gerade passiert?

FÜNF

MIKHAIL

Sie sah umwerfend aus, wenn sie einen Orgasmus hatte. Das war alles, was ich nach der Autofahrt von ihr wusste, obwohl ich sie eigentlich nutzen wollte, um mich mit ihr zu unterhalten. Aber es ging einfach nicht. Sie hatte so ängstlich ausgesehen. Wie eine lebende Maus, die man in einen Schlangenkäfig gesteckt hatte, damit sie als Futter für die Python diente. Und das war es nicht, was ich gewollt hatte. Vielleicht würde am Ende dieser Reise nur der Tod auf sie warten, aber bis dahin wollte ich, dass sie glücklich war. Es war unlogisch und ergab keinen Sinn, aber die Tränen in ihren Augen taten etwas mit meinem Inneren. Weil sie mich an eine andere Zeit, fast schon an ein anderes Leben erinnerten. *Sie* hatte den gleichen traurigen Ausdruck im Gesicht gehabt, wenn *Otez* sie angesehen hatte. Er hatte sie unterdrückt, ihr Angst eingejagt und ihren Willen gebrochen. Und wie er wollte ich niemals sein. Nicht, wenn es um die *Bratwa* ging und auch nicht bei meinen

Frauengeschichten. Vielleicht machte mich das sogar noch zum größeren Monster als ihn, weil ich Leana in Sicherheit wiegen wollte, bis das Ende in greifbarer Nähe war. Aber zum ersten Mal in meiner Laufbahn als *Don* wusste ich auch nicht, was ich anderes tun sollte. Ich wusste nur, dass ich es nicht ertrug, wenn sie mich so ansah. Ich wollte, dass sie lächelte oder meinen Namen schrie und da ich keine Ahnung hatte, wie ich Ersteres erreichen konnte, hatte ich beschlossen, mich um das zu kümmern, was ich gut konnte. Und Leana war nur zu empfänglich dafür. Irina hatte nicht übertrieben, als sie gesagt hatte, dass Leana Feuer hatte, auch wenn sie es gut vor der Welt versteckte. Schon nach ihrem ersten Stöhnen war mir klar gewesen, dass ich nicht mehr aufhören konnte, sie zu berühren. Leanas Laute hatten mich schärfer gemacht als Viktorijas Mund, obwohl sie im Club ewig an mir gelutscht hatte. Kein Wunder also, dass mein steifer Schwanz gegen meine Hose drückte, als Ivan endlich durch das große, schwarze Eisentor fuhr, das die Grenze zu meinem Anwesen bildete. Leana saß zittrig neben mir. Die Wellen ihres Orgasmus hatten immer noch nicht ganz nachgelassen, als der Wagen vor dem Haus zum Stehen kam. Der Motor erstarb. Dennoch rührte Leana sich nicht. Ihre Strähnen fielen ihr zerzaust übers Gesicht und verhinderten, dass ich ihre Augen in voller Pracht bewundern konnte. Ob sie sich schämte? Ich hoffte es nicht, denn das war erst der Anfang. Ich hatte Blut geleckt und nun wollte ich mehr. Alles. Ich wollte sie unbedingt vögeln. Am besten sofort. Also riss ich mit einem Seufzen die Wagentür auf, stieg aus dem Auto und ließ die Tür einfach offen, während ich auf die andere Seite ging und Leana beim Aussteigen half. Nur zögerlich ergriff sie meine Hand. Die gleiche, die ihr gerade eben noch einen Höhenflug beschert hatte. Meine Finger waren glitschig von ihrer Feuchtigkeit, aber das war mir absolut egal. Leana roch und schmeckte einfach himmlisch. Außerdem hatte ich sowieso vor, später noch zu duschen und mir den Dreck des Tages abzuwaschen. Es war ein harter, aber ruhiger Arbeitstag gewesen. Keine Schlägereien, Befragungen oder Leichen, die wir verschwinden lassen mussten. Es war zwar langweilig, aber der Hauptteil meiner Arbeit bestand aus Bürokratie und Meetings.

Mit einem Lächeln griff ich nach Leanas Handgelenk und zog sie die Treppenstufen zu meiner Villa hoch. Siebzehn Schlafzimmer, elf Bäder, fünf Aufenthaltsräume, ein Pool auf dem Dach und mein eigenes Spielzimmer waren hier untergebracht und nach Leanas Blick zu urteilen, war es nicht ganz das, was sie erwartet hatte. Schön, sie hatte auch noch nicht den Keller gesehen und das würde ich auch zu verhindern wissen.

»Du kannst dich im Haus frei bewegen, aber halte dich vom Keller und dem Garten fern«, wies ich Leana an, während ich die Türen aufstieß und mit ihr in die Haupthalle marschierte. Sofort blendete mich das Licht des großen Kronleuchters, der von der Decke baumelte. Auch Leana presste die Augen zusammen und wankte leicht. Ihre Knie zitterten. Jede Bewegung schien ihr schwerzufallen, weshalb ich sie stützte, während sie sich an die Helligkeit gewöhnte und sich danach zögerlich umsah. Scheu blickte sie durch den Raum und besah jede Tür, die davon abging.

»Wieso?« Misstrauisch beäugte sie eine der Türen länger als alle anderen und ich hob erstaunt eine Augenbraue, weil sie intuitiv die richtige erwischt hatte. Ja, die riesige, braune Holztür führte die Treppen hinunter und in den Keller, der sich unter dem ganzen Anwesen erstreckte. Das musste er auch, so viele Menschen wie dort unten festgehalten wurden und darauf warteten, dass ihrem erbärmlichen Leben endlich ein Ende gesetzt wurde.

»Wenn das alles funktionieren soll, musst du auf mich hören und darfst nicht alles hinterfragen.« Und sie dürfte auf keinen Fall zu viel infrage stellen. Ich hatte dieses Kartenhaus sorgfältig aufgebaut, aber wenn auch nur eine Karte entfernt wurde oder ein starker Luftzug das Konstrukt erfasste, würde alles einstürzen, wofür ich gearbeitet hatte. Vielleicht hätte ich Leana doch in einem meiner anderen Häuser unterbringen sollen. Aber es wäre auffällig gewesen, wenn ich immer wieder zum selben Ort gefahren wäre. Viel auffälliger, als wenn ich irgendeine Hure vom Club mit nach Hause brachte und Leana würde unbedingt am Leben bleiben müssen, bis sie mir ein Kind schenkte. Denn würde sie sterben und *Otez* und ich würden über die Mafiaanteile der Rossijas Krieg führen.

»Sicher.« Leana schüttelte den Kopf und ihr Kiefer

verspannte sich, doch sie sagte nichts weiter dazu. Dabei war ihr anzusehen, dass ihr etwas auf der Zunge lag. Wieder tauchte *ihr* Bild vor meinem inneren Auge auf. Mom, wie mein Erzeuger ihr sagte, dass es sie nichts anginge, was er in seinem Arbeitszimmer trieb, selbst wenn er sie betrog und mit einer anderen Frau fickte. Mom, wie ihr still Tränen über die Wangen liefen, als er ihr immer mehr verboten hatte und sie kaum noch ihr Zimmer verlassen durfte. Und die tausend verschiedenen Farbtöne in ihrem Gesicht, die nie ganz verblassen wollten. Fuck! Ein Stechen zog sich durch meine Brust und Mitleid für Leana überkam mich, auch wenn ich wusste, dass es notwendig war. Wieso musste ich heute so oft an *Mat´* denken? Leana und ich würden nur auf dem Papier eine Ehe führen. Keine richtige. Dennoch konnte ich nicht verhindern, dass *Mat´*s Worte mir im Kopf herumspukten. *Eine Ehe ist eine Fessel, die wir uns selbst auferlegen und gewillt sind zu tragen, weil wir nicht mehr vor dem Menschen, der uns zerstören könnte, da er unser Herz in den Händen hält, davonlaufen wollen. Es ist das Versprechen, niemals allein zu sein und alles zu teilen. Das Gewicht der Fessel, das Leid und die Freude. Aber am meisten das Gefühl, einem anderem so nah sein zu können, ohne sich selbst zu verlieren. Dann und nur dann ist es Liebe und es gibt keinen anderen Grund für eine Ehe als die Liebe.* Immer und immer wieder hatte sie das gesagt, als ich ein Kind war und ich hatte nie verstanden, was sie meinte. Bis jetzt. *Otez* hatte sie schlecht behandelt und sie hatte deshalb die Ehe, die sie nie gewollt hatte und die ihr von ihren Eltern aufgedrängt worden war, nicht anerkannt. Und sie hatte mir die Worte eingetrichtert, damit ich irgendwann glücklich wurde und eine wirkliche Ehe führen konnte. Sie wäre enttäuscht von mir gewesen, aber was sollte ich tun? Die *Bratwa* ging vor. Dennoch schaffte ich es nicht, Leanas Gesichtsausdruck zu ignorieren, weil ich immer wieder an *Mat*'s tadelnde Stimme denken musste.

»Das passt dir nicht«, mutmaßte ich und presste die Lippen zu einem dünnen Strich zusammen. Ich ließ Leana los, als ich das Gefühl hatte, dass sie selbst stehen konnte und verschränkte die Arme vor der Brust.

Leana zuckte zurück und senkte unter meinem Blick den Kopf, als wollte sie mich nicht ansehen. Doch das war nur ihr erster Reflex. Sie atmete tief durch und dann veränderte sich ihre Haltung. Sie drückte die Schultern zurück, richtete sich auf und hob das Kinn an. Noch immer sahen ihre Augen scheu durch den Raum, aber sie versuchte, Mut vorzutäuschen und das machte sie mutiger, als wenn sie die Stärke sowieso besessen hätte. »Ich bin kein Gegenstand«, meinte sie und in ihrer Stimme schwang ein anklagender Ton mit, der mich schmunzeln ließ. Wie konnte eine Frau gleichzeitig so stark und zerbrechlich sein?

»Nein, du bist die Mutter meines zukünftigen Kindes und ich habe versprochen, dich vor anderen zu beschützen.« Vor jedem. Vor meinem Erzeuger, den

Feinden der Rossijas und der Morosows. Nur vor mir würde sie keiner beschützen können. Aber langsam hatte ich das Gefühl, dass Leana für mich ebenfalls gefährlich werden konnte. Nicht, weil ich Angst hatte, sie würde mir ein Messer von hinten in den Rücken rammen, sondern weil meine Emotionen in ihrer Gegenwart verrückt spielten. Und weil in mir plötzlich Wünsche hochkamen, die absolut deplatziert waren. Beispielsweise der Gedanke, wie schön es wäre, wenn Leana hinter unserem Kind herlief. Zwischen den Magnolien im Garten hindurch, bis zu der Bank, auf der *Mat'* Eliana und mir immer Geschichten aus großen, dicken Büchern vorgelesen hatte, die ich aufgrund ihres Gewichts damals nicht einmal hätte halten können.

»Also ist der Garten und der Keller gefährlich?«, fragte Leana und trat einen Schritt auf mich zu. Sie streckte ihre Hand nach mir aus, als wollte sie mich berühren, ließ es aber im letzten Moment doch noch. Konnte sie mir die Trauer ansehen, die ich empfand, wenn ich an die Frauen in meinem Leben dachte, die ich verloren hatte? Schaffte sie es, hinter die Maske zu blicken, die ich jeden Tag meines Lebens zur Schau stellte in der Hoffnung, die Welt würde das sehen, was ich sein sollte: ein emotionsloser Mafiaboss?

»Im Garten kannst du von Scharfschützen erschossen werden. Ist lange nicht mehr vorgekommen, aber ich gehe kein Risiko ein.« Nicht wieder zumindest. Das würde das Hausmädchen, das von vier Kugeln durchlöchert worden war, zwar nicht mehr zurückbringen, aber es schützte den Rest meiner Angestellten. Ich hatte das beste Sicherheitssystem, das es mit Geld zu kaufen gab und ein gutes Dutzend Männer, die nur darauf achteten, dass niemand, der keine Befugnis hatte, das Anwesen betreten konnte. Aber Fehler geschahen und in meinem Fall bedeutete das ein, zwei angeschossene Frauen, die gerade dabei gewesen waren, Unkraut zu jäten und ein totes Hausmädchen, das ihnen Wasser hatte bringen sollen. Wenigstens hatte der Schütze diesen Vorfall mit seinem Leben bezahlt und mich auf ein Loch in meiner Verteidigung aufmerksam gemacht. Da könnte ich ihm fast schon dankbar sein, oder nicht?

»Und der Keller?« Wieder huschte Leanas Blick zu der Kellertür, aus der kein einziger Ton nach oben drang. Das war auch besser so. Die Schreie konnten einen verrückt werden lassen, wenn man zu lange zuhörte, wie andere um ihr bemitleidenswertes Leben bettelten.

»Es gibt Dinge, die du nicht über mich wissen musst, *ángil*.« Viele, um genau zu sein. Zum Beispiel, dass ich dein größter Gegner war und du nur ein Bauer auf meinem Spielfeld, den ich opfern musste. Nein, das war nicht ganz richtig. Sie war zu wertvoll, um ein einfacher Bauer zu sein. Ich würde sie eher als meine Königin bezeichnen. Sie regierte das Feld, durfte mehr als alle anderen, aber am Ende musste auch sie sterben, wenn das bedeutete, das Leben des Königs zu bewahren.

»Und was muss ich wissen?« Ein Lächeln schlich

sich auf Leanas Gesicht und ein warmes Gefühl breitete sich in meiner Brust aus. Sie war wirklich eine Schönheit und die Grübchen, die sich um ihre Mundwinkel bildeten, unterstrichen das noch. Dabei war mir nicht klar, wieso sie plötzlich lächelte. Weil ich es mit ihr besprach, statt es zu befehlen? Oder ging es ihr um etwas anderes? Doch darauf wollte ich nicht eingehen. Wir hatten genug geredet und jedes Gespräch glich einem Minenfeld. Ein falsches Wort und alles flog in die Luft. Es wurde Zeit für den nächsten Schritt und das Pochen in meiner Hose stimmte mir zu.

»Wie mein Schwanz sich anfühlt, wenn ich in dir komme«, raunte ich, griff nach ihrer Hand und legte sie auf meine Brust, damit sie fühlen konnte, wie schnell mein Herz schlug. Doch da ließ Leana ihre Finger nicht. Langsam glitten sie nach unten, über die Knopfleiste meines Hemds, und stoppten bei meiner Gürtelschnalle. Fuck, ja! Ich stöhnte genüsslich und warf den Kopf in den Nacken, als Leana gegen meinen Schwanz drückte und nach dem Reißverschluss griff, um ihn zu öffnen. Millimeter für Millimeter zog sie den Verschluss nach unten, bis er ... Ein Räuspern erklang und unterbrach Leana, die augenblicklich von meiner Hose abließ und zurücktrat. Schön, das musste ich ihr dringend abgewöhnen. Ich liebte es Sex zu haben. Überall und jederzeit und dabei interessierte es mich einen Scheißdreck, wer gerade zusah.

»Guten Abend.« Das Geräusch von klackernden Absätzen war zu vernehmen und ich wusste, zu wem sie gehörten, noch bevor ich den Kopf hob und die

Treppe hinaufsah. Hätte sie sich schon vorher bewegt, hätte ich sie bestimmt schon gehört, was die Frage aufwarf, wie lange sie uns schon vom Treppenabsatz beobachtete.

»Viktorija, schon wieder zurück? Ich dachte, du würdest bei Danilo bleiben.« Oder ich hatte es wenigstens gehofft, um Leana nicht mit ihr bekannt machen zu müssen. Denn dazu verspürte ich absolut keine Lust. Sofort floss das Blut aus meinem Schwanz wieder in meine Blutbahnen zurück, als Viktorija Schritt für Schritt die Treppe hinunterkam. Sie trug inzwischen ein kurzes, schwarzes Kleid und hohe Stiefel, die bis über ihr Knie reichten. Ihre langen Haare flossen über ihre Schultern und der rote Lippenstift betonte ihre blasse Haut. Schneewittchen wäre hochgradig eifersüchtig auf diesen Anblick geworden und genau wie die Märchenfigur hatte auch Viktorija einen Knall. Schön, sie sprach nicht mit Zwergen, aber sie glaubte fest daran, dass sie einen Anspruch auf mich hatte und das war noch lächerlicher, als mit Waldtieren zu singen.

»Er hat mich abgesetzt, bevor er mit der anderen Schlampe in dein Haus am See gefahren ist. Ich soll dir ausrichten, dass er erst morgen früh wiederkommt.« Viktorijas falsches, arrogantes Lächeln nahm ihr gesamtes Gesicht ein, das sie auf Leana gerichtet hatte, obwohl sie mit mir sprach. Herausfordernd hob sie eine Augenbraue und betonte das Wort *Schlampe*, als würde sie nicht über Leanas Freundin, sondern meine zukünftige Frau sprechen. Und das störte mich. Ich hatte Leanas Hintergrund gecheckt und sie hatte weniger Schwänze im Mund gehabt als Viktorija, dennoch hielt Vik sich für etwas Besseres. Aber das war sie nicht. Sie war nicht mehr die Hausherrin und damit musste sie klarkommen. Ob sie wollte oder nicht. Ansonsten musste ich ihren Arsch vor die Tür setzen.

»Gut, dann übernimmt Ivan, sollte etwas Wichtiges vorfallen. Ich möchte die nächsten Tage nicht gestört werden«, informierte ich sie und schlang einen Arm um Leana, die nicht auf Viktorijas unterschwellige Sticheleien einging, sondern nur verwirrt zwischen Vik und mir hin- und hersah.

»Tage?« Viktorijas Stimmlage rutschte eine Oktave in die Höhe. Sie wusste genau, was ich meinte und was ich mit Leana vorhatte. Und das traf sie. Ich konnte es erkennen, auch wenn sie alles tat, damit ihre perfekte Maske nicht verrutschte. Ihre Lippen kräuselten sich. Schmerz blitzte in ihren Augen auf. Wie viele Wochenenden hatten wir miteinander im Bett verbracht? So viele, dass ich sie nicht zählen konnte. Aber das gehörte der Vergangenheit an. Und wenn ich ehrlich war, vermisste ich es nicht. Der Sex war gut gewesen, doch Viktorijas Art hatte nie dafür gesorgt, dass ich sofort in ihr abspritzen wollte. An ihr war überhaupt nichts unschuldig. Sie war bereits in der *Bratwa* aufgewachsen und hatte ihre Unschuld an meinen *Otez* verloren, als ihre Titten groß genug waren, um einen Schwanz dazwischen zu stecken.

»Ja. Gibt es ein Problem?« Meine Umklammerung um Leanas Hüfte verfestigte sich und ich erwiderte

Viktorijas falsches Grinsen. Gleichzeitig lag eine Herausforderung in meinem Blick. Sie sollte es nur wagen, etwas zu sagen, dann würde ich sie an den nächsten Typen als Sklavin verhökern. Danilo hatte bestimmt nichts dagegen, ihr den Arsch für mich zu versohlen und sie anschließend mitten auf dem Esstisch zu ficken, während alle zusahen.

Die Drohung verstehend, wich Viktorija zurück und legte schützend ihre Arme um sich, während sie Leana betrachtete wie eine Krankheit. Ihr Ton wurde leiser und Sehnsucht mischte sich in ihre Stimme. »Wann wird sie wieder gehen?«, wollte sie wissen und ich hatte fast Mitleid mit ihr, weil sie sich tatsächlich Hoffnungen auf eine gemeinsame Zukunft mit mir gemacht hatte. Aber eben auch nur fast. Ihr ging es nicht um mich, sondern um die Macht, die sie an meiner Seite gehabt hätte.

»Ich wüsste nicht, was dich das angeht.« Ich schnalzte erbost mit der Zunge und ballte die freie Hand zu einer Faust, bei der die Knöchel weiß unter der Haut hervortraten. Ich würde sie nie schlagen – das wusste sie – aber es gab andere Dinge, die ich ihr antun konnte, die weit schlimmer waren als es jeder Schlag hätte sein können.

»Ich ...« Viktorija schluckte hörbar und überlegte einen Augenblick, was sie tun sollte. Sie sah immer wieder zu Leana und dann zu mir. Eifersucht war in ihrer Miene zu lesen, doch am Ende schien die Vernunft zu überwiegen. »Ich werde deine Anordnungen an Ivan und Danilo weitergeben«, ächzte Viktorija heiser, nickte mir zu und drehte sich um. Sie rannte in den hohen Schuhen praktisch die Treppe hinauf, um von uns wegzukommen, dennoch hörte ich die Veränderung in ihrer Atmung. Sie würde in ihr Zimmer fliehen und weinen. Es sollte mich treffen, immerhin kannte ich sie länger als Leana, doch Viktorijas Tränen waren mir egal. War das normal? Was hatte Leana an sich, dass sie sich von den anderen so unterschied?

»Sehr gut. Gute Nacht, Viktorija«, rief ich meiner Exfreundin hinterher und hoffte, dass es das letzte Zusammentreffen von ihr und Leana wäre. Vik war loyal mir gegenüber und der *Bratwa*, aber sie wäre nicht die Erste, die etwas Dummes wegen irgendwelcher verletzten Gefühle tat und sie wusste genau, wer Leana war.

»Eine Freundin von dir?«, fragte Leana und löste sich aus meiner Umklammerung, um Abstand zwischen uns zu bringen. Kluges Mädchen. Sie wusste, hier stimmte etwas nicht. Aber fuck, das machte es nur kompliziert. Wie sollte ich ihr das erklären? Ich konnte ihr ja schlecht sagen, dass ich Viktorija für irgendein fremdes Mädchen abserviert hatte, oder? Wobei, vielleicht war die Wahrheit doch die beste Lösung. Na ja, oder zumindest eine Version der Wahrheit.

»Sie war meine Verlobte, aber es hat zwischen uns nicht funktioniert. Leider ist sie eine gute Freundin der Familie und wohnt hier, sodass ich sie nicht einfach auf die Straße setzen kann.« Eine Freundin der Familie klang gut, um zu umschreiben, dass ihr alter Herr sie als Kind verkauft hatte, um seine Schulden zu bezahlen, richtig? Und dass sie geblieben war, weil ich sie immer wieder in mein Bett geholt hatte – so wie alle Männer, die hier lebten. Außer Danilo, aber das lag wohl eher daran, dass sie absolut nicht seinem Typ entsprach. »Ignoriere sie einfach. Danilo macht es auch so und lebt ganz gut damit, solange sie sich nicht anschreien, weil der jeweils andere zu laut atmet.«

»Wie lange ist eure Trennung her?« Leana runzelte die Stirn und kippte ihre Hüfte, sodass sich ihr Gewicht von einem Bein auf das andere verlagerte. Nachdenklich sah sie Viktorija hinterher. Was sie wohl dachte? Verglich sie sich mit Vik? Ich hoffte nicht. Sie hatten absolut nichts gemeinsam, bis auf die Tatsache, dass sie beide in wenigen Momenten wissen würden, wie es war, von mir gefickt zu werden.

»Ein paar Monate«, antwortete ich ausweichend und lächelte Leana beruhigend an in der Hoffnung, sie würde nicht weiter nachbohren. Genau genommen hatte ich Viktorija an dem Tag zum Teufel gejagt, als ich von Leana erfahren hatte, aber das musste sie nicht erfahren. Niemals.

»Sie sah aus, als hätte sie noch Gefühle für dich.« Leanas Miene wurde mitleidig und ihre Mundwinkel sanken nach unten. Sie ließ die Schultern hängen und sah mich mit einem undefinierbaren Blick an. Hatte sie doch mehr mit Viktorija gemeinsam und Angst um ihre Position an meiner Seite? Rechnete sie schon fest mit all den Vorteilen, die sie als meine Frau haben würde? Vielleicht ähnelte sie den Rossijas doch ein wenig und sie strebte nach Macht.

»Ist das wichtig?« Ich richtete meinen Schwanz in meiner Hose, der immer noch halb hart war und begann, die Knöpfe meines Hemds zu öffnen. Es war angenehm warm im Gebäude, aber durch das Gespräch hatte ich dennoch das Gefühl, ich bekäme keine Luft. Es kam mir stickig vor und am liebsten hätte ich ein Fenster aufgerissen, um frischen Sauerstoff ins Zimmer zu lassen.

»Nein, ich dachte nur ...« Leana brach ab und senkte wieder den Blick. Wie oft hatte ihr Ex sie geschlagen, wenn sie ihn angesehen oder etwas Falsches gesagt hatte? Deutlich zu oft und er würde für jedes einzelne Mal büßen. Doch zuerst musste ich sie dazu bekommen, nicht immer in dieses Verhaltensmuster zurückzufallen. Denn ich hasste es. Auch das erinnerte mich an *Mat´* und das konnte ich nicht ertragen. Leana war eine Rossija. Schön, sie wusste es nicht, aber das Blut dieser Bastarde floss durch ihre Adern. Sie waren stolz und stark gewesen. Zwei Dinge, die auf Leana zutreffen sollten, falls sie an meiner Seite bestehen wollte. Auch wenn es nur für ein paar Monate war.

»Sprich! Du wirst meine Ehefrau. Wenn du nicht das Recht hast, deine Gedanken mit mir zu teilen, wer dann?«, schnauzte ich sie an und bereute es im selben Moment. Ich war nicht wütend auf sie. Nicht wirklich. Sondern auf *Otez*, der *Mat´* beigebracht hatte, dass sie es nicht verdiente, ihn anzusehen und auf Leanas Ex, der ebenfalls meinte, er würde über einer Frau stehen und alles mit ihr machen können, was er wollte.

Zum Glück schien Leana sich aber davon nicht

einschüchtern zu lassen, denn sie lächelte sanft und zuckte mit den Schultern. »Ich dachte, dass sie die bessere Wahl wäre. Ihr kennt euch, sie empfindet etwas für dich und sie würde sich sicher um dein Kind kümmern. Vielleicht sogar um mehr als eines.«

»Wofür bräuchte ich dich dann noch?« Irritiert legte ich die Stirn in Falten und musterte Leana, doch sie schien ihre Worte durchaus ernst zu meinen. Ich verstand nur nicht, wieso. Schön, jetzt war es amtlich. Sie war kein bisschen wie Viktorija. Statt Angst um ihre Position zu haben, bot Leana mir sogar noch an, jemand anderem ihre Rolle zu überlassen. Das war ... dumm. Nicht für mich, denn sie gab mir quasi einen Freifahrtschein, sie in den Club zurückzubringen, obwohl ich sie gefingert hatte, aber für sich selbst war es das Dümmste, was sie tun konnte. Wenn ich darauf einging, würde sie auf eine strahlende Zukunft verzichten. Und wofür?

»Gar nicht, aber vielleicht würde es dich glücklich machen«, flüsterte Leana, sodass ich es kaum hören konnte, trotzdem brannte sich jede Silbe in mein Gedächtnis.

»Du würdest also dein Leben wegschmeißen und riskieren, dass ich dich wieder zu Irina zurückbringe, damit ich glücklich werde?« Damit hatte ich nicht gerechnet. Wirklich nicht. Schon wieder überraschte Leana mich und langsam, aber sicher wurde es wahnsinnig schwierig, Leana mit der Familie in Einklang zu bringen, die für mein Leid verantwortlich war. Die Rossijas hätten niemals Macht, Einfluss, Geld, nein, nicht mal eine Serviette geopfert, nur um jemand anderem das Leben zu erleichtern oder ihn glücklich zu machen. Und da stand Leana, die so viel Schlechtes erlebt hatte, und tat genau das, als wäre es das Selbstverständlichste der Welt.

Leana strich sich eine Strähne aus dem Gesicht und zupfte anschließend an ihrem Rock, damit er wieder ihren Hintern verdeckte. Dafür kam an ihrem Bauch ein Streifen Haut zum Vorschein. »Ich weiß, wie es ist, in einer Ehe festzustecken, die einen nicht erfüllt. Du brauchst ein Kind, deshalb verstehe ich, wieso du dieses Arrangement mit mir eingehst, aber mit ihr hättest du eventuell die Chance auf mehr.« Ihre Worte klangen logisch und durchdacht, doch statt mich zu ermutigen, Viktorija Leana vorzuziehen, wollte ich Leana mit jeder verstreichenden Sekunde mehr und der Gedanke, ihr eine Kugel in den Kopf zu jagen, erfüllte mein Herz mit Traurigkeit. Sie war gutherzig und rein. Unschuldig. Sie konnte nichts dafür, wer ihre Eltern waren und hatte bis auf das Aussehen ihrer *Mat'* nichts von ihnen geerbt. Wie sollte ich dann ... Wie konnte ich ... Meine Finger gruben sich in meine Handfläche. Meine Faust zitterte. Das lief alles falsch. Ich sollte sie nicht mögen. Absolut nicht. Aber sie machte es mir wahnsinnig schwer, es nicht zu tun.

»Du bist zu gut für diese Welt, Leana. Deshalb wird sie dich irgendwann zerstören«, hauchte ich und kämpfte gegen den Schmerz, der sich in meiner Brust ausbreitete. Vielleicht sollte ich doch noch einmal über Danilos Vorschlag nachdenken. Was war, wenn ich

Leana einfach behielt? Wenn ich diese Chance auf *mehr* mit ihr haben konnte? Würde sie dann irgendwann mehreren Kindern im Garten hinterherlaufen, ohne sie zu erwischen und ihnen am Ende des Tages die Bücher vorlesen, die in der Bibliothek sicher verwahrt darauf warteten, dass jemand sie aufschlug? Oder war das Wunschdenken? Hatte Leana mich eingelullt und ich war geblendet von ihrer Schönheit? War es nicht das, wovor *Otez* immer gewarnt hatte? Auch Onkel war der Perfektion der Rossijas zum Opfer gefallen und was hatte es ihm gebracht? Ein gebrochenes Herz. Und er hatte alles verloren, was er besessen hatte.

»Das hat sie doch schon längst.« In Leanas Augen mischten sich Tränen, die sie schnell wegblinzelte, doch ich sah sie dennoch. Sie litt. Genauso sehr wie ich.

»Wir sollten ins Bett gehen«, meinte ich entschieden und wollte damit die Diskussion beenden, weil ihre Worte mich trafen. Hart und unvorbereitet. Ich musste nachdenken. Über den Plan, meine Zukunft und was ich tun würde, wenn unser Kind auf der Welt war. Aber das hatte Zeit, bis ich einen Erben hatte. Es war nichts, was ich gleich entscheiden musste. Jetzt musste ich Leana beschützen. Ob ich sie zu einem späteren Zeitpunkt umbrachte, musste ich mir durch den Kopf gehen lassen. Auf jeden Fall hatte sich an diesem Abend vieles geändert und damit meinte ich nicht nur die Anzahl der Bewohner in diesem Haus.

Nein, Leana stellte alles infrage. Und das machte mir Angst.

»Selbstverständlich. Wo entlang?« Leana nickte mir zu und sah mich abwartend an, als wäre damit alles gesagt. Vielleicht war es das für sie auch. Aber mich hatte das Gespräch durcheinandergebracht. Nicht nur das Gespräch, auch die Autofahrt. Eigentlich jede Interaktion mit Leana. Verdammt, ich hatte nicht erwartet, dass es so werden würde. Mein Herz sollte bei ihrem Anblick nicht pochen und mein Schwanz sollte nicht um ihre Aufmerksamkeit betteln. Ein Morosow bettelte gar nicht. Und dennoch wollte ich sie anflehen, mir endlich den Schwanz zu lutschen und mich ihr viel zu gutes Herz ficken zu lassen.

Ich seufzte schwer und versuchte, die trüben Gedanken zu verscheuchen. Jetzt gab es Wichtigeres und da hatten meine Bedenken keinen Platz. Was jetzt zählte war mein Plan, der drohte, von meinen eigenen Gefühlen vereitelt zu werden. »Komm!«

SECHS

MIKHAIL

»Die Einrichtung ist großartig.« Lächelnd schritt Leana hinter mir den Flur entlang und besah sich die großen Kommoden, die an der Wand aufgereiht und mit Blumenvasen geschmückt worden waren. Weißer Oleander. *Mat*'s Lieblingsblumen. Wunderschön anzusehen und absolut giftig. So, wie ihrer Meinung nach Frauen sein sollten. Sie waren das Einzige, das ich auswechseln hatte lassen. Ansonsten war alles gleich geblieben, nachdem der Rest meiner Verwandtschaft sich vom Acker gemacht hatte.

»Sie gefällt dir?«, hinterfragte ich und verzog die Lippen, während ich das Tempo anzog und in die Richtung marschierte, in der mein Schlafzimmer war. Noch immer fand ich das Haus viel zu groß für mich allein. Vielleicht ließ ich genau aus diesem Grund Danilo, Ivan und all die anderen bei mir wohnen. Weil ich mich sonst noch einsamer fühlen würde, wenn nur Wind durch diese leeren Räume ziehen würde.

»Nein, eigentlich nicht.« Leanas Stimme wurde leiser. Vorsichtiger. Noch immer befürchtete sie, ich würde ihr Gewalt antun, wenn sie etwas Falsches sagte. Trotzdem war sie mutig genug, ihre Meinung zu sagen und darüber war ich froh.

»Wieso sagst du es dann?« Grinsend warf ich ihr über meine Schulter einen Blick zu und bemerkte erst jetzt, dass sie ein Stück zurückgefallen war und auf eine der Vasen starrte. Ob sie wusste, dass diese Pflanze die Macht hatte, Menschen zu töten? Ich würde es ihr wohl sagen müssen, sonst würde sie sich noch unbeabsichtigt umbringen.

»Höflichkeit? Ich finde alles ein wenig pompös.« Leana streckte die Arme aus und deutete zuerst auf den riesigen Kronleuchter, der in der Mitte des Raumes hing, und danach auf die goldenen Applikationen an den Türen. Sie hatte recht. Es war übertrieben. Aber genau so war *Otez* gewesen. Dieses Haus war kein Zuhause, sondern ein Statussymbol. Als hätte er einen Schwanzvergleich mit allen anderen Mafiabossen machen wollen, um ihnen zu zeigen, wie viel er besaß. Inzwischen wusste ich, dass es immer nur darum ging, ein bisschen besser als die Rossijas zu sein. Mehr und vor allem größere Häuser, schnellere Autos, schönere Frauen. Und *Otez* war es dabei egal, ob sich hier jemand wohlfühlte oder nicht.

»*Otez* hat nach dem Tod seines Erzeugers vieles neu eingerichtet. Angeblich, um seinen Status damit zu repräsentieren, aber ich denke, es lag daran, dass ihn alles an eine schönere Zeit erinnert hat, die niemals zurückkommen wird.« Und das hatte er nur sich selbst zuzuschreiben. Nach Großvaters Tod hatten wir aufgehört eine Familie zu sein. Gern würde ich sagen, dass *Otez* die Macht zu Kopf gestiegen war, aber er hatte wohl davor schon niemanden von uns wirklich gemocht. Nicht seine Frau, nicht seine Kinder und schon gar nicht sein Personal, das er wie Dreck behandelt hatte.

»Wohnt dein Dad ebenfalls hier?«, fragte Leana und holte wieder auf, indem sie die Distanz überbrückte und mir nacheilte. Gerade rechtzeitig. Ich drehte mich nach links, schloss die Tür auf, die mir am nächsten war und öffnete sie. Es war der einzige Raum im ganzen Gebäude, in den niemand Zutritt hatte außer mir. Es war mein Rückzugsort und nun würde ich ihn für eine lange Zeit verlieren, weil ich Leana hierherbrachte. Doch es käme mir falsch vor, sie in einem anderen Zimmer unterzubringen. Sie war meine Frau. Je besser ich allen diese Story verkaufte, desto sicherer wäre sie und wenn sie auf einer anderen Etage wohnen würde, würde das unnötige Fragen aufwerfen.

»Nein.« Ich schüttelte den Kopf und machte einen Schritt zur Seite, sodass Leana zuerst mein Schlafzimmer betreten konnte.

»Wieso nicht?« Zögerlich ging sie an mir vorbei und sah sich um. Ihre Augen weiteten sich überrascht und ich konnte mir ein Lächeln nicht verkneifen. Ja, hier sah es anders aus als im Rest des Hauses. Wärmer, heimischer. Bilder von *Mat'* und Eliana hingen an den ockerfarbenen Wänden und weiße Ornamente waren an die Mauern gesprüht worden. Zusammen mit dem dunkelbraunen Bett und den weißen Vorhängen wirkte alles wie aus einer Heimtextilienwerbung.

»Wir reden nicht mehr miteinander.« Wie lange eigentlich schon nicht? Zwei Jahrzehnte? Manchmal konnte ich es selbst nicht glauben, wie schnell die Zeit vergangen war. Aber vielleicht war das auch gut so. Ich hatte in meiner Amtszeit als *Don* Großartiges geleistet. Wir machten so viel Geld wie noch nie, unser Stoff war besser denn je und der Frauenhandel florierte, seitdem wir die Frauen zuerst ausbildeten und sie erst dann verkauften. Ob er irgendwo unter einem Stein hockte und beobachtete, wie der Sohn, den er immer für unzureichend gehalten hatte, es besser machte als er?

»Ich verstehe.« Leanas Miene verzog sich, aber sie sagte nichts. Dabei hätte ein Blinder sehen können, dass ihr etwas auf der Zunge brannte. Und wieder hätte es mir egal sein können, doch das war es nicht. Es interessierte mich, was sie zu sagen hatte. Ich wollte erfahren, welche Meinung sie hatte. Wahrscheinlich, weil sie als Einzige ehrlich war und nicht das sagte, was ich hören wollte. Anfangs hatte Danilo das ebenfalls getan, doch je länger ich der *Don* war ... Na ja, es war einfach nicht mehr dasselbe wie damals. Jetzt kuschte er vor mir wie alle anderen auch.

»Was? Ich kann deine Gedanken nicht lesen, aber dein Gesicht verrät mir alles, was ich wissen muss.« Ich lachte, ging hinüber zum Bett und strich über die Bettdecke, sodass die Falte im Stoff verschwand. Erst dann drehte ich mich wieder zu Leana und deutete aufs Bett, damit sie sich setzte.

Leana musterte mich, ohne sich zu bewegen und legte den Kopf leicht schief. Überlegend ließ sie mich warten, bis sie entschieden hatte, ob sie etwas sagen sollte oder nicht. Doch irgendwann seufzte sie tief und stemmte die Hände in die Hüften. »Ich würde alles tun, um mit meinen Eltern sprechen zu können. Dein Dad lebt anscheinend noch, aber ihr habt keinen Kontakt und das finde ich schade, weil du eine Chance nicht nutzt, obwohl du sie hast. Und ich nicht.« Leanas Stimme schwankte gegen Ende und wurde leiser, doch sie wich nicht meinem Blick aus. Traf der Verlust ihrer Familie sie wirklich so sehr, obwohl sie diese Menschen niemals kennengelernt hatte? Sicher, Eliana fehlte mir. Und Mat´. Aber ich hatte auch mein halbes Leben mit ihnen verbracht.

»Er hat mich verraten«, zischte ich und setzte mich an die Ecke des Bettes. Die Matratze gab unter meinem Gewicht nach und der Lattenrost quietschte leise.

Leana trat näher auf mich zu und blieb genau vor mir stehen. »Was hat er getan? Und ist es wirklich so schlimm, dass du es ihm nicht vergeben kannst?«

»Es ist kompliziert und es geht eher um etwas, das ich getan habe. Nicht er.« Aber er war schuld gewesen. Ich hatte keine Wahl ge- Doch. Man hatte immer eine Wahl. Aber ich hatte mich für diesen Weg entschieden, weil ich den Gedanken nicht ertragen konnte, dass er mit all dem durchkam, ohne dafür zu büßen.

Leana hob interessierte eine Augenbraue und verschränkte die Arme vor der Brust, wobei ihre Titten ein Stück nach oben gedrückt wurden, bis ich glaubte, sie würden ihr aus dem Ausschnitt fallen. Nicht, dass ich etwas dagegen gehabt hätte. »Willst du mir davon erzählen?«

»Nein, ich will dich ficken.« Ich packte Leana ohne Vorwarnung an der Hüfte, hob sie hoch und warf sie mit einer flüssigen Bewegung aufs Bett. Sie schrie überrascht auf, japste erschrocken nach Luft und begann zu kichern, als ihr Körper auf der Matratze aufkam. Abwehrend hob sie die Hände, doch das Glitzern in ihren Augen verriet, dass es nur gespielt war. Und ihr Lachen bestätigte meine Vermutung. Sie hatte also auch noch Humor. Sehr gut.

Leana strahlte und schüttelte den Kopf, um mir zu zeigen, wie kindisch sie das fand. Doch dann wurde sie wieder ernst. »Das kannst du«, versprach sie und rutschte auf dem Bett nach oben, bis sie am Kopfteil ankam und sich mit dem Rücken dagegen lehnte. »Aber du kannst es auch noch in einer Stunde und wie du vorhin gesagt hast, ich werde deine Ehefrau. Wenn du es mir nicht erzählen kannst, wem dann?«

Niemandem. Das war ein verdammt gutes Argument und ich war es leid, dass keiner die ganze Geschichte kannte. Viktorija hatte sich nie dafür interessiert, Danilo war dabei gewesen und der Rest des Personals hatte nur so viel mitbekommen wie nötig. Es war auch besser, sie glaubten, ich hätte *Otez* rausgeschmissen und zum Teufel geschickt. Alles war besser, als wenn sie die Wahrheit kannten und sahen, dass ich versagt hatte.

»Du bist eine kluge Frau, Leana.« Ich schmunzelte, drehte mich zu ihr, um sie besser betrachten zu können und ließ mich nach hinten aufs Bett fallen. Ich stützte mich mit den Ellbogen auf der Matratze ab und überlegte, was ich ihr sagen sollte. Alles? Nichts? Oder sollte ich ihr eine Lüge auftischen? Tatsache war, dass ich nicht verlieren konnte. Wenn ich sie am Ende umbrachte, hätte ich wenigstens eine gute Zuhörerin gehabt, um meine Gedanken zu sortieren, und sie würde es niemandem weitererzählen können. Und falls ich sie doch behielt, dann hatte ich endlich jemanden, mit dem ich alles teilen konnte. Dann durfte sie nur nie erfahren, wer sie wirklich war und wieso ich sie ausgesucht hatte.

»Hast du etwas anderes erwartet?« Leanas Lachen füllte den Raum und mein Herz schlug mit einem Mal schneller. Es polterte gegen meine Rippen und sorgte dafür, dass mir heiß wurde. Nicht im Sinne von *Ich werde geil und Hitze brennt in meinen Adern* sondern subtiler. Es war einfach eine wohlige Wärme, die jeden Zentimeter durchdrang und mich lächeln ließ.

»Ja«, antwortete ich ehrlich und drehte mich herum, bis ich auf dem Bauch lag. Mit einer Hand griff ich nach Leanas Bein und strich sanft über ihren Knöchel. Ich wollte sie berühren. Es war wie ein innerer Drang, dem ich sofort nachkommen musste. Also tat ich es und Leana schien nichts dagegen zu haben. Sie streckte ihr Bein, damit ich es leichter erreichen konnte und sah mich immer noch schmunzelnd an. Es vertrieb meine trüben Gedanken und ließ mich mit der Erzählung seufzend am Anfang meines Lebens beginnen. Vielleicht war es nur gerecht, dass sie alles über mich erfuhr, wenn ich so viel über sie in Erfahrung gebracht hatte. »Mein Erzeuger führte die *Bratwa* schon ein paar Jahre, bevor ich geboren wurde, und er brachte mir schon im Kleinkindalter bei, was es bedeutet, ein Teil dieser Familie zu sein. Während andere Kinder das Alphabet lernten, zeigte er mir, wie ich eine Waffe auseinandernahm, ohne auch nur einen Ton von mir zu geben. Und ich war gut. Der Beste. Ich lernte schnell und ich war fasziniert von der Unterwelt. Drogendeals, Waffenhandel, Prostitution – all diese Geschäfte konnte ich schon abwickeln, bevor ich ein zweistelliges Alter hatte.« Ich hatte es geliebt. Jede verdammte Sekunde. Ich hatte so viel Lob von allen Seiten bekommen und die Prophezeiung, dass ich einmal der beste Chef der Mafia sein würde. Als Kind hatte ich es als große Ehre empfunden und keine Ahnung, wieso *Mat'* so dagegen gewesen war, dass ich all das lernte. Sie hatte sich nicht oft gegen *Otez* aufgelehnt, aber damals tat sie es. Wieder und wieder. Sie wollte, dass ich ein normales Kind war, und das war ich nicht gewesen. Nie.

»Klingt einsam«, murmelte Leana und starrte auf meine Hand hinab, die immer weiter über ihren Knöchel wanderte. Eine Gänsehaut bildete sich auf ihren Beinen.

»Bitte?« Überrascht suchte ich ihren Blick. Ich

hatte mit vielem gerechnet, aber nicht damit. Am ehesten hätte ich damit gerechnet, dass sie erfahren wollen würde, wie viele Menschen ich seit diesem jungen Alter ermordet hatte – und dann Angst vor mir haben würde. Aber das tat sie nicht. War ich einsam gewesen? Gute Frage. Ich hatte nie darüber nachgedacht. Vielleicht ein wenig. Aber ich hatte Eliana und *Mat'*. Jedes Mal, wenn ich allein gewesen war, waren sie da. Bis sie es plötzlich nicht mehr waren.

»Wann hast du dir Filme angesehen, bist mit deinen Freunden Fahrrad gefahren oder hast einen Regenwurm gegessen?« Leana klemmte sich eine Haarsträhne hinters Ohr, die nicht halten wollte und ihr immer wieder ins Gesicht fiel, bis Leana es aufgab und sie einfach an Ort und Stelle ließ.

»Nie und ich bin mir sicher, dass vor allem die Entscheidung auf Letzteres zu verzichten durchaus gut für mich war.« Bei der Vorstellung, einen Regenwurm hinunterzuwürgen, drehte sich mir der Magen um. Lustig, nicht wahr? Ich hatte kein Problem damit, jemanden in einem Ameisenhaufen einzugraben und zuzusehen, wie die Ameisen langsam über das Gesicht wanderten, aber irgendwo zog auch ich eine Grenze. »Jedenfalls habe ich es geliebt. Es war mein Leben. Wir waren reich, sodass ich alles bekam, was ich wollte und ich durfte die Arbeit machen, die mir Spaß bereitete. Aber nicht alle sahen darin etwas Positives. Mein Erzeuger hatte schon zu dem Zeitpunkt Probleme mit einer anderen Mafiafamilie, die an seine Macht wollte, und nun war auch sein eigener Sohn plötzlich eine Gefahr für seine Regentschaft. Seine Männer mochten die Art, wie ich Dinge klärte, lieber und sie schätzten, dass ich sie nicht in aussichtslose Kämpfe schickte, wodurch weniger von ihnen sinnlos starben. Ich war eben nicht so stur und cholerisch wie mein *Otez*. Sondern berechnend. Ich hatte immer einen Plan.« Bisher zumindest. Bis Leana all meine Pläne mit ihrem Lächeln in Gefahr gebracht hatte und es an einem einzigen Abend geschafft hatte, dass ich alles, wofür ich gearbeitet hatte, über den Haufen werfen wollte, wenn dafür dieses Gefühl in meiner Brust für immer blieb. »Mein Erzeuger sah die Lösung des Problems mit der anderen Mafiafamilie darin, seinen Bruder zu ihnen zu schicken, um sie zu infiltrieren. Er sollte dafür sorgen, dass sich die Herrin des Hauses in ihn verliebte und ein Kind mit ihm bekam. Damit würde er zwei Fliegen mit einer Klappe schlagen. Einerseits wären dann beide Familien verbunden, weil sie den gleichen Erben teilten, und andererseits hätte dieses Kind mehr Rechte an der *Bratwa* als ich. Und diesmal hätte *Otez* die Erziehung übernommen, sodass dieses Kind ihm loyal gegenüber gewesen wäre. Loyaler als ich. *Mat'* hat es nicht gern gesehen, dass ich unter einem Haufen Mördern aufgewachsen bin, doch sie hat es hingenommen. Aber sie hat mich geliebt und deshalb war meine Bindung zu ihr viel stärker als zu meinem Erzeuger.« Deshalb hatte mich ihr Verlust mehr geschmerzt als seiner. Viel mehr. Die Trennung von ihr war immer noch wie eine klaffende Wunde, die einfach nicht heilen wollte. Gerade, wenn ich dachte, eine dünne Hautschicht würde sich endlich darüber bilden, riss die Verletzung wieder auf und begann zu bluten, nur um sich dann zu entzünden und viel schlimmer zu schmerzen.

»War? Wo ist sie jetzt?« Leanas trauriger Gesichtsausdruck verriet, dass sie es sich denken konnte. Dennoch war da ein Funken Hoffnung, dass ich nicht den wichtigsten Menschen in meinem Leben verloren hatte. Sollte ich dafür dankbar sein, dass sie mit mir litt, obwohl *Mat´* noch leben würde, wenn ich die Rossijas umgebracht hätte? Dann hätte es jedoch Leana nicht gegeben und inzwischen wusste ich nicht, was von beidem mir lieber gewesen wäre. Irgendwas tat Leanas Anwesenheit mit mir. Sie erinnerte mich an eine Zukunft, die meine *Mat´* sich immer für mich gewünscht, ich aber nie in Erwägung gezogen hatte. Wieso eigentlich nicht?

»Tot.« Ich stoppte die Streicheleien an Leanas Knöchel und zog meine Hand weg, um sie um das Kreuz zu legen, das an einer Kette an meinem Hals baumelte. Als ewige Erinnerung daran, dass Gott ein genauso großes Arschloch war wie ich und jedem alles wegnehmen konnte, wenn man ihm ans Bein pisste. »Mein Onkel hat es nicht geschafft. Tatjana Rossija war ihrem Ehemann treuergeben. Sie hat ihn geliebt, oder war besessen von ihm. Beides ist irgendwie wahr. Auf jeden Fall kam Sergej Rossija hinter *Otez´* Plan und weil er ihm seine Frau wegnehmen wollte, beschloss Sergej gleiches mit gleichem zu vergelten. Er tötete meine *Mat´*. Irgendeiner seiner Männer legte ein Feuer und verschloss die Türen. Sie und meine

Zwillingsschwester verbrannten in den Flammen. Schreiend und weinend. Als ich endlich die Türen aufbekam, konnte ich sie schon nicht mehr hören. Da war so viel Rauch.« Ich schluckte, als die Bilder von damals wieder in mir hochkamen und ich erneut die kehligen Schreie hörte, die mir durch Mark und Bein gingen. Schrill und flehend. Sie hatten um Hilfe gebettelt. Immer und immer wieder. Aber alle Ausgänge waren abgeschlossen gewesen. Ich hatte gegen die Tür gehämmert, getreten und mich mit voller Wucht dagegen geschmissen, aber sie hatte sich einfach nicht öffnen lassen. Splitter hatten sich in meine Faust gebohrt und irgendwann hatten meine Knochen den Schlägen nicht mehr standhalten können. Meine Finger brachen, doch ich hatte nicht aufgehört, gegen die Tür zu schlagen. Ich wusste bis heute nicht, wie lange ich dort gestanden hatte, mit dem Geruch nach verbranntem Fleisch in der Nase, und nach *Mat'* geschrien hatte, doch irgendwann – vermutlich durch die Hitze des Feuers – hatte das Metall des Schlosses nachgegeben und die Tür sich geöffnet. Rauch war mir entgegengeschossen. Er war schwarz gewesen und hatte noch schlimmer gestunken als alles, was ich je zuvor gerochen hatte. Aber ich hatte mich auch kaum darauf konzentrieren können, weil in diesem Moment die Schreie verstummten.

»Mikhail? Ist alles in Ordnung?« Eine warme Hand schlang sich um meine Finger und ich hob den Blick, nur um zu erkennen, dass Leana sich vorgebeugt hatte und mich mitleidig ansah, während sie mit mir das Kreuz umklammert hielt. Forschend musterte sie mich. Meine Augen brannten unangenehm. Ich wollte einfach nur allein sein und gleichzeitig war ich froh, dass sie da war.

»Ja, es ist schon lange her.« Ich schenkte ihr ein kleines Lächeln. Nur für eine Sekunde. Länger schaffte ich nicht, es aufrecht zu erhalten. Aber es reichte. Leana begann langsam zu nicken und lehnte sich wieder zurück, wobei sie meine Hand freigab. Gern hätte ich sie wieder an mich gezogen, doch ich küsste stattdessen das Kreuz und ließ es dann ebenfalls los. Ob *Mat´* stolz auf mich wäre, wenn sie mich heute sehen könnte?

»Konnte niemand ihnen helfen?« Leana lehnte ihren Kopf an das Bettende. Sie sah entspannt aus, doch ihre verkrampften Finger, die sich in die Matratze bohrten, verrieten, dass meine Geschichte etwas mit ihr tat. Dennoch wollte ich nicht aufhören. Sie musste es erfahren. Jetzt waren wir schon so weit gekommen und ich würde keinen Rückzieher machen.

»Mein Erzeuger hätte es gekonnt. Sergej hatte ihm die Wahl gelassen. Wenn er die *Bratwa* aufgab und aufhörte, gegen ihn zu kämpfen, hätte er sie am Leben gelassen.« Und ich hätte es an seiner Stelle getan. Sofort. Auch heute noch würde ich alles opfern, wenn Eliana und *Mat´* dafür wieder bei mir wären. Ich hätte ihnen so viel zu erzählen und es würde mich interessieren, was sie von Leana halten würden. *Mat´* hatte die Rossijas schließlich gekannt. Sie waren Freundinnen gewesen – Leanas *Mat´* und meine. Bevor sie beide einen Mafiaboss geheiratet hatten und dadurch zu Feindinnen wurden. »Als die beiden starben, machte ich meinen Erzeuger dafür verantwortlich. Und meinen Onkel ebenfalls. Ich nahm Kontakt zu Sergej auf und beschloss mit seiner Hilfe, *Otez* loszuwerden. Ich versprach Sergej, mich ihm unterzuordnen und für ihn zu arbeiten, wenn er mich unterstützte. Er sagte zu.« Hass keimte in mir hoch. Ich hatte damals versucht, seine Seite zu verstehen und wollte wirklich mit ihm arbeiten. Mit knapp vierzehn hatte ich mich sowieso noch nicht bereit gefühlt, die Mafia zu übernehmen und ich kannte den Schmerz, jemanden zu verlieren. Vielleicht machte ich ihm deshalb keinen Vorwurf, dass er alles getan hatte, um zu verhindern, dass ihm jemand einen Teil seiner Familie wegnahm. Er hätte sich nur an unsere Abmachung halten müssen. Bereute er, während er in der Hölle saß, was er getan hatte? Ich hoffte es. »Aber er hatte gelogen. Er nutzte die Informationen, die ich ihm gab, um meinen Erzeuger zu beseitigen, damit er sich uns allen entledigen konnte. Es gab eine riesige Schießerei, bei der viele Männer starben. Auf seiner Seite und auf meiner. Dadurch kam *Otez* auch dahinter, dass ich ihn loswerden wollte. Er nutzte das Chaos und verschwand.« Und darin war er unheimlich gut. Ich hasste diesen Mann und hatte nichts Positives über ihn zu sagen, doch seine Kunst, alles und jeden verschwinden zu lassen, war beängstigend.

»Du hast ihn seitdem nicht mehr gesehen?« Leana rutschte ein Stück zu mir und nun war sie es, die mich freiwillig berührte. Ihre Finger strichen über meine Hand und glitten über die Familienringe, die ich trug. Der Ring der Morosows strahlte in einem dunkleren Rot als der Klunker der Rossijas, aber beide gehörten mir und wiesen mich als oberster *Don* aus. Es war ein befriedigendes Gefühl, sie beide an meiner Hand zu sehen.

»Doch. Einmal. Sergej dachte, er könnte mich hintergehen und ich wurde wütend genug, um seine ganze Familie auszulöschen. Einen nach dem anderen, bis nur noch seine Frau und er übrig waren. Es dauerte, bis ich sie fand und töten konnte. Sie hatten sich auf einem alten Anwesen meiner Familie versteckt.« Ein Anwesen, das laut dem Brief, den mir Ivan zugesteckt hatte, inzwischen vollständig durchsucht und abgebrannt worden war. Genau wie sieben meiner anderen Anwesen. Anfangs hatte ich das nicht tun wollen. Ich hatte mich jahrelang geweigert, etwas zu zerstören, das Großvater und die Generationen vor ihm mühsam aufgebaut hatten, für immer auszuradieren. Doch *Otez* ließ mir keine Wahl. Irgendwo musste er sich verstecken und indem ich alle niederbrannte, nahm ich ihm Stück für Stück seine Rückzugsorte, bis er unter dem Stein hervorkommen musste, unter dem er sich verkrochen hatte.

»Dein Erzeuger hatte ihnen geholfen unterzutauchen?«, fragte Leana verwirrt und der brodelnde Hass verwandelte sich in die Wut, die ich damals empfunden hatte, als mir klar wurde, dass sich die Menschen, die mir alles genommen hatten, auch noch gegen mich verbündeten. Aus Angst. Sie hatten sich vor mir gefürchtet. Vor einem Vierzehnjährigen. Wie stark konnte die Macht der Familien gewesen sein, wenn sie wegen eines Kindes plötzlich zusammenarbeiteten? Es war lächerlich. Doch vielleicht hatten sie auch recht. Ich hatte mit ihnen kurzen Prozess gemacht und nicht alle von ihnen waren schnell genug, um vor mir davonzulaufen. Ich hatte sie gefunden und getötet und nun saß ihre einzige Erbin bei mir im Bett und wartete nur darauf, dass ich sie fickte. Sergej würde sich im Grab herumdrehen, wenn von seiner Leiche noch genug für ein Begräbnis übrig geblieben wäre.

»Ja. Nachdem Onkel und er alles an mich verloren hatten, dachte *Otez* wohl, er könnte sich einen Teil zurückholen, wenn er sich mit Sergej zusammentat und auch die Rossijas sahen Vorteile an der Verbindung. Sie glaubten, mein Erzeuger würde mich schon umbringen und dann würden sie es unter sich ausmachen, wer die *Bratwa* leitet. Aber sie hatten sich gegenseitig verraten, um ihre eigene Haut zu retten. *Otez* konnte fliehen, als ich alles in die Luft jagte. Mein Onkel angeblich auch, zumindest haben wir seine Leiche nicht gefunden.« Und wir hatten wirklich akribisch gesucht. Eigentlich taten wir das immer noch. Ich wollte sie tot sehen. Sie beide. Unbedingt. Ich wollte dabei sein, wenn sie erkannten, dass es besser gewesen wäre, mit mir zu arbeiten, als mich zu fürchten und deshalb meine Familie kaputt zu machen. Würden sie schreien, wenn mein Messer über ihre Haut fuhr, das

Fleisch spaltete und sie für einen kurzen Moment ihre eigenen Organe betrachten konnten, bevor der Tod sie holte?

»Die Rossijas sind tot?« Leana rutschte noch ein Stück näher, und drehte meine Hand, um auch die Hinterseite der Ringe betrachten zu können, in denen Daten eingraviert waren. In jeden Ring eines. Das Datum, an dem die jeweilige Familie zu einem Mafia Imperium wurde.

»Ja.« Als ich der Meinung war, dass Leana genug gestarrt hatte, umfing ich ihre Hand mit meiner. Sie war warm und ihre Berührungen fühlten sich wie Balsam für meine geschundene Seele an. Paradox, oder nicht? Gerade sie spendete mir Trost, obwohl mit ihren Eltern alles angefangen hatte.

»Ihr habt eine ganze Familie ausgelöscht, weil diese eine Frau kein Baby mit einem Typen bekommen wollte, der nicht ihr Ehemann war?« In Leanas Stimme mischte sich Unglaube und ihre Augen wurden groß. Obwohl sie es nicht aussprach, wusste ich, woran sie dachte. Auch sie sollte jetzt ein Kind bekommen, und zwar nicht von ihrem Ehemann, sondern von einem Mann, den sie kaum kannte. Und ja, sie hatte recht. Auch ich konnte die Parallelen sehen. Dennoch war unsere Situation gänzlich anders. Sie liebte ihren Mann nicht, aber ihre *Mat'* hatte das sehr wohl getan. Deshalb ist sie am Ende auch gestorben. Weil sie treu und loyal gewesen war. Eigentlich eine Schande, wenn man genauer darüber nachdachte. Betrug war eines der schlimmsten Verbrechen bei der Mafia und trotzdem war Tatjana Rossija dafür bestraft worden, dass sie ihr Eheversprechen gehalten hatte.

»Ich weiß, wie sich das für dich anhören muss, aber es ist komplizierter als das. Es geht um Blutsverwandtschaft und Machtverhältnisse.« Es ging um den Thron und jeder wollte sich selbst oder seine Kinder darauf sitzen sehen. Fuck, niemand wollte darauf verzichten, seinen Namen in den Geschichtsbüchern wiederzufinden – lange, nachdem man gestorben war. Es machte einen auf eine Weise unsterblich und war ein absoluter Machtrausch.

Leana räusperte sich. Ihr Blick wurde vorsichtig und sie wollte sich zurückziehen, aber ich hielt ihre Hand fest, während sie sprach. »Für mich klingt es eher nach dummer Sturheit und veraltetem Denken.«

»Wie meinst du das?« Stirnrunzelnd drückte ich meinen Oberkörper nach oben, um Leana noch besser sehen zu können. Sie biss sich auf die Lippe und wandte den Blick ab, als sie weitersprach. Angst. Sie beherrschte Leana. Jeden Tag, jede Minute und jede Sekunde. Genau wie mich. Wieder etwas, das wir gemeinsam hatten. Nur fürchtete sie sich vor mir, während mir das Herz in die Hose rutschte bei dem Gedanken, ich könnte eine falsche Entscheidung treffen.

»Ihr geht davon aus, dass nur jemand, der eurer Blutlinie entstammt das Erbe übernehmen kann, aber das ist doch Schwachsinn, oder nicht? Denkst du, du wärst ein komplett anderer Mensch geworden, wenn deine *Mat'* deinen Dad betrogen und du einen anderen Erzeuger gehabt hättest? Vielleicht war es sogar so und du weißt es nur nicht. Blut macht keine Familie«, erklärte Leana und ihre Hand glitt aus meiner. Locker setzte sie sich in den Schneidersitz und legte ihre Finger in ihren Schoß. Dabei stieß ihr Knie gegen meine Hand. Keine Ahnung, ob es mit Absicht war oder nicht, doch ich nutzte die Chance und begann kleine Kreise auf den Ansatz ihres Schenkels zu malen. Leanas Haut war wahnsinnig weich und bei jeder Berührung seufzte sie wohlig auf. Wie hypnotisiert besah ich meine Finger, die sich über ihr Bein bewegten. Der Anblick faszinierte mich so sehr, dass ich mich kaum auf unser Gespräch konzentrieren konnte.

»Du sprichst aus Erfahrung?«, hinterfragte ich und stoppte meine Bewegungen kurz, um die Richtung zu ändern und nun Kreise gegen den Uhrzeigersinn zu malen. Ein Schauer ging durch Leana und ein lauter Seufzer kam aus ihrem Mund. Sofort biss sie die Zähne zusammen.

»Ich hatte nie eine Familie und habe keine Ahnung, woher ich eigentlich komme, aber für einen kurzen Moment in meinem Leben dachte ich, dass Kirill mein Zuhause werden könnte. Ich habe mich geirrt, schon klar, aber ... Ich weiß nicht. Ich denke nicht, dass es gemeinsames Blut braucht. Eine Familie entsteht aus gegenseitiger Liebe. Sonst hätte gar keine kinderlose Ehe eine Chance, oder?« Leana zuckte mit den Schultern und die Angst in ihren Augen verschwand. Stattdessen machte sich Freude darin breit. Sie genoss das Gespräch. Wie viele sie davon wohl mit ihrem Ex geführt hatte? Hatte er sich überhaupt für ihre Meinung interessiert? Vermutlich nicht, sonst würden Leanas Worte nicht so sehnsüchtig klingen. Sie wünschte sich eine Familie. Ein Zuhause. Einen Ort, an den sie gehörte. Genau wie ich.

»Das ist ... ein interessanter Ansatz.« Wenn auch unvorstellbar. Es war schon immer so, dass das Erbrecht bei der Mafia viel Gewicht hatte. Familie war schließlich alles. Zumindest in der Theorie. In der Praxis führten *Otez* und ich dennoch einen Krieg. Blutsverwandtschaft hin oder her. Konnte es also sein, dass Leana recht hatte? Würde auch ein gemeinsames Kind mit einer Rossija mir nicht helfen, meine Stellung zu sichern und meinem Erzeuger zu zeigen, dass ich nun das Oberhaupt der Familie war? Und selbst wenn, wäre das so schlimm? Die Vorstellung, ein Kind mit Leana zu haben, war nicht furchtbar. Nein, ganz im Gegenteil. »Würdest du gerne wissen, wer deine Verwandten sind?«

Leanas Miene nahm einen nachdenklichen Ausdruck an. Eine Falte bildete sich zwischen ihren Augenbrauen. Es wurde still. Statt gleich zu antworten, nahm sie sich Zeit über meine Frage nachzudenken, doch sie schien zu keinem Ergebnis zu kommen. »Würde es einen Unterschied machen?«, wollte sie nach einer Weile wissen, aber darauf konnte ich ihr keine Antwort geben. Welche auch? Dass es ihr wohl das Herz brechen würde, weil all ihre Verwandten tot waren und sich deshalb nichts ändern würde, da sie immer noch allein wäre? Nein, das brachte ich nicht übers Herz. Vielleicht irgendwann. Wenn wir Kinder hatten und verheiratet waren. Eventuell war sie dann glücklich genug, um es zu verkraften, dass ihr Mann ein Monster war und einen Teil ihrer Familie abgeschlachtet hatte. Oder ich würde es einfach für immer für mich behalten. Musste sie es je erfahren? Sie hatte es doch selbst gesagt, es würde sich nichts ändern.

»Es ist spät. Ich gehe duschen«, antwortete ich ausweichend, nahm meine Hand von ihrem Schenkel und erhob mich vom Bett, während die ersten Sonnenstrahlen durch das Fenster brachen. Die Nacht war bereits vorbei und langsam holte mich die Anstrengung und Aufregung des vergangenen Tages ein. Ich wollte nur noch schlafen, damit ich für ein paar wenige Minuten nicht denken musste. Die wirbelnden Gedanken in meinem Kopf machten mich wahnsinnig. Konnte ein Gehirn explodieren? Früher hätte ich nein gesagt, aber jetzt fühlte es sich verdammt noch mal so an.

Leana sprang ebenfalls aus dem Bett und schlang ihre Arme um ihren Körper, während sie das Bettgestell umrundete und vor mich trat. Der Stoff ihres Rockes war inzwischen so weit nach oben gerutscht, dass ich ihr Höschen sehen konnte. »Ich dachte, du willst Sex haben?« Scheu sah sie mich durch ihre langen Wimpern an und wartete vermutlich darauf, dass ich sie wieder ins Bett warf, um sie zu vögeln. Und obwohl ich vor einer Stunde nichts lieber getan hätte als das, blieb der Drang nun aus, weil ich sie lieber auf meine Brust ziehen wollte, um den Duft ihrer Haare in mich aufzusaugen. Ob ich krank wurde? Und wenn ja, würde das wieder weggehen? Ich war doch sonst auch nicht so gefühlsduselig.

»Wir haben die nächsten Tage noch genug Zeit dafür. Willst du duschen, bevor du ins Bett gehst?« Während ich fragte, ging ich bereits zur Tür, die von meinem Zimmer in mein Badezimmer führte, zu dem nur ich Zugang hatte.

»Wenn ich darf?« Leana nickte und folgte mir. Ob sie vorhatte mit mir zu duschen? Oder ging sie davon aus, dass wir getrennt ins Bad gehen würden? Ich wusste es nicht, aber ich würde sie mitentscheiden lassen. Weil *Mat'* irgendwie recht hatte. Eine Ehe sollte etwas Besonderes sein und vielleicht konnte Leana meine richtige Frau werden. Nicht nur eine Gebärmaschine.

»Fühl dich wie zuhause.«

SIEBEN

LEANA

Zuhause. Das war ein großes Wort mit Macht, auch wenn es auf den ersten Blick nicht so aussah, aber das merkten die meisten erst, wenn sie keines mehr hatten. Und damit meinte ich nicht einmal das Dach über dem Kopf, das uns vor dem Regen schützte, oder das warme Bett, in das sich jeder wie selbstverständlich nach Sonnenuntergang legte. Nein, es ging um einen Ort, an dem man immer sicher war. Einen Ort, an den man zurückkommen konnte, wenn die Welt um einen zusammenbrach. Etwas, das ich nie gehabt hatte. Kirill hatte uns einen Ort zum Leben gekauft, aber sicher war ich nie gewesen. Und nun bot Mikhail mir an, dass ich dieses Gefühl hier haben könnte. Bei ihm. Sicherheit. Aber das stimmte nicht, richtig? Ich würde gehen. Zwar würde es eine Weile dauern, aber irgendwann müsste ich Mikhail wieder verlassen. Das war der Deal. Doch je länger ich hier war, desto schwerer fiel mir der Gedanke. Schon jetzt fühlte ich mich wohl und wie wäre das dann erst in ein paar Monaten? Mikhail hatte es auf jeden Fall geschafft, dass meine Emotionen verrückt spielten und er hatte mir eine Seite von sich gezeigt, von der ich nicht einmal gedacht hatte, dass er sie besaß. Er hatte gelitten. Der kleine Junge in ihm hatte so vieles verloren und wurde tagtäglich von dem starken Mann unterdrückt, der aus der verletzten Seele geworden war. Ich hatte geglaubt, wir hätten nichts gemeinsam. Aber ich hatte mich geirrt. Ich verstand ihn. Seinen Schmerz. Der Verlust hatte ihn hart getroffen und ihm sein Zuhause genommen. Sicher, er wohnte in einer riesigen Villa, aber er hatte keine Familie. Kein Zuhause. Niemandem, zu dem er gehen konnte, wenn er litt. Genau wie ich. Vielleicht passten wir besser zusammen als zuerst gedacht. Sexuell gesehen auf jeden Fall. Der Gedanke an seine Berührungen im Wagen ließen meinen Körper immer noch vor Ekstase vibrieren, obwohl mein Orgasmus schon lange abgeklungen war.

»Werden wir gemeinsam duschen?«, fragte ich und betrat hinter Mikhail das riesige Badezimmer. Am liebsten hätte ich geschnauft. Alles in diesem Anwesen war geradezu lächerlich riesig. Die Kronleuchter, die Bilder an den Wänden, die Badewanne und der Spiegel, in dem ich mich selbst betrachten konnte. Meine Wimperntusche war ein wenig verwischt und ein schwarzer Schatten lag unter meinen Augen. Meine Haare fielen mir voluminös ums Gesicht. Mikhail nahm eine Strähne, wickelte sie um seinen Finger und zog daran. Ich lächelte. Das kitzelte an meiner Kopfhaut, doch er wiederholte den Vorgang und unsere Blicke trafen sich im Spiegel.

»Willst du das denn?« Mikhail spielte weiter mit meinen Haaren. Er fuhr meine Mähe entlang, rollte das Ende einer Strähne ein und kam ein Stück näher, um einen Kuss auf meinen Haaransatz zu setzen. Wohlig seufzte ich, auch wenn sich gleichzeitig mein Magen schmerzhaft zusammenzog. Ja, wollte ich, dass er mit mir duschte? Eigentlich schon. Er hatte bereits den verletzlichsten Teil meines Körpers gesehen und sogar berührt, während ich immer noch nicht wusste, wie er nackt aussah. Doch eine Hure gab ihrem Freier auch nicht vor, was er mit ihr zu tun hatte. Schließlich ging es um sein Geld. Sollte Mikhail dann nicht sagen, wo es langging? Er wollte ein Baby, also wäre es wohl besser, wir würden uns ins Bett legen und eine Stellung einnehmen, in der die Chance für eine Schwangerschaft am höchsten war. In der Dusche konnte es immerhin passieren, dass sein Samen weggewaschen wurde, bevor er auch nur in mir war.

»Es geht nicht darum, was ich will, oder nicht?« Ich bemühte mich, tapfer zu lächeln und wischte mir die schwarze Schminke unter den Augen weg, während ich zur Dusche hinübersah. Wieder unterdrückte ich ein Schnaufen. Welches Badezimmer hatte bitte eine Dusche und eine Badewanne? Und dann auch noch beides in einem überdimensionalen Maßstab. Die Dusche war ebenerdig und nahm ein Viertel des Badezimmers ein. Hohe Glastüren schützten die Bodenfliesen vor einer Überschwemmung und eine große Brause hing in der Mitte der Dusche. Ob es sich anhören würde wie Regen, wenn man darunter stand und sich wusch?

Mikhail stutzte. Kurz hielt er in seiner Bewegung inne, bevor er wieder eine Strähne um seinen Finger wickelte. Sein Blick wurde leer, als würde er nachdenken und er antwortete mir nicht. Eine Sekunde verging. Dann noch eine. Ich runzelte die Stirn, doch dann bildete sich ein Lächeln auf Mikhails Gesicht. »Ich möchte unseren Deal überarbeiten«, offenbarte er plötzlich und der Schmerz in meinem Magen wurde stärker. Hatte ich etwas falsch gemacht? Schnell dachte ich über unser Gespräch nach, das ich wahnsinnig genossen hatte. Aber was, wenn es ihm nicht so gegangen war? Hatte er mir gar nichts über sich erzählen wollen und ich hatte ihn genötigt?

»Überarbeiten?« Ich schluckte die aufkommende Angst hinunter und überlegte fieberhaft, was ich tun sollte, wenn ich gehen musste. Zurück zu Kirill konnte ich nicht und in den Club auch nicht, immerhin gehörte er Mikhail. Vielleicht sollte ich in den nächsten Ort fahren und hoffen, dass ich dort Arbeit fand. Würde Mikhail auch Ewa hinauswerfen? Müsste ich mich dann auch darum kümmern, dass sie irgendwo unterkommen konnte? Fuck, ich hätte sie im Club lassen sollen. Nun stand und fiel alles damit, dass Mikhail zufrieden mit mir war. Es war schon schwierig genug, für mich selbst zu sorgen. Aber auch noch für meine Freundin? Das wäre unmöglich. Angst fraß sich von meinem Magen in meine Eingeweide und weiter zu meinem Herzen. Doch Mikhails Lippen, auf denen sich immer noch ein Lächeln befand, beruhigten mich ein wenig. Dennoch fürchtete ich mich, als er zu einer Antwort ansetzte.

»Ich habe keine Lust, dass du vor mir kuschst. Speichellecker, die meinen Befehlen folgen, habe ich genug. Ich verspreche also, dass ich dich nicht hinauswerfen und auch nicht austauschen werde, egal was passiert. Dafür möchte ich, dass du deine Meinung sagst und mich wissen lässt, was du willst. Soll ich mit dir duschen? Dann sag es! Du willst, dass ich dich berühre? Ein Wort von dir genügt.« Mikhails Stimme wurde dunkler, als würde er sich vorstellen, wie seine großen Hände über meinen Körper fuhren, und auch mein Gehirn beschwor Bilder herauf, in denen seine Finger über meine Brüste glitten und sie kneteten, während warmes Wasser über meine Haut floss. Ich schluckte. Verdammt, mir wurde heiß. »Ich habe nicht vor, dich wie eine Hure zu behandeln und du bist auch keine«, stellte Mikhail klar und sprach damit das Thema an, das mir immer noch Angst machte. Ich hatte meinen Wert, klar, aber dennoch verkaufte ich einen Teil von mir. Etwas, das ich niemals tun wollte. Ich hatte mich nie prostituiert, selbst als ich auf der Straße gelebt hatte, aber Mikhails Angebot war zu gut, um es nicht anzunehmen. Und er sah unverschämt attraktiv aus, also hätte ich auch ohne Geld mit ihm geschlafen. Definitiv sogar. Auch jetzt wollte ich mir die Kleider vom Leib reißen und mich über das Waschbecken beugen, damit er mich vögeln konnte.

Ich unterdrückte den Drang, mich ihm anzubieten und leckte stattdessen über meine Unterlippe, die bereits blutete, weil ich den ganzen Tag damit verbracht hatte, darauf herumzubeißen. »Na ja, du bezahlst mich und …«

»Ich werde dir dein Startkapital auch geben, wenn du vorzeitig gehst«, unterbrach Mikhail mich und meine Augen weiteten sich überrascht. Was? Das konnte nicht sein Ernst sein. Er wollte mehrere tausend Rubel verschwenden mit dem Risiko, am Ende gar nicht das zu bekommen, was er wollte? Allein eine Ausbildung für mich würde ihn eine Stange Geld kosten und wenn ich jetzt ging, hätte er gar nichts davon außer ein Loch auf seinem Bankkonto. Oder wusste er bereits, dass ich nicht mehr gehen wollte? Dass ich nicht sofort die Beine in die Hand nehmen und verschwinden würde?

»Wieso solltest du das tun?« Verwirrt drehte ich mich in seine Richtung, um in sein richtiges Gesicht sehen zu können, statt nur das Spiegelbild davon zu betrachten. Sein Blick war aufrichtig. Seine Augen funkelten und seine Hand griff nach meiner. Er verschränkte sie miteinander und streichelte mit dem Daumen über meinen Zeigefinger.

»Ich dachte, ich will es so … aber es fühlt sich eigenartig an. Wie ein Geschäft und das …« Er brach ab und schloss für einen Moment die Augen, bevor er sie wieder öffnete und fortfuhr. Fast, als müsste er seine Gedanken ordnen. War er genauso verwirrt wie ich? Ich hoffte es. Dann war ich damit wenigstens nicht so allein. »Du bist anders als ich dachte. Besser. Und wie du gesagt hast, könnte ich mehr mit Viktorija haben, wenn ich wollte. Eine richtige Familie. Aber sie will ich nicht.«

»Also willst du mit mir mehr haben? Wir kennen uns kaum.« Und dennoch war er schon jetzt netter zu mir gewesen als jeder Mann vor ihm. Niemand hatte mich je mit so viel Respekt behandelt wie er. Schön, außerdem hatte mir auch noch nie jemand so einen Orgasmus verschafft. Aber das war nebensächlich. Zumindest versuchte ich, mir das einzureden.

»Dann wird es Zeit, dass wir das ändern. Ohne dass du aufgrund des finanziellen Machtgefälles zwischen uns Angst haben musst«, bestimmte er und legte den freien Arm um meine Hüfte, um mich näher an sich zu ziehen. Es war beeindruckend, wie er einerseits versuchte, mir die Zügel in die Hand zu geben und gleichzeitig immer die Oberhand behielt. Aber genau das gefiel mir. Ich wollte Mitspracherecht, aber er übernahm die Verantwortung, damit ich sie nicht auf meinen Schultern tragen musste.

»Wenn ich also sage, dass du mit mir unter die Dusche kommen und mich ficken sollst, würdest du es tun?« Meine Stimme wurde leiser, dafür schrien die Bilder in meinem Kopf immer lauter. Mikhail, wie er meine Schenkel auseinanderdrückte. Seine Hände, die meine Brüste hinunterstrichen bis zum Bauch und weiter zu meiner Mitte. Warme Lippen, die ein paar der Tropfen auf meiner Haut wegküssten. Ich stöhnte leise. Mein Puls beschleunigte. Ein sanftes Pochen breitete sich zwischen meinen Beinen aus.

»Ja. Sofort.« Mikhail nickte ernst und fuhr mit der Hand von meiner Hüfte hinab zu meinem Hintern. Besitzergreifend legte sich die Pranke auf meine linke Pobacke, die nur noch halb vom Stoff meines Rockes bedeckt war. Wohlig drängte ich mich der Berührung entgegen. Mein Herz schlug heftiger in meiner Brust. Feuchtigkeit benetzte den Ansatz meiner Schenkel, als seine Ringe sich gegen meine empfindliche Haut pressten.

»Gut.« Wie ein langgezogenes Stöhnen kam der Laut aus meinem Mund, weil Mikhail den Augenblick nutzte, um seine Nägel in mein Fleisch zu drücken und meinen Hintern zu kneten. Der Rock rutschte dabei weiter nach oben, bis er nur noch als Gürtel diente.

»Ist das ein Ja?«, hinterfragte Mikhail und sein Blick wanderte von meinem Gesicht hinunter zu meinem Ausschnitt. Ein Glühen überzog meine Wangen, als mir klar wurde, wie wenig ich trug und wie hart Mikhail sein musste, da ich seine wachsende Erregung trotz seiner Hose gegen meinen Schenkel drücken spüren konnte. Genüsslich legte ich meine freie Hand auf seine Brust und fuhr daran hinab, bis ich bei seiner Hose ankam und mich bemühte, den obersten Knopf zu öffnen. Immer schneller zirkulierte mein Blut durch meinen Körper und die Lust in meinem Inneren verstärkte sich. Das Pochen in meinem Schoß wurde zu einem Pulsieren. Ich drückte die Schenkel zusammen, um wenigstens irgendetwas zu tun, doch es half nicht gegen die schmerzhafte Leere in mir.

»Du wirst mich nicht wegschicken?«, hauchte ich, um mich ein letztes Mal zu versichern, dass er es ernst meinte, bevor ich mich nicht mehr unter Kontrolle hatte und der unbändigen Erregung nachgeben würde, die er in mir auslöste. Ein Ziehen fuhr durch meinen Unterleib und strahlte bis zu meinem Herzen aus. Ich keuchte überrascht. Meine Muskeln verkrampften sich. Sie protestierten gegen den Druck, der sich langsam in mir aufbaute und nach Erlösung bettelte. Ich wollte kommen. Schon wieder. Wie lange war es nun her, dass wir das Auto verlassen hatten? Eine Stunde oder zwei? Bestimmt nicht lange und dennoch bettelte mein Körper nach einem Orgasmus.

»Du selbst entscheidest, wann du gehst.« Mikhail löste seine Finger aus meinen und legte die Hand stattdessen sanft an mein Gesicht. Sein Daumen rieb über mein Kinn und seine Lippen schwebten über meinen. Sein warmer Atem schlug gegen meine Wangen.

»Selbst, wenn unser Kind schon auf der Welt ist?« Eine Gänsehaut bildete sich auf meinem Körper. Wie es sich wohl anfühlen würde, von diesen Lippen richtig geküsst zu werden? Instinktiv hob ich das Kinn ein Stück, um ihm näher zu sein. Ich wollte, dass er es tat. Am besten sofort. Ich wollte endlich wissen, wie es sein würde, seine Lippen auf mir und seinen Schwanz in mir zu fühlen. Würde er genauso sanft sein wie im Wagen? Oder hatte er mich damit nur schonen wollen? Würde mein mickriger Körper überstehen, von seinen

Muskeln eingenommen zu werden? Würde ich es lieben oder hassen?

»Ja«, raunte Mikhail und seine Nase rieb wie selbstverständlich über meine. Sein herber Geruch umhüllte mich. Immer näher kamen sich unsere Lippen, aber Mikhail machte keine Anstalten, den letzten Schritt zu tun.

»Und wenn ich niemals gehe?« Eine meiner Strähnen fiel mir übers Gesicht, während ich aufsah, doch ich ließ sie dort und reckte den Hals weiter, bis ich die Wärme von Mikhails Mund auf meinem spüren konnte. Es knisterte in der Luft. Die Atmosphäre zwischen unseren Lippen schien wie elektrisch aufgeladen. Ein Zittern ging durch meinen Körper.

»Dann sollten wir dir dringend andere Kleidung besorgen.« Mikhails Hand verschwand von meinem Gesicht und meinem Hintern. Nicht lange. Für keine Sekunde eigentlich. Es ging so schnell, dass ich es kaum realisierte. Ich hörte nur das Reißen von Stoff und spürte gleich darauf einen kalten Zug an meinem Po. Und dann platzierte er die Finger wieder an ihrer ursprünglichen Stelle. Nur mit einem Unterschied: Diesmal lag seine Hand direkt auf meinem Höschen. Er hatte meinen Rock gepackt und zerrissen. Die Stofffetzen lagen auf dem Boden und warteten darauf, dass der Rest meiner Kleidung folgte.

»Was ist mit meiner Scheidung?« Ich tastete nach Mikhails Reißverschluss und diesmal störte mich niemand dabei, ihn vollständig zu öffnen. Stück für Stück zog ich ihn nach unten und sofort drückte sich ein Teil seiner Unterwäsche durch den freigewordenen Platz, damit sein Glied nicht mehr im Stoff eingepfercht war.

Ein erleichtertes Seufzen kam über Mikhails Lippen. Seine Stirn legte sich an meine. Bildete ich mir das ein, oder wurde der Griff um meinen Hintern immer fester? Ich wusste es nicht, aber es fühlte sich wahnsinnig gut an. Mikhail knetete meine Pobacke und ließ mich aufstöhnen. »Wir klären das in den nächsten Tagen.«

»Ich werde aufs Gericht müssen und Kirill muss zustimmen, damit es schneller geht.« Aber würde er das tun? Und wenn nicht, was dann? Würde Mikhail ihn einfach umbringen? Oder sollte ich versuchen, eine Eilscheidung zu erwirken, indem ich ihn anzeigte? Konnte ich das? Und viel wichtiger, wollte ich es auch? Dass all die Dinge, die er mit mir getan hatte, vor Gericht ausgeschlachtet wurden? Nein, diese Vorstellung war schlimmer als jeder Albtraum es sein könnte.

Mikhail begann schneller zu atmen. Sein Becken drängte sich gegen meines. Angespannt wartete ich darauf, dass er den letzten Schritt machte. Aber er tat es einfach nicht. »Fürchtest du dich davor?«

Nein. Ich hatte keine Angst. Nicht in diesem Moment. Wobei, doch, vor einer Sache: Ich fürchtete mich davor, dass Mikhail aufhörte, denn ich glaubte nicht, das überleben zu können. Frust stieg in mir hoch. Wieso küsste er mich nicht? Wollte er es vielleicht gar nicht? Nein, so viele Signale konnte ich gar nicht falsch deuten. Lag es daran, dass wir über meinen Mann sprachen? Behagte ihm der Gedanke nicht, dass ich gebrauchte Ware war? War es nicht das, was alle Männer wollten? Eine Jungfrau, die nur ihnen zu Diensten war? »Ich will ihn nicht sehen.« Nie wieder. Das kurze Treffen heute hatte mir wieder einmal gezeigt, was ich nicht vermisste. Ihn.

»Dann musst du das auch nicht«, versprach Mikhail und ich glaubte ihm. Keine Ahnung wieso, doch der Unterton in seiner Stimme klang ernst und ehrlich. Und der Wunsch in meinem Inneren, dass seine Worte der Wahrheit entsprachen, war übermächtig. Also tat ich es einfach. Ich vertraute darauf, dass ich Kirill heute zum letzten Mal gesehen hatte.

Ich leckte mir über die Lippen, um sie anzufeuchten. Das Kribbeln in meinem Schoß wurde zu einem Brennen. Hitze durchströmte mich. »Aber wie können wir dann ...«

»Lass das meine Sorge sein, *ángil.*« Mikhail fuhr mit der Hand von meinem Gesicht über meinen Hals und legte seine Finger um mein Schlüsselbein. Er drückte mich ein Stück nach hinten, sodass er mir wieder in die Augen blicken konnte.

»Wieso nennst du mich einen Engel?«, hauchte ich und vermisste sofort die Nähe zu ihm. Ein trauriges Seufzen entfuhr meiner Kehle.

»Weil ich hoffe, dass du die Seele des Teufels noch retten kannst.« Mikhails Stimme wurde noch tiefer und verwandelte sich in das Knurren, das ich bereits aus dem Club kannte. Er hörte sich wie ein wütendes Tier an, das jahrelang weggesperrt worden war.

Ich legte einen Arm um seinen Nacken und zog

ihn wieder zu mir. Er ließ es geschehen und seine Lippen strichen ganz sanft meine. »Bist du der Teufel?« Und wenn ja, wieso hatte ich dann absolut keine Angst? Warum wollte ich mich dann in seine Arme werfen? Das ergab keinen Sinn. Doch wenn er wirklich das pure Böse war, dann hätte ich mich schon viel früher von Gott abgewandt.

»Du hast keine Ahnung, Leana.« Mikhails Lippen drückten sich auf meine, bevor ich antworten konnte. Ohne Vorwarnung. Ohne Rücksicht. Er presste seinen Mund gegen meinen, zog mich fest an sich und küsste mich hart. Kurz flackerte in meinem Kopf eine Erinnerung an Kirill auf, wie er seine Lippen gewaltsam mit meinen verband, um seinen Freunden zu zeigen, wem ich gehörte, doch sie verflüchtigte sich schnell, als ich mir der vielen Unterschiede klarwurde. Mikhails Lippen fühlten sich viel rauer an und waren breiter. Sie schmiegten sich perfekt an meinen Mund und schmeckten genauso wie er roch. Herb und trotzdem fruchtig. Sein Bartschatten kratzte an meinem Kinn und die empfindliche Haut reagierte sofort darauf. Sie erwärmte sich, wurde heiß und bildete einen angenehmen Kontrast zu Mikhails kühlen Lippen. Meine Augen vielen flatternd zu. Der Druck in meinem Unterleib wurde stärker und breitete sich über meinen ganzen Körper aus, bis ich ihn sogar in meinen Zehen spüren konnte. Sein betörender Geruch vernebelte mir die Sinne, doch die Hand an meinem Hals verhinderte, dass ich gänzlich in eine andere Welt abdriftete. Seine Finger lagen um meine Kehle. Stark und bedrohlich.

Ich versuchte den Kloß hinunterzuschlucken, der sich bildete, doch sein Griff verhinderte es. Panik stieg in mir auf, doch Mikhails Lippen, die sich an meine schmiegten, ließen die Angst wieder abflauen. Er würde mir nicht wehtun. Das hatte er versprochen und er brauchte mich noch. Also beschloss ich, mich auf sein Spiel einzulassen. Wann immer ich glaubte, an dem Kuss zu vergehen, drückte Mikhail fester zu. Und fester, bis ich kaum noch Luft bekam. Doch mein Körper verlangte nicht nach Sauerstoff. Nicht, solange Mikhail mich weiter küsste. Es war, als wäre seine Anwesenheit alles, was ich zum Überleben brauchte. Und so war es mit Kirill nie gewesen. Aber der größte Unterschied war, dass, so hart der Kuss auch begonnen hatte, so sinnlich wurde er von Sekunde zu Sekunde. Mikhail eroberte meinen Mund, strich sanft mit der Zunge über meine Unterlippe und verlangte stumm um Einlass. Er musste nicht schreien, mich nicht schlagen oder zur Duschwand schubsen, um mir zu zeigen, dass er das Sagen hatte. Nein, er brauchte dafür nur seine Zunge, die in mich eindrang und meine zum Kampf aufforderte. Zu einem Krieg, von dem ich von Anfang an wusste, dass ich ihn nur verlieren konnte. Ein Stöhnen kam über meine Lippen und wurde von Mikhails Mund erstickt. Sein Griff um meinen Hals verfestigte sich, bis mein Wimmern erstarb, und auch seine Finger an meinem Hintern waren nicht untätig. Sie fuhren ein Stück hinab und drückten meinen Oberschenkel nach oben, bis ich das Bein hob und es um seine Hüfte schlang. Dadurch presste sich sein

Penis genau gegen meine Mitte. Ich wollte stöhnen und löste kurzzeitig den Kuss, doch es gelang mir nicht. Genüsslich fiel mein Kopf in den Nacken und ich ächzte auf, als seine Hand mir auch noch die restliche Luft abdrückte. Schwarze Punkte tanzten vor meinen Augen und ich glitt in einen dämmrigen Zustand, in dem ich nichts anderes mehr wahrnahm, als seine Hände und seine Lippen, die sich gegen das Erstbeste drückten, das sie erreichen konnte. Meine Wangen, meinen Kiefer, meinen Hals. Mikhail knurrte lüstern und fuhr mit der Zunge meine Halsschlagader entlang. Wieder kam ein Ächzen über meine Lippen. Tränen schossen mir in die Augen. Mein Puls ging durch die Decke. Ich verkrampfte mich, weil die Leere in mir immer unerträglicher wurde. Kurz lockerte Mikhail den Griff um meinen Hals, damit ich Luft holen konnte. Gierig saugte ich frischen Sauerstoff in meine brennenden Lungen. Viel zu schnell, sodass ich husten musste. Mein Körper wurde geschüttelt. Ich wimmerte. Mein Brustkorb hob sich, als ich es ein weiteres Mal versuchte. Sofort wurde das Brennen gelindert. Doch dann drückte Mikhail wieder zu. Seine Lippen fanden erneut meine und diesmal bat er nicht mehr um Erlaubnis, sondern glitt mit der Zunge gleich in meinen Mund. Erneut explodierte sein Geschmack in meinem Inneren. Unsere Zungen berührten sich, tanzten umeinander und verschmolzen. Mein Becken zuckte in seine Richtung. Ich suchte etwas, war mir aber selbst nicht sicher, was genau. Reibung? Erlösung? Keine Ahnung. Ich wusste nur, dass sein Kuss mich innerlich umbrachte. Stück für Stück schien ich mich aufzulösen. Ich zersprang und wurde wieder zusammengesetzt. Wieder und wieder, bis etwas gänzlich anderes aus mir wurde. Doch es reichte nicht. Ich brauchte dringend mehr. Mehr von seinen Küssen, seinen Berührungen. Mehr von ihm.

»Bitte!«, wollte ich zwischen zwei Küssen wimmern, doch aus meiner Kehle kam nur ein Gurgeln. Vielleicht war das auch besser so, immerhin wusste ich gar nicht, worum genau ich eigentlich flehen wollte. Das Denken fiel mir schwer. Der fehlende Sauerstoff gepaart mit der Erregung, die alles zu verschlingen schien, machte es mir unmöglich auch nur einen klaren Gedanken zu fassen. Aber ich musste auch nicht denken. Jetzt im Moment zumindest nicht, denn Mikhail wusste genau, was zu tun war, und er gab es mir. Ohne Hintergedanken. Ohne Gegenleistung. Immer deutlicher spürte ich meinen Puls, der in meinen Ohren zu sirren begann. Das Pochen meines Herzens verband sich mit dem Pulsieren in meiner Klitoris, bis die Reize zu viel für mich waren und ich nur noch schreien wollte. Aber ich konnte es nicht. Der Schwindel wurde stärker. Alles drehte sich und ich wankte leicht. Mikhail merkte es. Seine Hand löste sich von meinem Hals und wanderte hinunter zu meinem Arsch, sodass ich auch noch das zweite Bein um ihn legen konnte. Erleichtert schnappte ich nach Luft. Sauerstoff füllte meine protestierende Lunge, doch mein Puls senkte sich nicht. Er beschleunigte weiter, bis aus dem Pulsieren in meinem Schritt ein Zucken wurde. Fest presste Mikhail meinen Körper an seinen und ging ein paar Schritte durch den Raum. Währenddessen verließen seine Lippen keine Sekunde meine Haut. Er zog eine feuchte Spur von meinen Lippen über mein Kinn und hinüber zu meinem Ohr, wo er innehielt, bis er meinen Rücken gegen etwas Hartes presste. Die gläserne Duschwand.

»Öffne die Dusche!«, forderte Mikhail und ich erkannte kaum noch seine Stimme wieder. Sie war dunkel und kämpfte sich durch den Nebel der Lust, der mein Gehirn beherrschte. Meine Finger krallte ich um seinen Nacken und blinzelte die Tränen fort, als ich endlich wieder richtig atmen konnte. Mit der freien Hand griff ich hinter mich und schaffte es irgendwie an die Halterungen zu kommen.

»Meine Kleidung ...«, murmelte ich nachdenklich, als eine meiner Gehirnzellen plötzlich aufblitzte und mir klarwurde, was Mikhail vorhatte. Wir würden zusammen duschen. Ganz klar. Aber am Ende würden wir schmutziger aus dem Bad kommen als wir es betreten hatten. Wollte ich das? Sex? Jetzt? Gott, ja! Jede meiner Fasern schrie danach.

»Öffne die Dusche!«, befahl Mikhail erneut mit Nachdruck und ich zog die gläserne Tür auf. Sobald ein Durchgang entstand, trug Mikhail mich hinein und donnerte mich gegen die Fliesen. Sie fühlten sich glatt und kalt an meiner nackten Haut an. Der Geruch nach Kalk stieg mir in die Nase. Ich stöhnte auf. Mikhails Glied rieb an meiner Mitte, während er seine Hände von meinem Hintern nahm. Dennoch rutschte ich nicht zu Boden, weil ich zwischen ihm und der Wand eingeklemmt war. Ich konnte nicht weg, selbst wenn ich es gewollt hätte. Aber ich wollte es gar nicht. Genau jetzt genoss ich jede Sekunde.

Mikhails Finger suchten nach dem Saum meines Tops. Zeitgleich drückte er wieder seine Lippen auf meine und zog mich erneut in einen Strudel aus Erregung und Lust. Mein Herz hämmerte in meinem Burstkorb, doch ich konnte seine Bewegungen in meinem ganzen Körper spüren. Das Pochen zog sich durch jede meiner Zellen und wurde immer schneller, als Mikhails Finger sich in den Stoff meines Shirts krallten und es mit einer fließenden Bewegung zerrissen. Die Fetzen fielen zu Boden und enthüllten meinen BH, der keine Sekunde später von Mikhail geöffnet wurde und neben dem zerrissenen Top landete. Dabei musste er mich kurzzeitig von der Wand wegbewegen, doch seine starken Arme hielten mich, als hätte ich kein Gewicht. Kühle Luft drang an meinen Rücken und an meine nackten Brüste, die sich erwartungsvoll Mikhail entgegenstreckten. Meine Brustwarzen stellten sich vollständig auf. Die Muskeln in meinem Schritt bettelten nach Aufmerksamkeit, aber Mikhail umfasste lieber meine Brüste mit beiden Händen. Sie passten perfekt in seine großen Pranken. Zärtlich strich Mikhail mit dem Daumen über meine Brustwarze. Ein Wimmern kam aus meinem Mund. Er rieb sie zwischen seinen Fingern, drückte sie leicht zusammen und sorgte dafür, dass sie zu prickeln begannen. Mit jedem Moment fühlten sich meine Titten praller an.

Schwerer. Es fühlte sich an, als würden sie in seinen Händen anschwellen und ich krümmte den Rücken, um ihm noch besseren Zugang zu verschaffen. Jede Berührung schickte direkt Blitze in meinen Unterleib und ließ mich immer lauter stöhnen, bis ich nur noch ein keuchendes Etwas war, das sich verzweifelt an seinem Nacken festhielt, um nicht das Gleichgewicht zu verlieren. Anfangs hatte ich noch versucht, meine Laute zurückzuhalten, doch Mikhail fand ständig neue Wege, um mich in den Wahnsinn zu treiben und jede überraschte mich mehr als die letzte. Als das Reiben und Streicheln nicht mehr ausreichte, ging er dazu über, sanft in meine Brustwarzen zu zwicken. Ich zischte. Ein schmerzhafter Stich durchfuhr mich, aber sobald er meine Brüste wieder freigab, rollte eine neue Welle der Erregung durch mich hindurch.

»Fuck, so wunderschön«, murmelte Mikhail abwesend, als würde er mehr mit sich selbst reden als mit mir. Zeitgleich küsste er sich einen Pfad entlang hinunter zu meinem Schlüsselbein und weiter zu meinen Brüsten. Zärtlich setzte er Küsse auf den Ansatz meiner Titten und arbeitete sich hinunter, bis er meine Brustwarze tief in seinen Mund ziehen konnte. Wieder musste ich stöhnen. Mein Griff um seinen Nacken verstärkte sich. Fest bohrte ich meine Nägel in sein Fleisch und spürte, wie sich seine Wirbelsäule bei jeder seiner Bewegungen verschob. Aber Mikhail beschwerte sich nicht. Es schien ihn eher noch geiler zu machen. Fest presste er seinen Schwanz gegen meine Mitte und rieb sich drängender an mir.

»Mehr! Bitte! Mikhail!«, schrie ich und lehnte meinen Hinterkopf an die kühlen Fliesen. Mir war so unendlich heiß. Jede von Mikhails Berührungen sandte eine neue Flamme durch meinen Körper und schon bald konnte ich die Hitze zwischen meinen Schenkeln nicht mehr ertragen. Der Ansatz meiner Beine war verschmiert mit meinem eigenen Saft und mein Höschen triefte vor Nässe, die sich langsam auch in Mikhails Unterwäsche sog. Unser gemeinsames Stöhnen hallte an den Duschwänden wider und vermischte sich zu einem verzweifelten Laut, während Mikhail endlich meine Hüfte griff und auch noch den letzten störenden Stoff von meinem Körper riss. Mein Höschen fiel zu Boden. Nackt umschlang ich sein Becken und rieb mich an der Schwellung seines Glieds. Mikhail keuchte und saugte erneut an meiner Brustwarze. So fest, dass es leicht ziepte. Kurz dachte ich daran, dass ich eigentlich noch verheiratet war, doch der Gedanke löste sich in Luft auf, sobald Mikhail meine Brüste weiter bearbeitete. Ich wimmerte. Verzweifelt kämpften sich meine Hände von seinem Nacken zu seiner Brust und rissen an den Knöpfen seines Hemds. Sie gaben nach, ohne auch nur Widerstand zu leisten. Die Knöpfe rissen ab und landeten mit einem Klirren auf den Fliesen. Einer knallte gegen die Wand, bevor er zu Boden fiel, doch ich schenkte ihm keine Beachtung. Stattdessen riss und zerrte ich weiter an Mikhails Kleidung. Doch es dauerte eine Ewigkeit. Ich hatte lange keinen Mann mehr ausgezogen und noch nie hatte ich versucht, jemanden aus seinem Anzug zu schälen. Ein frustrierter Laut, der irgendwas zwischen einem Wimmern und einem Schnaufen war, kam über meine Lippen. Mikhail schmunzelte kurz, nahm es aber dann selbst in die Hand, sich auszuziehen. Ich presste meine Beine enger um ihn, als er sein Sakko auszog und es ebenfalls unbeachtet fallen ließ, obwohl der Anzug sicher ein Vermögen wert war. Aber es interessierte mich nicht. Ich würde alles tun, damit es schneller ging. Auch den dämlichen Anzug ersetzen. »Bitte! Nicht!« Mein Betteln klang viel zu laut in meinen Ohren, doch ein Teil von mir wollte weinen, als Mikhail sich von mir entfernte und zurücktrat, sodass ich meine Schenkel von seiner Hüfte nehmen und mich selbstständig auf den Beinen halten musste. Meine Knie zitterten fürchterlich. Sie drohten unter mir wegzubrechen. Ich schluchzte und wollte Mikhail wieder an mich ziehen, doch er ergriff meine Handgelenke, presste sie zusammen und hielt sie mit einer Hand fest, während seine andere an seinem eigenen Hosenbund nestelte und ihn nach unten zog, bis er seine Hose von den Beinen treten konnte. Mit gierigem Blick und glasigen Augen betrachtete er meine Brüste und zog meine Arme ein Stück höher, sodass ich meinen Körper strecken musste. Schon nach kurzer Zeit schmerzte die Haltung, weil ich auf den Zehenspitzen stehen musste, aber Mikhail ließ mich nicht lange leiden. Zumindest nicht wirklich.

»Was? Sag mir, wie du es willst«, verlangte er, stieß mich zur Wand und verdrehte meine Arme, bis ich mich umdrehte, sodass mein Hintern sich in seine

Leiste drückte. Scharf sog ich die Luft ein, als uns nur noch seine Boxershorts voneinander trennte. Sein Glied rieb über meinen Arsch. Seine Hände pressten meine Handgelenke gegen die Wand und meine Wange wurde gegen die Fliesen gedrückt. Ein Rauschen erklang. Zuerst leise, dann immer lauter und plötzlich prasselten die ersten Wassertropfen auf meine erhitzte Haut. Sie waren angenehm kühl und rollten wie Diamanten über meine nackte Haut, bevor sie auf den Boden platschten. Mikhail hatte die Brause angeschaltet. Es musste so sein. Alles andere ergab keinen Sinn, doch ich hatte es nicht mitbekommen. Ich nahm nur noch das Gefühl von seinem Körper an meinem wahr. Seine Muskeln schmiegten sich an meinen Rücken und seine freie Hand fuhr meine Seite entlang, bis sie an meinem Hintern zum Liegen kam.

»Egal, nur … tu es! Bitte!« *Es* konnte viel bedeuten. Das war mir klar und es interessierte mich auch nicht wirklich, *was* er tat. Er sollte nur nicht aufhören. Die Gefühle in mir schienen Amok zu laufen. Die Lust tötete alle anderen Emotionen ab, bis ich nur noch aus Erregung bestand und drohte, mich selbst darin zu verlieren. Ich streckte Mikhail meinen Hintern weiter entgegen und wackelte damit in der Hoffnung, er würde endlich irgendetwas tun, doch stattdessen lachte er und setzte einen Kuss auf meine Schulter.

»So ungeduldig?« Sein Becken verschwand für den Bruchteil einer Sekunde von meinem Hintern und als er sich danach gegen mich drückte, hatte er auch die letzte Barriere verschwinden lassen. Sein nackter

Schwanz presste sich zwischen meine Pobacken und rieb auf und ab. Ein genüssliches Stöhnen war zu hören und mein Herzschlag beschleunigte sich noch weiter, sodass ich befürchtete, es würde gleich stehen bleiben. Sein Glied fühlte sich breit an und hart. Und ich wollte nichts lieber, als zu sehen, wie Mikhail aussah. Doch er ließ mich nicht. Noch immer hatte er meine Arme über meinem Kopf fixierte, während er mit der anderen Hand zwischen meine Schenkel griff und mich zwang, meine Beine für ihn zu Öffnen. Das warme Wasser, das unablässig auf uns hinabrieselte, vermischte sich mit meiner eigenen Feuchtigkeit, aber es löschte den Brand in meinem Inneren nicht. Es schien mich eher noch mehr zu erhitzen, bis ich den Flammen nicht mehr standhalten konnte. Flüssigkeit lief über mein Gesicht und ließ meine Sicht verschwimmen. Ich blinzelte dagegen an, doch es half nichts, weshalb ich irgendwann einfach die Augen geschlossen hielt und mich darauf konzentrierte, wie Mikhail mit seiner Hand über meine Hüfte glitt und seine Finger zwischen die Wand und mich führte, um meine Schamlippen zu berühren. Ich zischte gequält, als er über meinen Kitzler fuhr, aber ihn nicht weiter beachtete. Stattdessen glitt er weiter nach unten und stupste gegen meinen Eingang, der sofort nachgab, Meine Muskeln zogen zwei Finger gleichzeitig in mich. Mikhail dehnte mein Loch, schickte Schauder durch meinen Körper, aber sie befriedigten mich einfach nicht. Auch nicht, als er begann, hart in mich zu stoßen. Viel fester als im Auto. Seine Bewegungen hatten nichts Zögerliches. Er hämmerte die beiden Finger immer wieder in mein Innerstes, bis er ganz vorn anstieß und ich aufschreien musste. Ich wand mich unter seinen Berührungen. Ich konnte einfach nicht stillhalten. Es war eine bittersüße Folter, die ich nicht ertragen konnte. Gleichzeitig war es zu viel und dennoch zu wenig. Instinktiv schob ich mich seinen Fingern entgegen, fickte mich selbst damit und versuchte, mir Erlösung zu verschaffen, aber auch das war nicht genug. Irgendwie trafen seine Fingerkuppen nicht den Punkt, den er zielsicher im Wagen berührt hatte. Es war also pure Absicht. Er wollte mich ärgern. Bettelte ich ihm nicht laut genug? War es das? Verzweiflung machte sich in mir breit. Ich wollte mehr. Verstand er das nicht? Ich brauchte es. Mehr als die Luft zum Atmen. Mein ganzer Körper schrie danach und würde nicht aufhören, bis er bekam, was er wollte. Ich verlor die Kontrolle. Meine Gliedmaßen gehorchten mir nicht. Ich begann, mich gegen seinen Griff zu wehren, um selbst Hand anlegen zu können, doch seine Umklammerung wurde schmerzhaft fest. Er presste meine Hände gegen die Fliesen und hielt sie um jeden Preis an der Wand.

»Bitte, Mikhail!«, flehte ich und Mikhails Finger zogen sich zurück. Bettelnd warf ich ihm über die Schulter einen Blick zu, nur um zu sehen, wie Mikhail seine Hand an seinen Mund führte und seine Finger einsaugte, um meine Feuchtigkeit abzulecken. Überrascht japste ich auf. Hitze stieg in mir auf und meine Wangen färbten sich bestimmt dunkelrot, sodass ich jeder Tomate Konkurrenz machen konnte. Beschämt wandte ich den Blick wieder ab, um nicht in seine dunklen Augen sehen zu müssen.

»Ich liebe deinen Geschmack«, raunte Mikhail in mein Ohr und setzte wieder einen Kuss auf meine Schulter, bevor seine Hand den Weg an meine Hüfte fand, um sie zu stabilisieren. Sein Schwanz glitt zwischen meine Schenkel. Der harte Schaft rieb sich an meinen Beinen und ein kehliges Stöhnen verließ Mikhails Mund.

»*Don*? Bitte!«, rief ich und musste gleich darauf die Lippen aufeinanderpressen, weil das Wasser mir in den Mund zu laufen drohte. Es strömte über mein Gesicht und vermischte sich mit den Tränen, die begannen, über meine Wangen zu laufen. Der quälende Schmerz wurde übermächtig und mein Stöhnen verwandelte sich in ein Schluchzen. Wieso tat er nichts? Warum ließ er mich leiden? Sah er nicht, dass ich es unbedingt wollte? Noch nie hatte ich mich so gefühlt. Niemals zuvor wollte ich mich auf jemanden stürzen, um den Drang in mir zu befriedigen, aber jetzt wusste ich, weshalb ein Orgasmus auch der süße Tod genannt wurde. Je näher ich meinem Höhepunkt kam, desto sicherer war ich mir, daran zugrunde zu gehen.

»Keine Sorge, *ángil*. Ich kümmere mich um dich.« Mikhails Glied glitt höher, bis es meine Schamlippen streifte und sie spaltete. Seine Eichel glitt zwischen meine erhitzte Mitte und fuhr von meinem Kitzler bis zu meinem Loch. Mein Körper bebte und drückte sich ihm entgegen, sodass mein Gesicht immer weiter gegen die Wand gepresst wurde, nur damit ich mehr von dem Gefühl bekam, das Mikhail in meinem Unterleib auslöste.

»Jetzt?« Ich hob das Becken, wollte mich selbst auf Mikhails Penis drücken, um endlich die Leere in mir zu füllen, doch ich kassierte nur ein Lachen. Aber es war mir egal. Sollte er sich doch über mein Verhalten amüsieren, solange er mir gab, was ich so dringend brauchte. Außerdem klang er nicht bösartig. Er machte sich nicht über mich lustig. Nein, er war genauso erregt wie ich, weil das Lachen schon bald zu einem Knurren wurde.

»Sofort, wenn du willst«, flüsterte er, sodass ich es kaum durch das Rauschen der Brause hören konnte. Es war aber auch egal, denn im nächsten Moment glitt seine Eichel wieder von meinem Kitzler zu meinem Eingang und diesmal verweilte sie an dieser Stelle. Sie drängte sich gegen meine Muskeln, die widerstandslos nachgaben und seine Spitze aufnahmen. Sein Glied dehnte meinen Eingang und drang immer weiter in mich vor.

»Ja!« Ein Schrei entfuhr mir, als Mikhail sich zur Gänze in mich rammte. Mit einem Stoß trieb er seinen Schaft in mich und ließ mich keuchen. Verdammt, er war groß und breit. Es war viel mehr, als ich erwartet hatte, aber ich war in meiner Lust gefangen, sodass das kribbelnde Brennen sich sofort verflüchtigte und ich zitternd darauf wartete, dass sie Mikhail bewegte. Aber er tat es nicht. Zumindest nicht gleich. Als seine Spitze an den hintersten Punkt stieß, hielt er inne und ließ mir Zeit, mich an seine Größe zu gewöhnen, während seine Lippen von meiner Schulter zu meinem Nacken wanderten und die einzelnen Wassertropfen wegküssten.

»Fuck, du fühlst dich unbeschreiblich an.« Langsam begann Mikhail, sich in mir zu bewegen. Zuerst zögerlich. Er glitt ein Stück aus mir heraus, nur um dann wieder in mich zu stoßen. Ein-, zwei-, dreimal. Doch als ich nicht protestierte, sondern aufstöhnte, wurden seine Stöße fester. Sein Becken bewegte sich gegen meines, stieß gegen meinen Hintern und drückte meinen Körper gegen die Wand, sodass meine Brüste an die Fliesen gepresst wurden. Mikhail keuchte hinter mir. Ich fühlte seinen heißen Atem in meinem Nacken. Seine Lippen wanderten über meine Schulterblätter und wechselten sich mit seinen Zähnen ab, die ich immer wieder an meiner Haut fühlte. Doch er biss nie zu. Trotzdem ließ mich der Gedanke, er könnte mich wie ein wildes Tier markieren, stöhnen. Zeitgleich beschleunigte Mikhail seine Bewegungen. Er zog sich fast vollständig aus mir zurück und stieß dann wieder in mich. Das Tempo war hart und schon nach wenigen Minuten glaubte ich, es nicht mehr auszuhalten. Mein Herz galoppierte in meiner Brust. Mein Körper bestand nur noch aus einem einzigen Pulsieren, das im Takt von Mikhails Stößen durch mich raste und mich mit sich zog. Zielsicher hämmerte er in mich und brachte mich dazu, immer wieder zu stöhnen. Ich bemühte mich, ihm bei jeder Bewegung entgegenzukommen, doch ich brauchte all meine Energie, um mich auf den Beinen zu halten. Immer wieder drohten meine Beine unter mir wegzurutschen. Mikhail bemerkte es und wurde ein wenig langsamer. »Stütz deine Hände an der Wand ab, damit ich dich härter ficken kann!«, befahl er und ließ meine Handgelenke los, um stattdessen seine Finger in meiner Hüfte zu vergraben. Seine Nägel bohrten sich in meine Haut und der süße Schmerz steigerte meine Lust weiter. So weit, dass mir schwindelig wurde. Mikhail stützte meinen Körper und hielt mich fest, sodass ich keine Angst mehr haben musste, auszurutschen. Wofür ich ihm wahnsinnig dankbar war, denn meine Knie knickten immer wieder weg. Bei jedem Stoß, weil jeder fester war als der zuvor.

»Bitte, Mikhail!« Meine Finger krallten sich in die Wand und versuchten, an den nassen Fliesen Halt zu finden, weil ich glaubte, jeden Moment von meinen eigenen Gefühlen fortgespült und unter den Wassermassen begraben zu werden. Meine Atmung bestand nur noch aus unartikuliertem Keuchen. Ich schnappte nach Luft, aber kaum Sauerstoff erreichte meine Lungen, weil ich gleich wieder ausatmete. Der Druck in meinem Unterleib stieg weiter an. Ein Ziehen breitete sich in mir aus und sorgte dafür, dass sich meine Muskeln um Mikhail verengten. Ich war so kurz davor. Seine Stöße wurden unregelmäßiger. Er löste eine Hand von meiner Hüfte und griff in mein nasses Haar. Fest zog er meine Strähnen ruckartig nach hinten, sodass ich den Kopf in den Nacken legen musste. Unsere Blicke trafen sich für einen Moment und dann fielen meine Augen zu, als die nächste Welle der Erregung mich überrollte.

»Komm für mich, Leana! Jetzt!«, befahl Mikhail und das war alles, was ich noch brauchte, damit meine Welt sich auflöste. Mein Herz blieb stehen. Ich hörte für den Bruchteil einer Sekunde auf zu atmen, bevor es wieder weiterschlug. Meine Beine brachen unter mir weg. Alle meine Muskeln verkrampften. Von meinem Haaransatz bis zu meinen Zehen. Und dann entspannten sie sich gleichzeitig, sodass ich die Kontrolle über sie verlor. Mein Mund klappte auf. Schwarze Dunkelheit hüllte mich ein. Das Rauschen der Dusche verklang. Wohlige Ruhe breitete sich in mir aus. Keine Ahnung, wie lange dieser Dämmerzustand anhielt, doch für ein paar Augenblicke fühlte ich gar nichts und gleichzeitig alles. Da war keine Angst mehr, keine Unsicherheit vor der Zukunft und selbst der Deal mit Mikhail war weit weg. Dafür war die Wärme in mir so greifbar, dass ich glaubte, mich daran zu verbrennen. Glück. So musste es sich wohl anfühlen, wenn man aufrichtiges Glück empfand. Und genau das tat ich. Ich genoss den Moment, ließ zu, dass ich einfach lebte und nichts anderes als das. Kein Denken, keine Bewegungen. Ich musste nichts tun, außer hier zu sein. Es war atemberaubend. Aber irgendwann endete es und ich tauchte aus den tiefen meines Orgasmus auf. Es begann schleichend. Zuerst spürte ich nur die Tropfen, die auf meiner Haut aufschlugen und an meinem Körper hinabperlten. Dann fühlte ich die Hand in meinen Haaren, die meinen

Kopf immer noch nach hinten zog. Grob und unnachgiebig.

»Mikhail!« Ich hörte mich wie aus weiter Ferne stöhnen, als langsam wieder Leben in meinen Körper kam. Mein rasender Puls schoss durch meine Adern. Keuchen erklang und vermischte sich mit dem Rauschen der Dusche. Starke Hände hielten mich wie eine Puppe aufrecht, obwohl meine Beine kaum noch den Boden berührten. Meine Füße waren also tatsächlich weggerutscht, als ich die Kontrolle verloren hatte. Doch es störte Mikhail offensichtlich nicht. Seine Stöße waren inzwischen unregelmäßiger. Völlig aus dem Takt. Schnell und brutal hämmerte er in mich, sodass ich erneut stöhnen musste. Aber ihm ging es nicht anders. Durch meinen Orgasmus wurde sein Schaft in mir weiter eingeengt und schon nach wenigen Bewegungen, versteifte sich Mikhail hinter mir. Der Griff an meiner Hüfte wurde schmerzhaft fest und seine Finger krallten sich tiefer in mein Haar. Überrascht japste ich und genoss das Gefühl, als sein Glied in mir zu zucken begann.

»Fuck, fuck, fuck! Scheiße!«, schrie er und dann spürte ich, wie sein Schwanz in mir explodierte. Schub für Schub schoss sein Sperma in mich und erwärmte mich von innen. Mikhails Stöhnen übertönte mein eigenes. Sein Becken stieß ein letztes Mal gegen meinen Hintern. Und dann war es vorbei. Schwer atmend sank Mikhails Kopf gegen meinen Rücken und er setzte einen sanften Kuss auf meine Wirbelsäule. Und ich konnte ihm nur zustimmen. Fuck. Das war fantastisch.

Ja, egal welche Zweifel ich gehabt hatte, so war es mit Kirill nie gewesen und ich glaubte auch nicht daran, dass es mit einem anderen Mann jemals so sein würde. Ich wusste nicht, wie genau ich bei Mikhail gelandet war und womit ich diese Chance verdient hatte, aber ich hatte nicht vor, so schnell wieder zu gehen.

ACHT

MIKHAIL

»D*on*? Ein Glück, ich dachte schon, du wärst tot.« Danilos Worte begrüßten mich, als ich in die Küche trat und vertrieben meine gute Stimmung. Die letzten vier Tage hatte ich nichts anderes getan, als zwischen meinem Zimmer, in dem Leana immer nackt auf mich gewartet hatte, und der Küche hin und herzulaufen, damit wir nicht verhungerten, während ich sie immer wieder zu meinem Eigentum machte. Der Sex in der Dusche war bereits bombastisch gewesen, aber je öfter wir es taten, desto besser wurde es, weil ich jede Stelle ihres Körpers kennenlernte und irgendwann genau wusste, wo sie es mochte von mir berührt zu werden und wo nicht. Vielleicht war ich deshalb sofort wütend, als ich in Danilos Gesicht sah, der seelenruhig am Tisch saß und einen Löffel Müsli in sich hineinschaufelte. Denn seine Anwesenheit bedeutete, dass ich nicht wie immer ungesehen wieder zu Leana in mein Zimmer verschwinden konnte, sondern mit jemandem reden musste. Auch wenn dieser jemand meine rechte Hand war und die Geschäfte in den letzten Tagen für mich übernommen hatte. Genervt schnaubte ich und ging zielstrebig auf den Kühlschrank zu.

»Hab Respekt, Danilo!«, schnauzte ich ihn an und riss die Kühlschranktür auf. Verflucht, ich hätte einfach bei Leana bleiben sollen, doch ich hatte sie nicht wecken wollen. Sie hatte sich ihren Schlaf redlich verdient. Wie oft war sie gestern zitternd in meinen Armen gekommen, während ich in sie gestoßen hatte? So oft, dass ich den Überblick verloren hatte. Allgemein waren die letzten Tage nur verschwommen in meiner Erinnerung geblieben. Trotzdem war das Gefühl, das ich immer empfand, wenn ich tief in Leana kam, präsenter denn je. Ich fühlte mich wohl. Angekommen. Als wäre es richtig, sie bis zur Besinnungslosigkeit zu ficken.

»Den habe ich, *Don*. Ich respektiere niemanden mehr als dich, aber inzwischen glaube ich, sie hat dein Angebot ausgeschlagen und jetzt beherbergst du eine Leiche, weil du nicht weißt, wie du sie loswirst. Dagegen sprechen nur die Geräusche aus deinem Zimmer.« Danilo schmunzelte und stopfte einen weiteren Löffel in seinen Mund. Er biss auf die mit Schokolade durchzogenen Cerealien und griff grinsend zum flüssigen Honig, um noch mehr in seine Schüssel zu drücken. Die goldene, zähflüssige Masse mischte sich mit der Milch und ich wandte angeekelt den Blick ab. Wie konnte er so etwas essen?

»Wer weiß, vielleicht habe ich einfach einen neuen

Fetisch entwickelt.« Ich verdrehte genervt die Augen und wusste nicht, was schlimmer war. Die Vorstellung, es mit einer Leiche zu treiben, oder Danilos Pampe, die er Frühstück nannte.

»Bei allem Respekt«, betonte er, als er den Bissen runtergeschluckt hatte und ein Klirren erklang, während er seine Milch umrührte. »das will ich gar nicht wissen.« Danilo lachte schallend und meine düstere Stimmung verflog. Wann hatten er und ich das letzte Mal zusammen gelacht? Ich wusste es nicht mehr, aber es fühlte sich nicht unbedingt schlecht an, mit ihm in der Küche zu stehen und Witze über Leichenschändungen zu reißen. Es war auf jeden Fall besser als über die Arbeit zu sprechen und noch schlief Leana, also konnte ich mir auch Zeit dafür nehmen, oder nicht? Vielleicht hatte Leana ja recht und ich hielt mich zu streng an irgendwelche Traditionen. War es eventuell sogar meine Schuld, dass Danilo nicht mehr der Freund war, den ich von früher kannte? Ich behandelte ihn schließlich wie meinen Untergebenen, obwohl wir im selben Alter waren, und das tat ich erst seit ich der *Don* war, obwohl ich auch vorher schon weit über ihm in der Nahrungskette stand.

»Ich wollte nur etwas zu essen holen.« Ich zog aus einem der Hängeschränke in der Küche ein Tablett und legte es neben mich auf die Arbeitsplatte, während ich in den Kühlschrank blickte. Er war dank meiner Haushälterin immer prall gefüllt und zum Glück hatte Leana den gleichen Geschmack wie ich, sodass ich nichts von Danilos Müsli anfassen musste. Stattdessen griff ich zu den Aufstrichen und platzierte sie auf dem Tablett.

»Du fütterst sie also?« Grinsend sah Danilo mich an und schnappte sich das Glas, das hinter seiner Schüssel stand. Klare Flüssigkeit schwappte darin hin und her, doch der beißende Geruch nach Spiritus machte klar, dass es kein Wasser war. Wieder verzog ich angewidert das Gesicht. Das süße Zeug und Alkohol? Nein, danke. Wie bekam er das überhaupt runtergewürgt?

»Danilo!« Entrüstet riss ich die Augen auf und starrte ihn im nächsten Moment böse an. Das klang, als wäre sie ein Tier! Daran war überhaupt nichts lustig. Sie war ... meine Frau. Aber woher sollte er das wissen? Bisher war sie für mich immer nur ein Name gewesen, den ich meiner Blutlinie hinzufügen wollte, um meine Macht zu sichern. Er konnte nicht ahnen, dass sie inzwischen weit mehr war als das. Oder etwa doch?

Danilos Grinsen verschwand von seinem Gesicht und seine Züge verhärteten sich zu einer undurchdringlichen Maske, die all seine Gefühle verbarg. »Was? Ich interessiere mich für sie, in Ordnung? Ewa fragt ständig nach ihr und du versteckst sie tagelang in deinem Zimmer. Langsam, aber sicher müsstet ihr genug Sex für zwei Leben gehabt haben.«

Ja, damit hatte er verdammt recht und dennoch war es noch nicht genug. Ich fragte mich, ob es das jemals sein würde. Oder ob die Hitze zwischen uns irgendwann abkühlen würde. Ich hoffte nicht. Noch nie zuvor hatte ich Sex so sehr geliebt wie jetzt. Klar, ich hatte schon viel Sex gehabt. An aufregenderen Orten als meiner Dusche und mit Frauen unterschiedlichster Ausführungen – große Brüste, kleine Brüste, viel oder wenig Arsch, breiten und schmale Lippen – aber Leana stellte sie alle in den Schatten, weil jede ihrer Reaktionen mich noch härter werden ließ. Weil sie echt war. Authentisch. Sie stöhnte, um mir zu zeigen, dass es ihr tatsächlich gefiel und nicht, um sich bei mir einzuschleimen, damit sie länger bei mir bleiben konnte. Außerdem hatte ich die anderen Frauen immer aus meinem Bett geschmissen, nachdem es vorbei war. Ich war schließlich nicht der Kuscheltyp, aber die Art, wie Leana sich auf mich legte und ihren Kopf auf meine Brust bettete, bis wir wieder zu Atem kamen, war unglaublich. Genau wie unsere Gespräche. Zwar mieden wir seit dem ersten Tag alles, was meine Kindheit und die Mafia betraf, aber wir mochten dieselben Filme, schafften es beide, ein Buch in einer Nacht zu lesen und uns danach darüber zu unterhalten, und wir kritisierten beide die derzeitige gesellschaftliche Lage. Alles in allem konnte es gar nicht besser laufen.

Zufrieden griff ich nach dem Orangensaft, der im Kühlschrank stand und stellte ihn auf das Tablett. Erst dann schloss ich die Tür, damit die Lebensmittel weiter gekühlt wurden und ging hinüber zum Brotkorb. »Hast du nicht zu arbeiten?«, fragte ich Danilo, weil er eigentlich auf Leanas Freundin aufpassen und alle Transaktionen überwachen sollte. Ganz zu schweigen davon, dass ich ihm aufgetragen hatte, dass er Leana verschwinden lassen sollte. Nein, nicht sie selbst, sondern ihre falsche Identität.

»Ja«, antwortete Danilo langgezogen und der Ton seiner Stimme erhöhte sich. Nur minimal, aber ich hörte es trotzdem und ich wusste genau, was das zu bedeuten hatte. Fuck!

»Was ist los?«, verlangte ich zu wissen und drehte mich blitzschnell zu ihm um, sodass mir beinahe das Brötchen aus der Hand fielen, die ich aus dem Korb genommen hatte.

»Das ist eigentlich der Grund, weshalb ich hier bin.« Danilo ließ seinen Löffel in die Schüssel fallen und nahm einen Schluck aus seinem Glas. Und dann noch einen, als fürchtete er sich vor dem Gespräch.

»Sprich, Danilo! Geht es um die Hochzeit?« Wut keimte in mir hoch. Verdammt! Das durfte nicht wahr sein. Ich hatte alles genau geplant. Wenn auch nur irgendwas schieflief, konnte das alles zunichtemachen. Schlimm genug, dass ich anscheinend Gefühle für eine Rossija entwickelte, aber noch mehr unerwartete Wendungen konnten wir uns nicht leisten.

Danilo stellte sein Glas wieder zurück auf den Tisch und hob beschwichtigend die Hände. »Nein, das hat super funktioniert. Seit gestern hat keine Leana Petrow je existiert. Wie auch? Es hat sic ja wirklich niemals gegeben. Dass Leana keine Abschlüsse hat, machte es sehr einfach, ihr altes Ich verschwinden zu lassen. Ihr Ex kann toben, wie er will. Ab heute war er nie verheiratet. Man kann schließlich kein Phantom ehelichen.« Danilo zuckte mit den

Schultern und nickte mir grinsend zu. Erleichterung durchströmte mich. Das war sehr gut. Perfekt, um genau zu sein. Jetzt mussten wir nur noch eine neue Geburtsurkunde schreiben und sie würde wieder zu Leana Rossija werden. Und dann zu Leana Morosow.

»Ihre Unterschrift auf der Hochzeitsurkunde?«, hakte ich nach, obwohl es dafür eigentlich keinen Grund gab. Danilo war nie nachlässig. Trotzdem wollte ich kein Risiko eingehen.

»Die originalen Urkunden mit ihrer Unterschrift haben wir uns geholt und einer unser Informatiker hat gestern auch jegliche Kopien gelöscht. Das gilt übrigens auch für alles andere, aber ich schätze, sie wird ihr altes Bankkonto nicht vermissen, immerhin war da nur ein Haufen Schulden drauf.« Danilo stand von seinem Platz auf und schlüpfte zwischen der Eckbank und dem Tisch hervor. Er griff nach seinem Glas, trank es in einem Zug leer und schlenderte zum Geschirrspüler, um es einzuräumen.

»Sehr gut«, lobte ich und konnte nicht verhindern, dass sich Freude in mir breit machte. Ich würde heiraten. Nichts stand dem noch im Weg. Aber wieso war Danilo sonst hier? »Was ist dann das Problem?« Ich kniff die Augen zusammen und musterte Danilo, während ich die Brötchen ebenfalls auf dem Tablett platzierte.

»Dein Erzeuger.« Danilo seufzte schwer und ging wieder zum Tisch. Er beugte sich darüber und langte nach seiner Schüssel. Danach drehte er sich wieder zu mir um und lehnte sich mit dem Hintern gegen die Tischkante.

»Was hat er getan?« Meine Stimme wurde tiefer. Hass auf meinen Erzeuger verdrängte die Wut auf mich selbst, weil nicht alles nach Plan lief. Noch immer gab es keinen Hinweis darauf, wo er war, und inzwischen mischte er sich nicht mehr in mein Belangen ein. Anfangs hatte er noch meine Geschäfte manipuliert, aber in letzter Zeit war es unangenehm ruhig um ihm geworden. Aber es war klar, dass er niemals aufgeben würde. Nicht, solange das Herz in seiner Brust schlug.

»Wir wissen es nicht mit Sicherheit, ob er es war, aber es liegt natürlich nahe. Irgendjemand hat die Truppe, die nach ihm suchen sollte, in einem deiner Anwesen in Sankt Petersburg getötet und das Haus niedergebrannt, bevor wir es tun konnten. Ich dachte, es wäre vielleicht nur Zufall, aber ich habe zur Sicherheit einen weiteren Trupp zusammengestellt, um alle anderen intakten Häuser unter die Lupe zu nehmen.« Danilo rührte nachdenklich mit dem Löffel durch sein Müsli, das inzwischen das Milch-Honig-Gemisch aufgesaugt hatte und jetzt noch mehr an Krankenhausfraß für Menschen ohne Gebiss erinnerte.

»Und?«, drängte ich, damit er weitersprach und überlegte zeitgleich, was *Otez* davon hätte, eines meiner Häuser niederzubrennen. Immerhin war es das, was ich tat, um ihm jede Unterkunft wegzunehmen, bis er auf der Straße saß oder irgendwo weit weg von den Immobilien der Morosows unterkommen musste. Doch keine meiner Gedankengänge ergab Sinn. Für meinen Erzeuger hatten viele Gebäude emotionalen Wert oder sie waren ein Zeugnis seiner Macht gewesen. Ging es vielleicht darum? Wollte er sie zerstören, damit sie nicht zeigten, dass ich nun diese Macht besaß?

»Vier weitere Anwesen in vier verschiedenen Städten sind ebenfalls betroffen. Jemand hat sie ausradiert, bevor wir es tun konnten.« Danilo nahm einen Löffel seiner Pampe in den Mund und beeilte sich nun, schneller zu essen, als er meinen angeekelten Blick bemerkte.

»Welche Anwesen? Wichtige Stützpunkte?« Ich lehnte mich gegen die Arbeitsplatte und verschränkte die Arme vor der Brust. Stoisch starrte ich Danilo an und bemühte mich, alles in einen logischen Zusammenhang zu bringen. Warum sollte gerade jetzt jemand auf Angriff gehen? Wusste irgendwer von Leana und beschleunigte nun seinen Plan, mich zu vernichten? Ich hatte keine Ahnung, aber auch ich würde mich nun darum kümmern, dass alles so schnell wie möglich über die Bühne ging.

»Nein. Die Auswahl wirkt willkürlich.« Danilo kratzte die letzten Reste seiner Pampe zusammen und schleckte am Ende den Löffel ab, als würde er nicht genug von dem Zeug bekommen. Dann stieß er sich von der Tischkante ab und verstaute die Schüssel und das Besteck ebenfalls im Geschirrspüler.

»Also brennt jemand mein Eigentum nieder und ist nur zufällig auf meine Männer gestoßen?« Ungläubig hob ich eine Augenbraue, aber auch Danilos Blick verriet, dass er nicht an einen Zufall glaubte. Alles bei der Mafia folgte einem Plan und so vicle Anwesen entzündeten sich nicht plötzlich von selbst.

»Das denke ich nicht«, sprach Danilo aus, was wir beide dachten und ging zum Hängeschrank, um zwei Teller hervorzuholen. Er stellte sie auf das Tablett und ging hinüber zur Vitrine, wo die sauberen Gläser darauf warteten, benutzt zu werden.

»Ich vertraue deinem Urteil. Also, was denkst du dann?« Dankbar nickte ich ihm zu, als er zwei Gläser zu den Tellern stellte und danach die Besteckschublade aufriss, um auch noch zwei Buttermesser dazu zu legen.

»So wie es aussieht, war das Anwesen, in dem deine Männer umkamen, das erste. Jemand wusste also, dass sie dort sein würden«, mutmaßte Danilo und lehnte sich neben mich gegen die Arbeitsplatte, als das Frühstück für mich und Leana fertig angerichtet war. Auch er verschränkte die Arme vor der Brust, doch im Gegensatz zu mir, der nur eine schwarze Boxershorts trug, hatte er einen Anzug an.

»Hat einer der Männer jemandem von dem Auftrag erzählt?« Eine widerliche Vorahnung beschlich mich und sie gefiel mir absolut nicht. Meine Männer waren loyal und verschwiegen. Alles andere führte unweigerlich zum Tod. Sie alle wussten das. Allein der Verdacht, jemand könnte eine derart wichtige Operation gefährden, indem er Außenstehenden davon verriet, behagte mir nicht.

»Ich weiß es nicht, aber selbst, wenn einer von ihnen geredet hat, ist er jetzt vermutlich tot. Der Trupp hat aus sieben Männern bestanden und es wurden sieben Leichen gefunden. Die Identitäten habe ich bestätigen lassen.« Stolz schwang in Danilos Stimme mit und die hatte er sich verflucht noch mal verdient, weil sein Gehirn genauso effizient funktionierte wie meines. Genau so hätte ich es auch gemacht. Leider hatte es nur nicht das gewünschte Ergebnis gebracht. Wäre eine Leiche vertauscht worden oder einer zu wenig gestorben, hätten wir gewusst, wer der Schuldige war. So würden wir eine langwierige Suche starten müssen.

»Ich will eine Liste von den Toten und ihren Angehörigen. Wenn einer geredet hat, müssen wir das herausfinden. Außerdem will ich wissen, wer sich an meinem Eigentum vergreift.« Mein Befehl hallte durch die Küche und ich drehte mich seitlich, um Danilo ansehen zu können. Seine Haltung war steif, doch er war mir nun so nah, dass ich den Alkohol dennoch an ihm riechen konnte. Es war nicht das erste Mal, dass mir der beißende Geruch an ihm auffiel, aber bisher hatte ich mir keine Gedanken darüber gemacht. Wie viel trank er? Und brauchte er den Alkohol so dringend, dass er selbst während der Arbeit soff? Stirnrunzelnd sah ich auf seine Hände. Sie zitterten. Irgendwas schien ihm zu schaffen zu machen, doch ich fragte ihn nicht. Noch nicht. Aber ich beschloss, es im Hinterkopf zu behalten.

»Jawohl, *Don*.« Danilo nickte, stieß sich von der

Arbeitsplatte ab und durchquerte mit langen Schritten die Küche, bis er beinahe beim Ausgang angekommen war. Seine Schritte wirkten selbstsicher und er hielt den Kopf erhoben. Vielleicht hatte ich mir das Zittern auch nur eingebildet? Und den Geruch? Schön, Danilo trank, aber war es genug, um gefährlich für ihn zu sein?

»Ach, und Danilo?«, rief ich und hielt ihn damit davon ab, die Küche zu verlassen. Er straffte die Schultern und drehte sich wieder zu mir um. Ein grimmiger Ausdruck lag in seinem Gesicht, der zeigte, dass er genauso wütend darüber war wie ich, dass jemand es wagte, meine Immobilien anzugreifen. Oder dachte er gerade an etwas anderes? Deutete ich seine Miene falsch?

»Ja?« Auffordernd blickte Danilo mich an und wartete darauf, dass ich weitersprach. Doch ich nahm mir Zeit, ihn von oben bis unten zu beäugen. Er sah nicht aus wie ein Säufer. Eher wie ein Workaholic, der nächtelang nicht zum Schlafen gekommen war. Sollte ich Ivan bitten, Danilo bei seinen Aufgaben zu unterstützen? Immerhin arbeitete Danilo nun für zwei, weil ich ausfiel.

»Besorg einen Standesbeamten und die benötigten Dokumente«, ordnete ich an und nahm mir vor, nach und nach auch selbst wieder ein paar der Geschäfte zu übernehmen. Ein paar Telefonate, ein paar zu beantwortende Emails. Irgendwas, das Leana nicht mitbekam. Ich wollte sie noch eine Weile von der Brutalität meiner Welt fernhalten, bevor ich sie ins kalte Wasser warf. Doch irgendwann musste sie es erfahren, wenn sie wirklich bleiben wollte.

»Soll ich ihr einen falschen Namen besorgen, oder ihren richtigen verwenden?«, fragte Danilo und verlagerte sein Gewicht auf sein rechtes Bein, sodass seine Haltung plötzlich schief wirkte.

»Ihren richtigen. Ich will nicht, dass irgendwer diese Ehe für nichtig erklären kann. Sie wird meine Frau.« Leana Morosow. Der Name klang wie Musik in meinen Ohren, auch wenn es bedeutete, dass sie für einen kurzen Zeitraum eine Rossija sein musste.

»Ist sie schon schwanger?« Ein Lächeln breitete sich auf Danilos Zügen aus und verriet, wie wenig Ahnung er von Schwangerschaften hatte. Selbst wenn ich sie schon geschwängert hatte, würden wir es jetzt noch nicht nachweisen können. Dennoch vertrieb seine offensichtliche Freude darüber, dass ich ein Vater werden würde, meine Bedenken. Sollte er trinken, solange es ihn nicht bei der Arbeit einschränkte. Er war absolut loyal und es würde ewig dauern, jemanden zu finden, dem ich auch nur halb so sehr vertraute wie ihm.

»Hast du es eilig?« Ich konnte ein Lachen nicht zurückhalten und grinste bei der Vorstellung, wie Danilo reagieren würde, wenn ich verkündete, dass mein Erbe unterwegs war. Er würde sich freuen. Ganz sicher. Bei anderen Bewohnern dieses Hauses war ich mir nicht so sicher. Meine Gedanken wanderten zu Viktorija, doch ich verscheuchte sie sofort. Nein, das würde meine Laune noch mehr ruinieren als ein Verrückter, der meine Anwesen in Flammen aufgehen ließ.

»Nein, aber ich dachte du.« Danilo zwinkerte mir zu und ich musste wieder an die Geräusche denken, die er erwähnt hatte, gehört zu haben. Hatte er an meiner Zimmertür gelauscht? Das würde jedenfalls das schelmische Glitzern in seinen Augen erklären. Ich schüttelte belustigt den Kopf. Danilo war einfach unverbesserlich. Sexbesessen und neugierig. Dennoch zweifelte ich keine Sekunde daran, dass er nur dort gewesen war, um sicherzugehen, dass Leana sich nicht doch als Wolf im Schafspelz entpuppte und versuchte, mich umzubringen. Und darüber war ich froh. Während mein Gehirn in Leanas Nähe aussetzte, behielt Danilo alles im Blick. Dann sollte er sich ruhig darüber amüsieren, wie Leana nach mehr bettelte, wenn ich sie fickte. Schließlich hatte er mich schon in ganz anderen Situationen gesehen. Viktorija war vielleicht ein Miststück, aber sie war immer willig gewesen, alles zu tun. Egal, an welchem Ort und wie viele Personen anwesend waren.

»Ab an die Arbeit, Danilo«, befahl ich, grinste aber, damit er wusste, dass ich es nicht so streng meinte, wie es sich anhörte. Doch Danilo bewegte sich nicht vom Fleck.

»*Don*?« Ein fragender Unterton mischte sich in seine Stimme und Unsicherheit huschte über seine Züge. Nur für den Bruchteil einer Sekunde, als wäre er sich nicht sicher, ob er seine Gedanken laut aussprechen sollte.

»Was denn noch?«, wollte ich wissen und griff nach dem Tablett. Die Gläser klirrten leise, als ich es von der Arbeitsplatte hob und der Orangensaft schwappte in der Plastikflasche sanft hin und her.

»Ihre Freundin …«, begann Danilo zögerlich und trat einen Schritt auf mich zu, um mir das Tablett abzunehmen, aber ich schüttelte den Kopf. Er war immer noch mein Stellvertreter und nicht mein Diener. Außerdem wollte ich nicht, dass er das Essen in mein Zimmer trug und Leana nackt sah. Dieser Anblick war nur noch für mich bestimmt.

»Eva?« Fragend zog ich die Augenbrauen zusammen und presste das Tablett an meine Brust. Es war nicht schwer, aber ich wollte auf alle Fälle verhindern, dass irgendwas auf dem Boden landete.

»Ewa«, verbesserte er mich. »Sie ist sehr dankbar für unsere Hilfe, aber sie weiß nichts mit sich anzufangen.« Danilo warf einen Blick hinter sich, als das Tapsen von Schritten hinter ihm erklang. Suchend sah auch ich in die Richtung, aber noch war niemand zu sehen.

»Dann besorg ihr eine Beschäftigung.« Ich schnaubte. Was sollte ich mit dieser Information anfangen? Ihr ein Theaterstück vorspielen, damit ihr nicht mehr langweilig war? Nicht mehr für Geld mit dem nackten Arsch wackeln zu müssen, stellte ich mir nicht besonders schlimm vor. Doch Danilo hatte eine genaue Vorstellung davon, was ich tun sollte und ich musste ihm zustimmen, dass seine Idee, Ewa zu Leana zu lassen, nicht dumm war. Wenn ich wirklich wieder meine

Aufgaben übernahm, nicht heute und vielleicht auch noch nicht morgen, aber wenn ich es wieder tat, könnte auch Leana jemanden als Gesellschaft gebrauchen und ich wollte sie nicht mit Viktorija alleine lassen.

»Sicher, ich dachte nur, es wäre vielleicht auch für Leana nett, wenn …«, schlug Danilo vor, brach jedoch ab, als die Schritte näherkamen und am Eingang zur Küche Viktorija in Sicht kam. Ihre schwarze Mähne fiel ihr in wilden Locken um den Kopf und sie trug nichts weiter als ein schwarzes Negligé, das an mehreren Stellen durchsichtig war. Zumindest wurde ihr Schambereich von ihrem String bedeckt. Ganz im Gegensatz zu ihren Brüsten. Ihre Nippel zeichneten sich unter dem Stoff ab und als sie weiter in die Küche kam, konnte ich auch ihren wohlgeformten Hintern betrachten.

»Guten Morgen, *Don*«, begrüßte sie mich mit erhobenem Kopf und nickte mir respektvoll zu, bevor sie ihren Kopf in Danilos Richtung wandte. »Satansbrut«, zischte sie und verdrehte die Augen, während sie zu den Hängeschränken ging. Bedauerlicherweise stand ich genau dort, wo sie hinwollte, sodass ich ein Stück abrückte, um ihr Platz zu machen. Sie streckte sich, öffnete einen der Schränke und zog eine Schüssel heraus. Dabei rutschte ihre Kleidung ein Stück nach oben und offenbarte noch mehr von ihrer weißen Haut.

»Psychoschlampe«, konterte Danilo, starrte jedoch auf ihren Arsch, als sie zum Müsli griff, das neben den Schüsseln stand und danach zum Kühlschrank ging, um den offenen Wodka zu holen. Sowohl die Cerealien als auch den Alkohol schüttete sie in die Schüssel.

»Frühstück für Champions?«, fragte Danilo mit bösartigem Unterton und lachte auf. Ich vermied jeden Blick aufs Viktorijas Körper und starrte stattdessen Danilo in Grund und Boden. Die beiden gemeinsam in einem Raum waren eine explosive Mischung. Immer schon. Doch heute schien die Anspannung zum Greifen nah. Sie legte sich förmlich über die Küche und ließ mich schlucken. War etwas passiert? Neugierig sah ich zwischen den beiden hin und her, doch Viktorija reagierte wie immer. Stolz und abgebrüht. Sie schüttete noch mehr Wodka in ihr Essen und verzog die Augen zu Schlitzen.

»Fick dich, Arschloch«, giftete sie in Danilos Richtung, setzte die Flasche an ihre Lippen und nahm einen großen Schluck Alkohol, als würde sie sich selbst beweisen wollen, dass es in Ordnung war, um diese Zeit betrunken zu sein. Ich stutzte. Es war ironisch, dass Danilo bei Viktorija bemängelte, was er selbst tat. Ironisch und eigenartig.

»Geh an die Arbeit, Danilo. Ich lasse mir deine Anmerkungen durch den Kopf gehen«, versprach ich und wollte, dass wenigstens einer von ihnen verschwand. Doch Danilo rührte sich nicht. Mit hasserfüllten Augen sah er Viktorija an und seine Hände ballten sich zu Fäusten. Was hatte ich verpasst? Kurz war ich versucht, sie zu zwingen, mir zu erzählen, was hier gespielt wurde, doch dann überlegte ich es mir anders, weil sich etwas an Viktorijas Haltung grundlegend geändert hatte. Während sie trank, drückte sie ihren Oberarm so gegen ihre Titten, dass sie besonders prall und schön aussahen. Das hatte sie früher öfter gemacht, also war es nichts ganz Neues. Aber dieses Mal achtete sie nicht darauf, dass ich einen guten Blick auf ihr Dekolleté hatte, sondern Danilo. War es das, was sich verändert hatte? Nein. Unmöglich. Die beiden hassten sich bis aufs Blut. Ich schüttelte den Kopf. Langsam begann ich Gespenster zu sehen. Dennoch nahm ich mir vor, herauszufinden, was hier gespielt wurde. Irgendwas entging mir und das passte mir nicht. »Und Viktorija? Etwas weniger Alkohol würde nicht schaden. Davon bekommt man Falten und kannst du dir das wirklich leisten?«

Danilo lachte schallend, weshalb ich die Schritte auf dem Flur erst vernahm, als Viktorija wieder den Mund öffnete. Zeitgleich erschien Leana im Türrahmen. Wie Viktorija trug sie ein Kleid, doch ihres war aus Seide und weniger nuttig. Wie auch nicht? Viktorija trug praktisch nur Unterwäsche. Und sie stand genau neben mir.

»Ich hab mehr zu bieten als ein schönes Gesicht. Das wüsstest du, wenn du mich zur Abwechslung hättest reden, statt dir den Schwanz lutschen zu lassen.« Viktorija fletschte die Zähne und ihre Augen richteten sich auf mich, sodass sie Leana nicht bemerkte, deren Pupillen sich weiteten. Leanas Blick glitt über Viktorijas spärliches Outfit und dann zu mir. Beruhigend lächelte ich sie an und streckte eine Hand nach ihr aus, sodass ich in der anderen das Tablett balancieren musste. Zögerlich tapste sie mit nackten Füßen in den Raum.

»Ähm ... Ich ... Ich wollte nicht stören«, stotterte sie und ihre Wangen verfärbten sich rot. Ich liebte diesen Schimmer in ihrem Gesicht. Es war der gleiche, der ihre Wangen überzog, wenn sie vor Lust schrie und sich meinen Berührungen hingab. Sie ergriff meine Hand und ließ zu, dass ich sie näher an mich zog. Ein schüchternes Lächeln erschien auf ihren Lippen und die Unsicherheit, die sie befallen hatte, fiel von ihr ab. Was? Hatte sie gedacht, ich würde mit Viktorija in der Küche vögeln, während sie im Bett darauf wartete, dass ich wiederkam? Schön, bevor ich sie kannte, hätte das durchaus vorkommen können. Aber jetzt? Viktorija sah hübsch aus, keine Frage, doch ich würde sie nicht vögeln. Mein Schwanz regte sich nicht bei ihrem Anblick, aber allein Leanas Nähe reichte aus, damit mein Blut tiefer wanderte.

»Hast du nicht. Entschuldige bitte, ich wollte uns nur etwas zu essen holen und habe nicht damit gerechnet, dass du schon aufwachen würdest«, erklärte ich, während ich das Tablett auf einer Hand balancierte. Ich musste mich darauf konzentrieren, damit es nicht hinunterfiel, weshalb ich es wieder zurück auf die Arbeitsplatte stellte.

»Guten Morgen, Leana«, begrüßte Danilo sie übertrieben freundlich, doch sein Blick blieb auf Viktorija gerichtet, die mit offenem Mund dastand und wohl darauf wartete, dass ich auf ihre Anschuldigung antwortete. Aber das würde ich nicht. Was auch? Dass sie recht hatte? Ich wusste, dass Viktorija nicht dumm war. Das war auch der Grund, weshalb sie immer noch hier war. Eine verschmähte, intelligente Frau konnte schnell bösartig werden. Aber sie musste verstehen, dass Leana nun meine Priorität war und deren Gefühle wichtiger waren als ihre. Schon allein deshalb würde ich bestimmt nicht vor Leana mein früheres Sexualleben breittreten.

»Morgen«, grüßte Leana Danilo zurück und kuschelte sich in meine Umarmung, als ich meine Hände auf ihre Hüfte legte. Wir hatten beide noch nicht geduscht, weshalb uns der Geruch des anderen anhaftete. Fest sog ich den Duft in meine Nase und drückte ihr einen Kuss auf die Stirn.

»Ach, fahrt doch zur Hölle.« Wütend warf Viktorija die Arme in die Luft, als ihr klarwurde, dass ich sie einfach ignorierte und stampfte durch die Küche zum Ausgang. Dabei entging mir nicht, wie sich Tränen in ihren Augen bildeten. Wieder weinte sie und wieder war es meine Schuld. Vielleicht wäre es doch besser, sie wegzuschicken? Irgendwohin, wo sie nützlich war und trotzdem nicht sehen musste, wie die Verbindung zwischen Leana und mir wuchs.

»Lieber nicht, dort würden wir nur dir begegnen«, rief Danilo ihr hinterher und lachte schallend, als Viktorijas wütendes Schnauben ertönte. Kurz darauf verklangen ihre Schritte und Stille breitete sich in der Küche aus. Die Anspannung löste sich auf. Schlagartig fiel mir das Atmen leichter und auch Leanas Muskeln entspannten sich sichtlich.

Sie ließ sich gegen meinen Körper fallen und lächelte Danilo an. Dabei kitzelten ihre Haare auf meinem nackten Oberkörper, doch es störte mich nicht. Es fühlte sich gut an, sie so nah bei mir zu haben und wenn sie schon einmal hier war, könnten wir auch in der Küche statt im Bett essen. Das war auf jeden Fall bequemer und sie würde wirklich mal etwas zwischen die Zähne bekommen. Bisher endete der Versuch, Nahrung aufzunehmen, nämlich immer damit, dass sie sich Brösel von der Lippe leckte und ich daraufhin ihren Mund mit meinem einnahm, um wenig später mit ihr gemeinsam zum Orgasmus zu kommen. Und langsam brauchen wir wirklich eine Stärkung.

»Sie scheint kein Morgenmensch zu sein«, murmelte Leana und sah Viktorija nach, obwohl sie schon lange verschwunden war. Gern hätte ich gewusst, was sie über meine Ex dachte, aber viel schlechter als Danilos Meinung über die *Psychoschlampe* konnte es nicht sein.

»Das hast du aber nett formuliert.« Danilo gab einen belustigten Ton von sich und verdrehte die Augen. Erst dann ging er zur Arbeitsplatte und griff nach dem Wodka, um ihn wieder im Kühlschrank zu verstauen. Einen Moment sah er hinab auf die Schüssel, die Viktorija zurückgelassen hatte und seufzte tief. »Ich wünsche einen schönen Tag, *Don*.« Er ließ die Schultern sinken, schnappte sich die Schüssel und winkte uns zu, bevor er die Küche verließ. Ob er vorhatte, das Müsli tatsächlich Viktorija zu bringen, wusste ich nicht. Ich konnte nur hoffen, dass sie ihn nicht mit Haut und Haaren fressen würde, wenn er es tatsächlich wagen sollte, in ihr Zimmer zu gehen.

»Wenn ich mir früher die Mafia vorgestellt habe, waren drei streitende Personen, die über Alkohol zum Frühstück diskutieren, nicht gerade das, was mir als Erstes in den Sinn gekommen ist.« Leana sah zu mir auf und legte ihre Hände um meinen Nacken. Belustigung war in ihren Zügen zu lesen und sie begann zärtlich, den Ansatz meiner Wirbelsäule zu streicheln. Ihre Fingerkuppen strichen über meine Haut und verursachten mir eine Gänsehaut.

»Ich verspreche, dass nicht jeder Morgen so sein wird«, hauchte ich und küsste erneut ihre Stirn. Ich log. Das war mir klar. Leider kamen die Auseinandersetzungen zwischen Viktorija und Danilo zu oft vor und meist konnte selbst ich sie nicht unterbinden, aber ich würde mein Möglichstes versuchen. Auch wenn das bedeutete, dass ich Viktorija wirklich irgendwo anders unterbringen musste.

»Schon in Ordnung. Irgendwie finde ich es ganz nett. Es wirkt so normal. Auch wenn ich auf deine Exfreundin verzichten könnte.« Über Leanas Nase bildete sich eine Falte, während sie eine Hand von meinem Nacken nahm und hinter mich zum Tablett griff. Sie stibitzte eins der Brötchen und biss hinein. Die harte Kruste bröckelte leicht und ein paar Brösel fielen zu Boden.

»Sie wird kein Problem sein, versprochen«, murmelte ich, drückte Leanas Hintern, sodass sie überrascht japste und beugte mich vor, um ungefragt in ihr

Brötchen zu beißen. Leana kicherte und hielt mir das Gebäck näher vor die Nase, damit ich mehr davon essen konnte.

»Gut.« Erleichterung breitete sich in ihrem Gesicht aus. Fühlte sie sich bedroht von Viktorija? Und wenn ja, wie machte ich ihr klar, dass sie das nicht nötig hatte? Sie war schöner als jede Frau, die mir je begegnet war. »Und was machen wir jetzt?«

»Mir würde da schon etwas einfallen.« Ich zwinkerte Leana zu, nahm ihr das Brötchen weg und legte es wieder hinter mich auf das Tablett, bevor ich Leana an den Hüften packte und sie in einer fließenden Bewegung anhob. Ihr Lachen wurde lauter. Mit Leichtigkeit drehte ich mich um und platzierte Leana auf der Arbeitsplatte neben dem Tablett. Ihre Schenkel öffneten sich automatisch, sodass ich mich dazwischen stellen konnte. Ich nutzte den gewonnenen Raum, platzierte mich vor ihr und drückte meinen steifer werdenden Schwanz gegen ihre Mitte. Zu gierig, um lange zu warten, packte ich ihren Knöchel und fuhr mit der Hand ihr Bein entlang bis zu ihrem Oberschenkel und weiter, um ihr das Höschen auszuziehen. Zumindest wollte ich das, bis ich bemerkte, dass sie gar keines trug. Kein Stoff war unter ihrem Kleid vorzufinden. Ich schluckte. Lust schoss durch meinen Körper und mein Glied richtete sich vollständig auf. Zu wissen, dass sie ohne Unterwäsche durch das ganze Anwesen gelaufen und danach auch noch Viktorija und Danilo begegnet war, törnte mich unendlich an. Es war seltsam dreckig und verboten. Nichts, was ich Leana zugetraut hätte.

Meine Lippen verzogen sich zu einem Schmunzeln, während ich sie mit Leanas Mund verband. Leana keuchte und streckte ihren Hals, um mir näher zu sein. Ihre Finger legten sich auf meinen Rücken und bohrten sich in meine Schulterblätter, als ich den Kuss intensivierte. Mein Herzschlag beschleunigte sich. Mit jeder Sekunde pumpte mein Herzmuskel mehr Blut durch meine Adern und verteilte die Erregung in mir. Meine Hand wanderte von ihren Schenkeln zu ihren Schamlippen. Sanft fuhr ich dazwischen und ließ Leana abermals keuchen. Sie war bereits feucht und bereit. Das war sie ständig und sie schien genauso unersättlich wie ich. »Ich liebe es, dich zu ficken«, murmelte ich, als ich den Kuss kurz löste, mich aber dann doch umentschied und meine Lippen noch einmal auf ihre presste. Es fühlte sich zu gut an, als dass ich aufhören konnte. Aber diesmal würde ich meinen Mund für etwas anderes brauchen und ich war mir sicher, dass auch das ihr gefallen würde. Leana stöhnte und öffnete ihre Schenkel noch weiter für mich. Meine Finger fanden ihre Klitoris. Zeitgleich strich meine Zunge über ihre. Leana Atem wurde schwer. Ihr Brustkorb hob und senkte sich schneller. Lust glitzerte in ihren Augen. Sie gab einen enttäuschten Laut von sich, als meine Zunge sich zurückzog, doch ich entschädigte sie, indem ich über ihre Klit rieb. Nicht fest, aber genug, dass sie es spüren konnte. Ich hielt den Druck, streichelte immer wieder über ihren empfindlichen Punkt und ging währenddessen auf die Knie. Verwirrung machte sich auf Leanas Gesicht breit. Eine Sekunde lang und dann noch eine, bevor sie realisierte, was ich vorhatte. Ihre Augen wurden riesig. Ihr Mund klappte auf. Sie sog erschrocken die Luft ein und wollte etwas sagen, doch dazu kam es gar nicht mehr. Meine Knie schlugen auf den kalten Fliesen auf und ich leckte, ohne zu zögern, über ihre Pussy. Ich stoppte die Bewegungen an ihrer Klitoris und nutzte die Hand stattdessen, um ihre Schamlippen auseinanderzudrücken. Rosiges, feuchtes Fleisch sah mir entgegen und Leanas Geschmack explodierte in meinem Mund, als ich erneut über ihre Mitte leckte.

»Oh Gott!«, rief Leana und warf den Kopf in den Nacken. Eine ihrer Hände fand den Weg in mein Haar und krallte sich daran fest, doch ich ließ sie gewähren und konzentrierte mich auf das Zucken ihrer Muskeln. Ihr Loch zog sich sehnsüchtig zusammen, als würde es gefüllt werden wollen. Ich grinste und küsste es sanft, bevor ich mit der Zunge darüber fuhr und ... Ein Keuchen ertönte. Zu rau und männlich, um Leana zu gehören. Gefolgt von einem Schrei, der sehr wohl von Leana stammte. Irritiert stoppte ich sofort in der Bewegung und starrte zu Leana hoch. Doch kein Schmerz zeichnete sich in ihrem Gesicht ab. Ich hatte ihr also nicht wehgetan, worüber ich erleichtert war. Ihr Blick war auf den Ausgang gerichtet und ich drehte den Kopf, um zu sehen, was sie aus dem Konzept gebracht hatte. Im Türrahmen stand ein Mann mit Glatze, auf der ein Vogel tätowiert war. Ivan. Und er starrte genau zwischen Leanas Schenkel.

»Fuck! *Don*!«, murmelte er und drehte sich um,

nachdem er den ersten Schock verdaut hatte. Sein Gesicht verfärbte sich schneeweiß, was seine Tätowierung noch eindrucksvoller erscheinen ließ und sein muskulöser Körper begann zu zittern. Panik breitete sich in ihm aus und das sollte es verdammt noch mal auch. Wie konnte er es wagen? Gnade ihm Gott, es war nicht wichtig, denn ich würde bestimmt keine Rücksicht nehmen.

»Was?«, knurrte ich, drehte mich wieder zu Leana und setzte einen entschuldigenden Kuss auf ihre Klitoris, bevor ich mich erhob. Leana biss die Zähne zusammen, um jeden Laut zu unterdrücken, doch ihr war anzusehen, dass es ihr gefallen hatte. Wie lange es wohl gedauert hätte, bis sie unter meiner Zunge zum Orgasmus gekommen wäre? Jetzt würde ich es wohl nicht mehr erfahren, aber ich nahm mir vor, unbedingt zu einem anderen Zeitpunkt einen neuen Versuch zu starten. Leana schmeckte unglaublich. Mit nichts vergleichbar, das ich vorher je gekostet hatte. Fruchtig und süß. Und jeder ihrer Laute klang wie Musik in meinen Ohren. Ihre Schreie der Lust waren meine ganz eigene Symphonie.

»Entschuldige die Unterbrechung, aber da gibt es etwas, das du dir ansehen musst.« Ivan starrte demonstrativ den Gang hinab, während er sprach. Seine Stimme hatte einen ernsten Unterton, auch wenn Unsicherheit darin mitschwang. Zugegeben, in dieser Position hatte er mich wohl nie zuvor vorgefunden. Und wenn es nach mir ging, würde er das auch nie wieder. Klopfte hier denn niemand mehr an? Viktorija war auch einfach in die Küche marschiert und hatte Danilos Gespräch mit mir unterbrochen und nun das. Ich musste dringend neue Regeln aufstellen. Bisher war es mir egal gewesen, aber Ivans Auftritt hatte mir gehörig den Morgen vermiest.

»Kann das nicht warten?« Wütend blies ich den Atem durch meine Nasenlöcher, die dabei gefährlich flatterten, und verdrehte die Augen. Natürlich konnte es warten, es sei denn irgendjemand Wichtiges lag gerade im Sterben und da alle Menschen, die mir etwas bedeuteten, sich an einer großartigen Gesundheit erfreuten – ihr Suchtverhalten ausgenommen – war es nichts, das ich besprechen musste, während die nackten Schenkel meiner Frau darauf warteten, sich auf meine Ohren zu drücken. Doch Ivan schien das anders zu sehen.

»Nein, ich befürchte nicht. Es wurde gerade ein weiteres Anwesen zerstört. Danilo sagte, ich sollte dich sofort informieren«, erklärte er und seine Stimme klang entschuldigend. Ob es ihm leidtat, uns unterbrochen zu haben, oder er bedauerte, dass ich mich mit diesem Mist herumschlagen musste, wusste ich nicht. Es war aber auch egal. Der Morgen war gelaufen. Meine Stimmung befand sich auf dem Tiefpunkt. Es sah wohl so aus, als würde ich meine Aufgaben schneller wieder aufnehmen müssen als gedacht.

»Fuck!«, fluchte ich und Leana zuckte unter meinem Ausbruch zusammen. Ihre Gesichtszüge entglitten ihr und sie drückte sich zurück, bis ihr Kopf gegen einen der Hängeschränke stieß.

»Was ist los?«, wollte sie wissen und sah mich aufmerksam an, doch ich schüttelte nur den Kopf. Eine Erklärung würde zu lange brauchen. Wir mussten das Arschloch erwischen, das glaubte, es könnte mit mir Spiele spielen. Je schneller, desto besser und dann könnte ich Zeit mit Leana verbringen.

»Entschuldige bitte, Leana. Ich muss leider arbeiten. Mach es dir einfach bequem und genieß das Frühstück«, bat ich und hasste es, sie allein zurücklassen zu müssen. Aber das wäre es wert, wenn wir dafür den Angreifer erwischten.

Zumindest dachte ich das zu diesem Moment, doch mit jedem verstreichenden Tag stieg die Anspannung. Immer mehr Gebäude wurden zerstört und ich verstärkte die Sicherheitsmaßnahmen um dieses Anwesen, falls jemand es wagen sollte, mich direkt anzugreifen. Ich dachte dennoch, ich hätte es unter Kontrolle. Doch ich hatte mich gewaltig geirrt.

NEUN

LEANA

»Das stelle ich mir langweilig vor«, stimmte mir Ewa zu und sah auf ihren Sohn, der neben uns auf einer Decke mit farbigen Bauklötzen spielte. Samuel stapelte sie immer und immer wieder, nur um sie dann umzuwerfen und uns anzustrahlen, weil ihm das Geräusch gefiel, wenn das Plastik auf den Boden auftraf.

»Nein, langweilig würde ich es nicht nennen. Eher frustrierend. Ich dachte, wir würden uns gut verstehen und nun sehe ich ihn kaum.« Enttäuscht ließ ich die Schultern sinken und schnappte mir einen Bauklotz, der außer Samuels Reichweite gelandet war, um ihn ihm zurückzugeben. Er grinste und ein warmes Gefühl erfüllte mich. Instinktiv legte ich eine Hand auf meinen Unterleib und konnte ein schweres Seufzen nicht unterdrücken. Ich hatte gedacht, es würde ein einmaliges Erlebnis bleiben, als Mikhail mich vor sechs Wochen das erste Mal allein in der Küche zurückließ, doch schon am nächsten Morgen hatte Danilo an die Tür geklopft und ihn aus unserem Bett geholt, noch bevor ich richtig wach war. Und das war erst der Anfang gewesen. In den nächsten Wochen arbeitete Mikhail immer mehr. Sicher, er verbrachte weiterhin jede freie Minute, die er erübrigen konnte, mit mir und für die restliche Zeit stellte er mir immer Ewa zur Seite, doch langsam begann es mich zu nerven. Nicht, weil ich kein Verständnis dafür hatte, dass er arbeiten musste. Es hatte mich schon gewundert, dass er sich als *Don* mehrere Tage mit mir in seinem Zimmer verschanzen konnte. Sondern weil er mir nichts erzählte. Es war offensichtlich, dass es ein Problem gab, aber niemand wollte mir sagen, worum es ging.

»Schlaft ihr nicht zusammen in einem Bett?« Ewa strich ihrem Sohn sanft über den Rücken und somit sein Shirt glatt, das durch die vielen Bewegungen, die er machte, hochgerutscht war. Der Kleine lachte hell und wich den Fingern seiner *Mat'* aus, um in Ruhe weiterspielen zu können.

»Doch, aber er kommt so spät abends, dass ich es nicht mehr mitbekomme und wacht auf, bevor auch nur ein Sonnenstrahl am Himmel ist.« Ich sagte es nicht, aber die Wahrheit war, dass ich mich einsam fühlte, wenn er nicht da war. Ich hatte mich in so kurzer Zeit an ihn gewöhnt und nun fehlte er mir, wann immer er nicht bei mir war. Die Tatsache, dass er nie äußerte, dass es ihm genauso ging, zerrte an meinen Nerven. Noch immer lachten wir gemeinsam, hatten wahnsinnig guten Sex und er nannte mich seinen persönlichen Engel. Auch küssten wir uns regelmäßig und nicht nur dann, wenn wir Sex hatten. Zwischen uns pendelte sich so etwas wie eine Beziehung ein und je länger ich hier war, desto stärker wurden die Gefühle in meinem Inneren. Emotionen, die ich eigentlich nicht haben sollte, weil das zwischen uns keine richtige Beziehung war, egal, wie sehr ich es mir wünschte, oder?

»Und er erzählt dir nichts darüber?« Ungläubig wanderten Ewas Augenbrauen nach oben. Ich konnte praktisch in ihrem Gesicht lesen, was sie dachte und es war genau das, was ich auch glaubte. Er verheimlichte mir mit Absicht etwas. Aber war? Und wieso? Ich hatte nichts mit der Mafia zu schaffen und ich war nicht so naiv zu glauben, dass er eine weiße Weste hatte. Wenn es also darum ging, dass er irgendwen umgebracht hatte oder noch umbringen würde, könnte er es mir doch erzählen.

»Überhaupt nichts.« Wieder seufzte ich. Keine Ahnung, wie oft ich in den letzten Tagen Ivan und sogar Danilo gefragt hatte, was hier lief, aber beide hatte gemeint, dass ich Mikhail persönlich darauf ansprechen musste, weil sie nicht riskieren wollten, einen Kopf kürzer gemacht zu werden. Einmal hatte ich mich sogar vor Viktorijas Zimmer wiedergefunden, um sie zur Rede zu stellen, aber sie hatte mir nicht einmal die Tür geöffnet. Stattdessen hatte sie mir hinter verschlossener Tür zugerufen, dass ich zurück ins Bett gehen und die Beine für meinen Zukünftigen breitmachen sollte, weil das alles war, was ich zu tun hatte. »Ich höre immer wieder, wie von irgendwelchen toten Männern gesprochen wird und von irgendwelchen Bränden, aber das meiste davon ergibt für mich keinen Sinn.«

»Hast du versucht, mit ihm darüber zu sprechen? Er will dich doch noch heiraten, oder? Dann solltest du das vielleicht mit ihm klären.« Ewa hatte sich nach vorn gelehnt und half Samuel den Turm mit den Bauklötzen zu erhöhen, als das Gebilde höher wurde als er selbst. Dennoch war es ihm noch nicht hoch genug, denn er legte Ewa immer mehr Bausteine in die Hand, die Ewa oben auf den Turm steckte.

»Ich habe es versucht, Ewa. Wirklich. Aber er weicht mir aus oder zieht meine Aufmerksamkeit auf ... andere Dinge.« Ich spürte, wie Blut in meine Wangen floss und ich errötete bei den Erinnerungen, die mich durchfluteten. Mikhail, wie er in der Dusche meine Brüste knetete, während er tief in mir kam. Ich, die auf allen Vieren auf dem Bett nach mehr bettelte, als Mikhail in mich stieß. Und wir beide zusammen, wie wir uns küssten und Mikhail langsam in mich eindrang. Der Sex mit ihm war umwerfend und es schien, als würde ihm immer wieder etwas Neues einfallen, um mich zu quälen. Vor ein paar Tagen hatte er herausgefunden, wie empfindlich ich hinter dem Ohr war, weshalb er mich bei jeder Gelegenheit an dieser Stelle küsste und mich damit zum Erzittern brachte.

»Wie sieht es denn an der Babyfront aus?«, erkundigte sich Ewa und eine weitere Erinnerung stieg in mir hoch. Diesmal von gestern Morgen, als ich auf der Toilette saß – den blauweißen Streifen in den Händen – und auf die zwei Linien darauf gestarrt hatte. Die Hand an meinem Unterleib begann leicht über meinen Bauch zu streichen und Ewas Pupillen weiteten sich überrascht, als sie die Geste bemerkte. »Leana? Oh mein Gott! Du bist schwanger«, mutmaßte sie und ein erfreutes Leuchten trat in ihre Augen, bevor Tränen in ihre Augen schossen und sie sich die Hände vor den Mund schlug, weil sie es nicht glauben konnte. Ich auch nicht. Die Vorstellung, dass ein kleines Kind in mir wuchs, war erstaunlich und gleichzeitig beängstigend. Mein Blick wanderte zu Samuel, der eigentlich gar kein Baby mehr war. Dennoch fragte ich mich, ob ich irgendwann auch mit meinem Kind auf dieser Decke sitzen und spielen würde.

»Ja«, hauchte ich und bemühte mich, die Ängste auszublenden, die mich in den vergangenen vierundzwanzig Stunden heimgesucht hatten. Panik vor Mikhails Reaktion, obwohl das lächerlich war. Aber auch berechtigte Ängste, wie die Furcht, dass dem Kind etwas zustoßen oder ich keine gute *Mat´* werden würde. »Ich weiß es seit gestern.«

»Hast du es ihm schon gesagt?« Ewa blickte wieder zu ihrem Sohn und grinste ihn breit an, als er den Turm erneut umstieß. Die oberen Bauklötze fielen zu Boden, doch die unteren blieben aufeinander. Tränen stiegen Samuel in die Augen und mit bebender Lippe sah er seine *Mat'* an. Seine Wangen verfärbten sich rot und Ewa reagierte sofort. Sie drückt ihrem Sohn einen Kuss auf den Kopf und warf mit der Hand auch noch die restlichen Steine um, was Samuel zum Lachen brachte.

»Wie denn? Er ist nie da und wenn, reden wir kaum über wichtige Dinge. Das ist ja keine Information, die ich ihm zwischen Tür und Angel geben möchte.« Zumindest war das eine perfekte Ausrede, um nicht mit ihm darüber reden und mir selbst vor Augen führen zu müssen, dass wir nur zusammen waren, damit er einen Erben haben konnte. Ein schmerzhafter Stich zog sich durch meinen Brustkorb. War ich wirklich so naiv? Was hatte ich denn erwartet? Dass wir uns ineinander verliebten und unser restliches Leben miteinander verbrachten?

»Dann sag es ihm jetzt. Jetzt sofort«, forderte Ewa, die meinen Worten genauso wenig zu glauben schien wie ich selbst. Natürlich nicht. Sie hatte im Club an der Bar gearbeitet und tagtäglich irgendwelche Versager bedient, die sich selbst belogen hatten, warum sie an diesem Abend wieder einmal nicht zu ihrer Frau und ihren drei Kindern nach Hause gehen konnten, weshalb sie stattdessen eine Nutte ficken mussten. Diese Typen hatten sich selbst belogen und ich tat nichts anderes. Mikhail hatte ein Recht darauf, es zu erfahren, richtig? Wie konnte ich von ihm verlangen, ehrlich zu mir zu sein, wenn ich es ihm gegenüber nicht war?

»Das geht nicht. Ich will ihn nicht stören und ...«

Immer weiter flüchtete ich mich in Ausreden, weil ich den Moment nicht erleben wollte, in dem Mikhail verkündete, dass wir nun nicht mehr miteinander schlafen mussten und ich somit aus seinen Räumen ausziehen konnte. Schon bei dem Gedanken drehte sich mir der Magen um und das Stechen in meiner Brust zog sich durch meinen ganzen Körper.

»Er ist der Vater deines Kindes! Wo ist er gerade?« Ewas Stimme wurde energischer und lauter. Fassungslosigkeit zeichnete sich auf ihrem Gesicht ab und sie betrachtete mich tadelnd. Samuel sah seine *Mat'* an, als glaube er, sie würde mit ihm schimpfen, aber als er erkannte, dass das nicht der Fall war, wandte er sich wieder seinen Bausteinen zu.

»Im Keller«, flüsterte ich und erneut drehte mein Magen eine Runde, als würde ich Loopings in der Luft schlagen. Übelkeit stieß in mir hoch. Der Keller. Das war das nächste, das mich ärgerte. Ich hatte keine Ahnung, was darin war und wann immer ich Mikhail darauf ansprach, meinte er, dass ich zu meiner eigenen Sicherheit nicht hinuntergehen sollte. Beim Garten hatte ich das verstanden, aber wer sollte hier einbrechen, um dann ausgerechnet im Keller zu warten? Niemand. Also musste es um etwas anderes gehen. Doch ich traute mich einfach nicht zur Holztür. Meine eigene Angst hielt mich jedes Mal davon ab. Nicht, weil ich mich davor fürchtete, was hinter der Tür verborgen war, sondern ich hatte Panik wegen Mikhails Reaktion, wenn er herausfinden würde, dass ich dort gewesen war.

»Dann geh zu ihm und verkünde die Nachricht! Genau deshalb hat er dich hergeholt. Er kann also nur positiv reagieren«, meinte Ewa, die meine Gedanken erahnen konnte und sah mich auffordernd an. Sie wollte, dass ich meinen Arsch hochbekam und für meine Zukunft kämpfte, und gern hätte ich das getan. Nichts lieber als das. Doch je länger ich hier war, desto mehr schlichen sich die Abläufe ein, die ich gelernt hatte, als ich zum letzten Mal mit einem Mann zusammengewohnt hatte. Ich hasste es. Jede Sekunde davon, aber der innere Drang, nichts zu tun, um Mikhail zu verärgern, war stärker als alles andere. Ich bemühte mich, dagegen zu kämpfen, aber mein Körper ließ mich einfach nicht. Fast, als würde er uns vor Schaden beschützen wollen, damit wir nie wieder Knochenbrüche, Blutergüsse und Schmerzen wegen eines Fehltritts bekamen.

»Ich …« Ich war schwach. Das wusste ich. Und dennoch fiel es mir unendlich schwer, diese Tatsache zu ändern. Ich wollte das Leben, das ich gerade führte, nicht wieder verlieren. Es war nicht leicht für mich zu verstehen wieso, aber ich war so glücklich wie nie zuvor. Sicher, es ärgerte mich, dass Mikhail Geheimnisse vor mir hatte, aber ansonsten lebte ich wie eine Königin, die von ihrem Ehemann verwöhnt wurde. Allein Ewas Aufenthalt zeigte das. Obwohl Mikhail viel um die Ohren hatte, sorgte er sich um mich. War das nicht mehr wert, als jede Liebeserklärung es sein könnte?

»Was? Seit wann spielst du die brave Hausfrau? Das ist nicht die Leana, die ich kenne.« Ewa verschränkte die Arme vor der Brust und zog die Augenbrauen zusammen. Ihr kleiner Ausbruch brachte Samuel zum Giggeln und er strahlte seine *Mat´* an, während er weiter einen Klotz auf den anderen setzte. Dabei schob er einen der Bausteine zu weit, sodass er auf der anderen Seite des Turms wieder hinunterfiel.

»Kirill hätte mich umgebracht, wenn ich gegen seine Regeln verstoßen hätte«, hauchte ich und erinnerte mich an das eine Mal zurück, als ich Fieber gehabt und deshalb mein Glas in die Spüle statt in den Geschirrspüler gestellt hatte. Noch bevor das Glas richtig stand, war es mir von Kirill aus der Hand gerissen worden und an meinem Hinterkopf gelandet. Noch Tage später hatte ich das Klirren gehört, das entstanden war, als das Glas splitterte. Scherben hatten meine Sicht eingeschränkt und kleine Schnitte hatten in meinem Gesicht gebrannt. Es war fürchterlich gewesen. Ein Albtraum, den ich nie wieder erleben wollte. Und das wusste Ewa. Sie kannte inzwischen jede einzelne Geschichte über meinen Ex, der laut Mikhail nicht mehr mein Ehemann war. Ich hatte keine Ahnung, wie genau Danilo und er es geschafft hatten, aber irgendwann hatte Mikhail mir erklärt, dass er mir eine neue Identität besorgt hätte und mein ganzes früheres Leben keine Rolle mehr spielte. Das war alles. Von einer Sekunde auf die andere war ich nicht mehr Leana Petrow gewesen, sondern einfach nur Leana mit einem falschen Nachnamen, den ich bis heute nicht kannte. Ein Leben ausgelöscht. Wegradiert. Aber die Erinnerungen verfolgten mich trotzdem noch.

»Er ist nicht Kirill«, gab Ewa zu bedenken und für eine Weile wurde es still, als meine Gedanken sich überschlugen. Das stimmte. Mikhail war ganz anders als Kirill. Dennoch verglich ich sie immer wieder. Vielleicht weil ich Angst hatte, dass irgendwann das böse Erwachen kommen und Mikhail sich in genau dasselbe Monster verwandeln würde. Ich schüttelte über mich selbst den Kopf. Obwohl Kirill nicht mehr Teil meiner Beziehung war, ließ ich zu, dass er es irgendwie doch war. Vielleicht sollte ich mich öfter fragen, was die alte Leana – die, die nicht von ihrem gewalttätigen Ex misshandelt worden war – getan hätte, statt darüber nachzudenken, was Kirill und vielleicht Mikhail mit mir tun würden, wenn ich mir einen Fehltritt leistete. Oder noch besser, ich musste eine neue Leana erfinden. Eine starke Leana. Wenn nicht jetzt, wann dann? Mein ganzes Leben vor Mikhail existierte nicht mehr, also konnte ich nun sein, wer immer ich wollte, oder nicht? Ich konnte eine *Mat'* sein und eine beste Freundin. Die Ehefrau von Mikhail und die Rivalin von Viktorija. Ich würde das schaffen, aber nicht, wenn ich weiter auf dieser Decke sitzen blieb und darauf wartete, dass Mikhail alles für mich entschied. Nein, ich musste selbst aktiv werden und das würde ich. Das hier war unser Baby und selbst wenn es das einzige war, das Mikhail von mir wollte, hätte ich dann wenigstens eine Antwort und könnte weitermachen, statt mich zu fragen, ob er mich mochte oder nicht.

»Das ist richtig. Danke, Ewa!« Nach gefühlt einer halben Ewigkeit seit dem Beginn meiner Überlegungen sprang ich auf, legte Ewa dankbar eine Hand auf die Schulter und strich Samuel mit der anderen zärtlich über den Kopf. Der Kleine reagierte nicht darauf, sondern spielte einfach weiter mit seinen Bausteinen. Ich lächelte. Als Kind musste das Leben wunderschön sein, wenn man so sehr geliebt wurde wie er und genau das wünschte ich mir für mein Baby auch.

»Immer, Süße«, versprach Ewa und schlug mir neckend gegen den Hintern, als wollte sie mich dazu bringen, schneller zu laufen. Also tat ich es. Mit einem letzten Blick auf Ewa und Samuel rannte ich vom Wohnzimmer in die Eingangshalle und zu der Holztür, die, wie ich wusste, eine Treppe in den Keller verbarg. Normalerweise war sie abgeschlossen, aber da Mikhail und Danilo unten waren, war sie nur zugemacht worden. Die Türklinke war eiskalt, als ich meine Finger darumlegte und sie hinunterdrückte. Sofort gab sie nach und die Tür schwang auf. Ein beißender Geruch wehte mir entgegen. Es roch nach Eisen und einer süßlichen Note, die ich noch nie zuvor wahrgenommen hatte. Der Gestank brannte in meiner Nase und kurz wankte ich in meiner Entscheidung. Sollte ich vielleicht doch zurückgehen? Jetzt konnte ich noch umkehren. Aber was würde Ewa sagen, wenn ich zurückkam, ohne dass Mikhail von dem Baby wusste? Und was würde ich von mir selbst halten, wenn ich aus Angst den Schwanz einzog? Also nahm ich all meinen

Mut zusammen und trat über die Schwelle auf die Treppe, wobei ich die Tür loslassen musste. Sie fiel hinter mir mit einem Knall ins Schloss. Dämmrige Dunkelheit umfing mich. Es war nicht so schlimm, dass ich nichts mehr sehen konnte, sodass ich Stufe für Stufe hinabschreiten konnte, ohne mir den Knöchel zu brechen, aber dunkel genug, dass ich die vielen Spinnweben nicht sehen konnte, die bestimmt in jeder Ecke zu finden waren. Mit jedem Schritt verstärkte sich der Gestank und mein Magen wollte rebellieren. Meine Übelkeit verstärkte sich und ich atmete hektisch durch den Mund statt durch die Nase, um nicht brechen zu müssen. Leider gewöhnte ich mich nicht an den Geruch, egal wie lange ich mich im Keller befand. Dennoch ging ich zielstrebig weiter. Einen Meter nach dem anderen, bis auf dem Gang die Silhouette einer Person auftauchte, die an die Wand gelehnt war. Zuerst erkannte ich sie nicht, aber je näher ich kam, desto klarer wurde die Gestalt, bis lange Haare auszumachen waren und eine Taille, die jedes Model neidisch gemacht hätte.

»Was willst du hier?«, fauchte Viktorija, als ich nah genug war, dass sie mich bemerkte. Sie stieß sich von der Wand ab und stellte sich breitbeinig in den Gang, um mir den Weg zu versperren. Sie stemmte die Hände in die Hüften und ihre Miene zierte eine neutrale Maske, auch wenn ich in ihrer Stimme ihre Wut hören konnte. Wann immer sie mit mir sprach, klang sie hasserfüllt und ich fragte mich wirklich, was sie gegen mich hatte. Wir kannten uns nicht einmal und trotzdem behandelte sich mich, als wäre ich schuld an allem, was in unserer Welt schieflief.

»Ich wollte zu Mikhail«, erklärte ich und verlangsamte meine Schritte nicht, als ich bei ihr ankam. Ich wollte einfach an der Seite an ihr vorbeischlüpfen und weitergehen, bis ich Mikhail fand. Doch daraus wurde nichts.

»Er ist beschäftigt.« Viktorija bewegte sich schnell und schnitt mir den Weg ab, sodass ich anhalten musste, um nicht in sie hineinzulaufen. Ihr blumiges Parfüm umhüllte mich und wirkte schrecklich deplatziert neben den anderen Düften. Genau wie der Rest von ihr nicht hierher zu gehören schien. Die hohen Absätze, das kurze Kleid, die voluminösen Haare – nichts davon sah aus, als würde sie gerade in einem stinkenden Keller arbeiten, sondern als wäre sie auf der Suche nach einem Aufriss. Es sollte mich nicht ärgern. Mikhail hatte immer wieder gesagt, dass er nichts von Viktorija wollte. Nicht mehr. Doch es war wahnsinnig schwierig für mich zu akzeptieren, dass sie in diesem Aufzug vor ihm herumtänzelte. Verdammt! Ich war eifersüchtig, weil sie bei allem dabei sein durfte, während ich Mikhail kaum zu Gesicht bekam. Deshalb würde ich mich auch nicht einfach so abwimmeln lassen.

»Es ist wichtig«, beharrte ich und schritt zur anderen Seite, um an ihr vorbeizugehen, doch wieder war Viktorija schneller und ließ mich nicht durch.

»Er will dich gerade nicht sehen. Geh wieder nach oben und warte! Ich werde ihm sagen, dass du ihn sprechen möchtest.« In Viktorijas Stimme mischte sich ein genervter Unterton und sie verdrehte die Augen. Sie versuchte gar nicht erst zu verstecken, wie genervt sie von mir war, was den Ärger in meinem Inneren weiter schürte. Ich hatte ihr verdammt noch mal nichts getan. Nie. Ich hatte immer versucht, nett zu ihr zu sein, weil ich mir vorstellen konnte, dass es auch für sie schwer sein musste, zu wissen, was Mikhail und ich trieben, wenn wir allein in seinem Zimmer waren. Aber irgendwann musste sie darüber hinwegkommen. Ich war bereits knapp zwei Monate hier und würde es die nächste Zeit mit Sicherheit auch bleiben.

»Wo ist dein Problem?«, fragte ich sie direkt und trat einen Schritt zurück, als mir klar wurde, dass ich sie nicht austricksen konnte, um an ihr vorbeizukommen. Sie wollte mich nicht zu Mikhail lassen? Schön, aber dann sollte sie mir erklären, warum, und ihre Eifersucht war meiner Meinung nach kein Grund. Genau wie ich mit meinen Gefühlen kämpfte, musste sie auch ihre Dämonen bezwingen, wenn wir friedlich zusammenleben wollten. Ich hatte keine Lust ewig im Haus herumzuschleichen aus Angst, ich könnte ihr begegnen. Ewa hatte recht. Ich musste die starke Frau werden, die in mir steckte, um neben Mikhail bestehen zu können und das könnte ich nicht, wenn ich es nicht einmal schaffte, mich gegen seine Ex zur Wehr zu setzen.

»Ich habe keines. Aber du wirst eines bekommen, wenn du den Flur entlanggehst«, prophezeite Viktorija und hob arrogant eine Augenbraue. Sie reckte das

Kinn. Mit aller Macht wollte sie mir zeigen, dass sie über mir stand. Und ich hatte es zugelassen, indem ich wochenlang akzeptiert hatte, wie sie sich mir gegenüber benahm. Doch damit war jetzt Schluss. Sie stand nicht über mir. Vielleicht hatte sie irgendwann geglaubt, meinen Platz zu bekommen, und sich so an den Gedanken gewöhnt, dass es schwierig für sie war, die neue Sachlage zu akzeptieren. Aber ich war nun die Herrin des Hauses. Nur noch eine Unterschrift trennte Mikhail und mich von der Ehe – egal, ob wir nun Gefühle füreinander hatten oder nicht. Und das machte mich indirekt zu ihrem Boss. Es wurde Zeit, dass sie mir den Respekt entgegenbrachte, den ich auch ihr gegenüber an den Tag legte.

»Ich kann nichts dafür«, zischte ich und spiegelte ihr Verhalten. Ich zog die Augenbraue hoch, stemmte die Hände in die Hüften und starrte sie an. Im ersten Moment geschah gar nichts, doch dann sah ich, wie Viktorija sichtlich schluckte.

»Was?«, fragte sie und ihre Stimme rutschte eine Oktave in die Höhe. Ihre Gesichtszüge entglitten und sie kniff die Augen zusammen. Unglaube mischte sich in ihre Miene, als meinte sie, sich verhört zu haben. Aber das hatte sie nicht. Es war nur die Wahrheit und ich wollte endlich, dass alle ehrlich zueinander waren. Alles andere verkomplizierte das Leben nur.

»Dass er dich nicht will. Dafür kann ich nichts. Wäre ich es nicht gewesen, wäre es eine andere Frau. Er hätte dich haben können und wollte dich nicht. Hol dir deinen Stolz zurück und hör auf, mich sinnlos zu hassen, nur weil ich ...« Ich stoppte. Die Worte kamen nur schwer über meine Lippen, aber es wurde Zeit, dass ich es mir eingestand. Ich hatte Gefühle für Mikhail und die würden nicht einfach vergehen, selbst wenn er sie nicht erwiderte. »... weil ich mich in meinen zukünftigen Ehemann verliebe.«

Viktorija verzog angewidert die Mundwinkel und in ihren Augen blitzte Überraschung auf, als hätte sie nicht erwartet, dass ich etwas für Mikhail empfinden würde. Traf sie das hart? Ich wusste es nicht. Ihr Gesichtsausdruck verriet es mir nicht und auch ihre Stimme klang wieder neutral, als sie antwortete. Sie hatte sich gut unter Kontrolle. Das musste ich ihr zugestehen. »Du hast keine Ahnung, wovon du redest. Ich wusste immer, dass zwischen uns nicht mehr war als Sex. Ich habe ihn nicht geliebt und das tue ich auch jetzt nicht. Ob ich mir gewünscht hätte, er hätte es anders beendet? Auf jeden Fall! Ich hatte mehr verdient als ausrangiert zu werden wie ein billiges Flittchen. Aber das hat keinen Einfluss auf meine Arbeit. Du darfst hier nicht durch. So lauten meine Befehle.« Viktorija straffte die Schultern und drückte den Rücken, um sich noch weiter aufzurichten.

»Du wirst mich zu ihm lassen. Sofort!« Die Wut in meinem Inneren verwandelte sich von einer kleinen Flamme zu einem Inferno. Sie hatte Befehle, mich hier nicht durchzulassen? Von wem? Von Mikhail? Das glaubte ich nicht. Wollte es zumindest nicht glauben. Die Erklärung, dass sie mich nicht durchließ, weil sie nicht wollte, dass ich zu Mikhail ging, war für mich viel angenehmer, auch wenn eine Stimme im hintersten Winkel meines Gehirns mir zuflüsterte, dass Viktorija die Wahrheit sagen könnte. Immerhin hatte Mikhail mir immer wieder eingetrichtert, dass ich mich vom Keller fernhalten sollte.

»Oder was?« Ich verlagerte mein Gewicht von einem Bein auf das andere und biss die Zähne zusammen, als die Wut durch meine Adern brannte. Ich wollte einfach zu Mikhail und ihm sagen, dass ich schwanger war. Und ich wollte wissen, was vor meiner Nase passierte, ohne dass ich es mitbekam. War das zu viel verlangt? Was konnte so schlimm sein, dass Mikhail alles tat, um es vor mir zu verheimlichen? Gab es noch weitere Frauen, die er geschwängert hatte und er versteckte sie vor mir? Zugegeben, das war eine lächerliche Vorstellung, aber langsam liefen meine Gedanken Amok und dachten sich Horrorszenarien aus, die mein Herz dazu brachten, schneller zu schlagen.

»Oder ich sorge dafür, dass du verschwindest. Ich hab genug davon, dass du halbnackt vor meinem Verlobten herumrennst«, zischte ich und besah ihr heutiges Outfit genauer. Das Kleid war in einem dunklen Rot und bildete einen starken Kontrast zu ihrem schwarzen Lippenstift und den dunklen Haaren. Es hätte wunderschön aussehen können, wenn die Seide nicht so durchsichtig gewesen wäre, dass die Tätowierungen auf ihrem Oberkörper durchschimmerten.

»Er würde mich nicht einfach wegschicken.« Selbstsicher grinste Viktorija mich an und es ärgerte mich, dass sie dachte, Mikhail würde emotional noch an ihr hängen. Würde er wirklich lieber auf mich verzichten als auf sie? Der Gedanke nagte an mir. Er biss sich fest und versetzte mich in die Zeit zurück, als ich mit vollbepackten Händen in Kirills Wohnung gekommen war, nur um zu sehen, dass er seine Sekretärin mir vorzog. Tränen bahnten sich einen Weg an die Oberfläche, doch ich blinzelte schnell und kämpfte dagegen an. Nein, Mikhail war nicht Kirill. Er hatte mich gewählt, obwohl er Viktorija hätte haben können. Das musste doch etwas bedeuten.

»Bist du dir da sicher? Ich denke nicht, dass er der Mutter seines Kindes einen Wunsch abschlagen wird, wenn es um so etwas Unbedeutendes wie dich geht.« Demonstrativ legte ich eine Hand auf meinen Bauch und streichelte darüber, um meine Worte zu unterstreichen und Viktorija klarzumachen, dass das Baby von Mikhail und mir nicht länger hypothetisch war. Nein, es gab dieses Kind und es würde nicht verschwinden, egal wie sehr sie das auch wollte.

»Du bist schwanger?« Das Grinsen auf Viktorijas Gesicht gefror. Ihr Blick wanderte zu meinen Fingern, die unaufhörlich über meinen Bauch glitten. Die Selbstsicherheit verschwand von ihren Zügen. Angst schimmerte in ihren Augen, als sie den Kopf wieder hob und mich ansah.

»Ja«, bestätigte ich und stoppte die Bewegung meiner Hand. Abwartend blickte ich Viktorija an in der Hoffnung, sie würde mich endlich weitergehen lassen, doch sie stand wie erstarrt in der Mitte des Gangs und bewegte sich nicht.

»Herzlichen Glückwunsch«, hauchte sie und ihre Stimme schwankte. Zuerst war sie tief, dann rutschte ihr Ton in die Höhe, nur um danach wieder rauer zu werden, als versuchte sie, Gefühle zu unterdrücken, die aus ihr herausplatzen wollten, aber kläglich scheiterte.

»Danke.« Ich setzte ein Lächeln auf und ging einen Schritt auf sie zu in der Annahme, sie würde mich nun zu Mikhail bringen, doch Viktorija streckte die Hand aus und hielt mich erneut auf. Ihre Augen glänzten gefährlich, doch die Maske auf ihrem Gesicht saß nach wenigen Sekunden wieder perfekt. Lernte man das bei der Mafia? Wenn ja, tat Viktorija mir wirklich leid. Es musste furchtbar sein, ständig die Kontrolle behalten zu müssen, obwohl man innerlich vor Schmerzen schrie.

»Du darfst trotzdem nicht zu ihm. Wenn du hier wartest, gehe ich ihn holen«, bestimmte Viktorija und irgendwas zerbrach bei ihren Worten in mir. Mein Geduldsfaden riss. Die Wut entlud sich mit einem Mal, als würde jemand Benzin in das Feuer schütten, das in mir loderte. Die Glut explodierte und die Flammen stiegen hoch in den Himmel.

»Nein! Was tut er da drin denn?«, schrie ich Viktorija an, die im ersten Augenblick geschockt zurückwich, aber sicher gleich auf Angriff gehen würde. Dabei richtete sich meine Wut nicht nur auf Viktorija, sondern auch auf Mikhail, Danilo, Ivan und alle anderen, die Geheimnisse vor mir hatten, obwohl Mikhail versprochen hatte, ehrlich zu mir zu sein.

»Gar nichts. Das geht dich nichts an.« Auch Viktorijas Stimme wurde lauter, bis jeder Ton an den Wänden widerhallte. Ihre Hände ballten sich zu Fäusten. Ein Zittern erfasste ihren Körper, als würde ihr plötzlich klar werden, wie kalt es in diesem Keller eigentlich war.

»Aber dich? Du bist nur die Exfreundin, die niemand will und die er nicht loswird, weil er Mitleid mit dir hat. Und ich übrigens auch. Muss scheiße sein, von allen im Gebäude gemieden zu werden. Jeder sucht schnell das Weite, wenn du den Raum betrittst. Danilo scheint nicht mal die gleiche Luft wie du atmen zu wollen und dennoch spazierst du durchs Haus, als wärst du hier zuhause und als würde alles dir gehören. Aber das tut es nicht. Du bist nur eine von vielen Exfreundinnen und ich werde mir von dir nicht das Leben schwermachen lassen«, wütete ich und bereute die Worte bereits, als sie noch nicht einmal meinen Mund verlassen hatten. Das war ... hart. Und ungerecht. Danilo und all die anderen hatten ebenfalls eine Mitschuld, wieso Viktorija sich immer wie ein Drache benahm und mit Feuer um sich spuckte. Weil jeder sie wie Dreck behandelte und aus ihr ein Objekt machte. Danilo hatte immerhin nie auch nur ein einziges nettes Wort für sie übriggehabt, sodass sie mit allem allein fertig werden musste. Doch ich konnte die Situation nicht mehr ertragen. Mir wurde alles zu viel. Der ewige Kampf gegen meine Gefühle, die Erinnerungen, die mich heimsuchten und die Anspannung, die im Anwesen herrschte, zerrten an meinen Nerven, bis ich nicht mehr anders konnte, als die angestauten Emotionen abzuladen.

Der Glanz verschwand aus Viktorijas Augen. Ihr Blick wurde leer. Ein kalter Ton lag in ihrer Stimme, doch sie senkte nicht den Kopf. Noch immer kämpfte sie. Bis zur letzten Sekunde. Obwohl meine Worte sie schlimm getroffen haben mussten. »Ich brauche sein Mitleid nicht und deines auch nicht. Geh, wenn du unbedingt willst. Ich halte dich nicht auf. Und wenn du schon dort bist, kannst du ihm ja sagen, dass er sich keine Sorgen zu machen braucht. Er wird mich los. Ich packe meine Sachen und bin weg, bevor die Sonne untergeht. Aber eines lass dir gesagt sein, Leana. Nichts ist so, wie du denkst und wenn ich die Möglichkeit gehabt hätte, wäre ich schon viel früher gegangen. Glaub mir, nichts wollte ich mehr. Doch man kriegt nicht immer, was man will und selbst wenn, ist es manchmal gar nicht so toll wie gedacht.« Viktorija stolzierte an mir vorbei, als sie ihre Ansprache beendet hatte und drehte sich nicht mehr um. Sie sah nicht zurück. Zielstrebig stöckelte sie auf den Ausgang zu und machte mir den Weg frei. Ich könnte zu Mikhail laufen, doch ich zögerte.

»Nein, Viktorija, so meinte ich das nicht. Ich ...« Ja, aber was meinte ich dann? Ich hatte sie verletzten wollen, ihr so wehtun, wie ihr unbegründeter Hass mich schmerzte. Mein schlechtes Gewissen setzte ein, während ich versuchte, ihre Worte zu verarbeiten. Doch sie ergaben für mich kaum einen Sinn. Was meinte sie? »Viktorija!«, rief ich ihr hinterher, aber sie war bereits bei der Treppe angekommen und drehte sich nicht mehr zu mir um. Sie reagierte nicht einmal auf mich. Als wäre ich Luft. Ich lief ein paar Schritte in ihre Richtung in der Hoffnung, sie würde mir dann erklären, was sie gemeint hatte, doch sie riss, als wäre jemand hinter ihr her, beinahe die Tür aus den Angeln und verschwand aus dem Keller. Die Tür fiel zurück ins Schloss und ich war allein. Wie betäubt blieb ich stehen und ließ die letzten Minuten Revue passieren, doch egal wie oft ich die Szene in meinem Kopf abspielte, ich wusste nicht, was ich tun sollte. Was war, wenn sie Mikhail doch wichtig war und nun meinetwegen verschwand? Was, wenn sie sich etwas antat oder auf der Straße landete, weil sie nirgendwohin konnte? Hatte ich gerade eine Frau zu einem Leben verdammt, vor dem ich immer davongelaufen war? Ich betete, dass es nicht so war. Und beschloss, dass ich Viktorija – egal, was ich von ihr hielt – nicht einfach so ziehen lassen konnte. Doch zuerst musste ich zu Mikhail und ihm erzählen, was passiert war. Er kannte Viktorija besser als ich und würde wissen, was er sagen musste, damit sie ihre Meinung änderte und ihren Stolz herunterschluckte, sodass sie blieb. »Mikhail?«, fragte ich in die Leere, drehte mich um und ging weiter den Gang entlang. Die Leuchte an der Decke begann unheilvoll zu flackern, während ich an den Kellerwänden nach einer Tür Ausschau hielt, aber meterlang erstreckte sich nur ein einziger Weg vor mir. Ich hatte keine Ahnung, wohin er führte, doch ich beschleunigte mein Tempo und raste den murmelnden Stimmen entgegen, die das Einzige waren, das ich hören konnte. Ich atmete schwer, je näher ich den Geräuschen kam. Irgendwer wimmerte. Dann schrie jemand. Ich zuckte zusammen. »Mikhail?«, fragte ich erneut und sah mich erschrocken um, als wieder ein Schrei ertönte. Meine Schritte verlangsamten sich, dafür erhöhte sich mein Blutdruck. Mein Herz begann schneller zu schlagen.

»Du sollst reden! Hast du nicht gehört?«, erklang Mikhails Stimme und ich folgte ihr, bis zu einer Tür, die fast am Ende des Ganges in die Mauer eingelassen war. Sie stand einen Spalt offen, sodass ich in den Raum sehen konnte, den ich nie wieder vergessen würde. Er war beinahe leer. Es war keine Waschküche, oder ein Fitnessraum wie man im Keller eines normalen Hauses erwarten würde. Nein, in der Mitte des Zimmers stand ein Stuhl aus Holz, auf dem ein Mann saß, den ich nicht kannte, und daneben war ein Tisch, auf dem Instrumente lagen, die mir durch diverse Horrorfilme bekannt vorkamen. Ich schluckte bei ihrem Anblick und mein Blick wanderte auf den Boden, auf dem eine große Plane aus Plastik lag. Wofür war dieser Raum? Zum Foltern und Töten, antwortete die kleine Stimme in meinem Kopf, die mir immer riet, vorsichtiger zu sein.

»Der ist so still wie eine Nonne beim Ficken. Ich denke nicht, dass er uns irgendwas sagen wird.« Danilo trat näher an den Mann auf dem Stuhl heran. Er hatte ein Messer in der Hand, dessen Klinge im künstlichen Licht aufblitzte, und er trug eine Schürze über seinem Anzug, die mehrere Flecken aufwies. Ich wollte gar nicht erst wissen, welche Flüssigkeiten auf dem Stoff klebten, doch wieder machte sich mein Gehirn selbstständig. Blut. Die rote Farbe war eindeutig Blut. Genauso wie die Pfütze aus Blut bestand, die sich unter dem Mann, der mit Kabelbindern an den Stuhl gebunden war, gebildet hatte. Der Unbekannte wimmerte. Bis auf seine Unterwäsche war er nackt. Seine Haut hatte dank der Kälte bereits einen bläulichen Stich, was zeigte, dass er schon sehr lange hier unten sein musste. Schnitte zierten sein Gesicht, das irgendwann attraktiv gewesen sein musste. Blut lief über seine Schläfe und tropfte aus einer Wunde oberhalb seines Brustmuskels. Aus jedem seiner Oberschenkel ragten Messergriffe und irgendjemand hatte sich die Mühe gemacht, Sicherheitsnadeln von seiner Schulter bis zu seinen Fingern in regelmäßigen Abstand in seinem Fleisch zu verteilen. Jede Bewegung musste unendliche Schmerzen verursachen und drückte weiteres Blut aus seinem Körper. Es war erschreckend und widerlich, doch gleichzeitig hatte der Anblick etwas Hypnotisches auf mich. Ich wollte wegsehen, konnte es aber nicht.

»Vielleicht braucht er einfach mehr Ansporn.« Mikhail trat neben Danilo und sah auf den Fremden hinab, der an seinen Fesseln zog, um sich zu befreien. Ohne Erfolg. Die Kabelbinder fraßen sich in seine Haut und rissen sie auf, sodass in kürzester Zeit seine Handgelenke zu bluten begannen. Panisch wand er sich unter Mikhails Blick und Angst schimmerte in seinen Augen, als Mikhail eine dünne Nadel ins Licht hielt. Der Unbekannte schrie auf, auch wenn ich nicht verstand, wieso er mehr Angst vor einer kleinen Nadel hatte als vor Danilos Messer. Doch es wurde mir schlagartig klar, als Mikhail sie dem Fremden ins Gesicht hielt und mit der Spitze auf sein Auge zielte. Ein Schauder durchlief mich. Er würde doch nicht ... oder doch? »Wer brennt mein Eigentum nieder?«

»Fick dich!«, schrie der Unbekannte und Tränen liefen ihm über die Wangen. Er spuckte Blut, das zum größten Teil an seinem Kinn entlang lief, doch ein paar Tropfen trafen Mikhails Gesicht.

»Du hast meine Frage nicht beantwortet.« Mikhail grinste und rammte die Nadel mit einer Bewegung in das Auge des Fremden, nur um sie dann wieder hinauszuziehen und die Nadel fallen zu lassen. Sie landete in der Blutpfütze auf dem Plastik. Ein qualvoller Schrei ertönte, der in meinem Trommelfell widerhallte. Ich biss mir auf die Unterlippe, um nicht ebenfalls zu kreischen. Der Unbekannte kämpfte mit den Schmerzen. Er warf seinen Kopf in alle Richtungen und presste die Augenlider zusammen. Dennoch vermischten sich seine Tränen mit Blut und die rosige Flüssigkeit lief über sein Gesicht. Seine Schreie verwandelten sich in Schluchzer. Sofort war mir klar, dass er auf einem Auge nie wieder etwas sehen würde und ich sah fassungslos zwischen Danilo und Mikhail hin und her. Was hatte dieser Mann getan, um das zu verdienen? Wieso quälten sie ihn so? Und wie konnte der Mann, der zärtlich meine Stirn küsste, dazu fähig sein, jemandem das Augenlicht für immer zu nehmen? Ich hatte schon gedacht, dass es in der *Bratwa* hart zuging und viele Menschen starben. Durch Kopfschüsse, Enthauptung oder indem ihnen jemand das Rückgrat durchtrennte. Kurz und schmerzlos. Aber das war etwas völlig anderes. Die Szenerie wirkte surreal auf mich. Wie aus einem Albtraum.

»Jetzt hast du noch die Chance, diese Scheiße zu überleben und für die Morosows zu arbeiten, aber wenn du nicht bald den Mund aufmachst, wirst du keine Zunge mehr haben, mit der du sprechen kannst.« Danilo griff nach einem der Messer, die im Oberschenkel des Fremden steckten und zog es rücksichtslos aus dem Fleisch. Wieder ein Schrei. Erneut zuckte ich zusammen. Mein Herz verkrampfte sich. Mikhail und Danilo waren brutal und unmenschlich. Sie gaben ihrem Opfer keine Zeit, um den Schmerz und den Schock zu verarbeiten, dass er ein Auge verloren hatte. Nein, sie machten einfach weiter. Der Fremde konnte sich kaum im Sitzen aufrechthalten. Sein Oberkörper fiel ein Stück nach vorne. Sein Kinn knallte auf seine Brust.

»Nein, bitte!«, ächzte er, als Danilo das nächste Messer umfasste. Doch statt auf den Unbekannten zu hören, riss er es heraus. Beide Messer warf er auf den Tisch zu den anderen Foltergeräten und drehte die Klinge, die übrigblieb in der Hand.

»Rede!« Danilo setzte das Messer am Ansatz des Schenkels seines Opfers an. Die Spitze bohrte sich in die Haut, die unter dem Druck nachgab. Wie viel Schmerz konnte der menschliche Körper ertragen, bevor er zusammenbrach? Ich wusste es nicht, hatte mich nie damit beschäftigt. Doch jetzt wünschte ich dem Fremden wirklich, er würde ohnmächtig werden. Doch dieses Glück war ihm nicht vergönnt. Egal, was er getan hatte, das wünschte ich nicht einmal meinem schlimmsten Feind.

»Nein!« Der Unbekannte holte zischend Luft. Er atmete heftig. Sein Gesicht war leichenblass. Schweißnass klebten ihm die dunklen Haare auf der Stirn. Seine Finger bohrten sich in die Lehne des Stuhls. Er kämpfte, aber es war aussichtslos. Lange würde er bestimmt nicht mehr durchhalten. Nicht, wenn er weiterhin so viel Blut verlor.

»Schön, dann eben nicht.« Danilo zuckte mit den Schultern, hob das Messer an und stach es in den Oberschenkel. Einmal. Zweimal. Dreimal. Viermal. Immer begleitet von den Schreien des Fremden. Doch das war Danilo noch nicht genug. Als die Klinge vollständig mit Blut getränkt war, ließ er sie im Fleisch stecken und griff neben sich auf den Tisch, um sich eine weitere Nadel zu schnappen.

Das gesunde Auge des Unbekannten weitete sich. Angsterfüllt starrte er auf Danilos Hand, die unaufhörlich näherkam. »Nein, nein, bitte! Die Rossijas! Die Rossijas brennen alles nieder, weil sie denken, ihr versteckt einen von ihnen bei euch«, schrie er panisch und drückte seinen Kopf so weit wie möglich nach hinten, bevor er gegen das Holz des Stuhls krachte. Sofort hielt Danilos Hand inne. Sein Blick glitt zu Mikhail, der die Augen zusammenkniff.

»Was? Die Rossijas sind tot. Sie starben vor zwei Jahrzehnten, nachdem sie ein Kind bekommen hatten, aber das Baby wurde nie gefunden.« Mikhails Stimme nahm einen grollenden Unterton an. Wut mischte sich in seine Töne, die verrieten, dass er kein Wort des Fremden glaubte. Daraufhin näherte sich Danilos Hand mit der Nadel wieder dem Auge des Unbekannten.

»Es war nicht *ein* Kind«, rief ihr Opfer ängstlich und ein weiterer Schwall Tränen lief über seine Wange. Grinsend hielt Danilo wieder inne. Er hatte sichtlich Spaß daran und plötzlich wurde aus dem sexistischen Spaßvogel, für den ich ihn gehalten hatte, ein Psycho. Wie konnte er daran Freude haben? Wenn es Teil seiner Arbeit war und irgendjemand den Job machen musste, weil sie dringend Informationen brauchten, würde ich es vielleicht noch irgendwie verstehen. Doch er ergötzte sich geradezu am Leid des Fremden.

»Was?« Nachdenklich runzelte Mikhail die Stirn und tauschte erneut einen Blick mit Danilo, als würden sie nur darüber miteinander kommunizieren können. »Sprich!«, forderte er nachdrücklich und Danilo ließ den Arm sinken, behielt jedoch die Nadel in der Hand.

Erleichtert entwich Luft den Lungen des Unbekannten und das Zittern, das seinen Körper erfasst hatte, ebbte ab. Der Zug um sein Kinn wurde hart. »Es waren zwei. Zwillinge. Und einer davon sucht jetzt seine andere Hälfte«, verriet er und spuckte wieder, als das Blut in seinem Mund zu viel wurde. Ob er Verletzungen an den Innenseiten der Wangen oder dem Zahnfleisch hatte? Das würde zumindest die blutverschmierte Zange und die Zähne erklären, die auf dem Tisch lagen, doch ich zwang mich, nicht genauer darüber nachzudenken.

»Das ist unmöglich. Der Arzt hat damals nur ein Kind entbunden«, verbesserte Danilo den Fremden, doch seine Stimme klang unsicher, als wüsste er es selbst nicht genau. Ich versuchte, mich an das Gespräch mit Mikhail an unserem ersten gemeinsamen Tag zurückzuerinnern. Er hatte mir von den Rossijas erzählt. Aber sagt er nicht, sie wären alle tot? Und selbst wenn nicht, wieso interessierte Mikhail sich nach so langer Zeit dafür? Konnte er einfach nicht damit abschließen, oder war er wirklich darüber besorgt, dass ihn irgendwann jemand aus heiterem Himmel angreifen würde, wenn er die Familie nicht bis auf den letzten Rest auslöschte? Aber hätten sie nicht schon angegriffen, wenn sie gewollt hätten? Niemand wartete eine halbe Ewigkeit, um seine Rache in die Tat umzusetzen. Richtig?

»Nein, hat er nicht. Es waren zwei. Tatjana Rossija wusste es vor der Geburt selbst nicht, aber sie trug zwei Kinder in sich. Durch den Krieg vermied sie es, Untersuchungen machen zu lassen. Das Risiko, das Haus zu verlassen, war ihr zu groß. Also erfuhren sie erst von dem zweiten Baby, als es das Licht der Welt erblickte. Sie hatten jedoch nur für ein Kind vorgesorgt. Der Plan war, die Kinder zusammen zu lassen, aber als während der Geburt plötzlich ein Angriff auf das Anwesen stattfand, ging alles rasend schnell und die Kinder wurden in unterschiedliche Autos verfrachtet. Eines kam am sicheren Ort wie geplant an, aber der andere Wagen hatte einen Unfall und als es auffiel, war das Kind bereits von den Behörden gefunden worden und kam ins Pflegesystem.« Der rasselnde Atem des Fremden sorgte dafür, dass er seine Erzählung mehrfach unterbrechen musste und immer wieder Blut spuckte, um Sauerstoff durch den Mund in seine Lungen zu ziehen. Seine Stimme klang angestrengt und versagte zwischendurch, sodass es ewig dauerte, bis er fertig war und am Ende kämpfte ich mit den Tränen. Hier ging es um Kinder. Unschuldige Wesen, die sich nicht ausgesucht hatten, in welche Familie sie hineingeboren wurden und dennoch hatte der Start ihres Lebens bereits in einem Krieg begonnen, in dem sie nicht mehr als ahnungslose Opfer waren. Mein Herz schmerzte, als ich daran dachte, dass einem der Kinder das Gleiche geblüht hatte wie mir. Auch mich fand man ausgesetzt in einem leerstehenden Wagen. Ungewollt und ungeliebt. Man hatte mich einfach zurückgelassen, ohne sich zu vergewissern, dass jemand mich finden würde. Aber ich hatte Glück im Unglück und landete im Heim. Wobei es mir falsch vorkam, dabei von *Glück* zu sprechen.

»Und das andere Baby?«, bohrte Danilo nach, der seltsam blass geworden war. Er drehte seinen Kopf in Mikhails Richtung, doch mein Verlobter hatte nur Aufmerksamkeit für den Fremden, der sich an seinem eigenen Blut verschluckte und hustete.

»Es landete bei Freunden der Rossijas. Dort lernte sie alles, was sie über die Mafia wissen musste«, ächzte er, als der Hustenanfall vorüber war. Sein gesundes Auge fiel zu und es dauerte, bis er es wieder öffnete. Müdigkeit mischte sich in seinen Blick. Die Erschöpfung machte sich langsam bemerkbar. Würde er je wieder aufwachen, wenn er jetzt einschlief? Ich bezweifelte es stark.

»Sie?«, hinterfragte Danilo und legte zwei Finger unter das Kinn des Fremden, damit er den Kopf wieder anhob. Doch sobald Danilo seine Hand wieder wegzog, fiel sein Schädel wieder in die ursprüngliche Position. Er hatte einfach nicht mehr die Kraft, das Gewicht tragen.

»Eine Frau. Ihr Name ist Katarina und sie wird nicht aufhören, bis sie ihren Zwilling gefunden hat.« Der Unbekannte hustete erneut. Immer mehr Blut lief über sein Kinn und tropfte auf seinen Hals, bis ich kaum noch seine blasse Haut erkennen konnte.

»Danilo! Es sollen mehr Männer an der Grundstücksgrenze patrouillieren. Wenn Leana eine wahnsinnige Schwester hat, die mich für das Unglück ihrer Familie verantwortlich macht, will ich nicht, dass sie Leana auch nur zu nahekommt.« Mikhails Stimme richtete sich an Danilo, der sofort reagierte und ein Telefon aus der Hosentasche zog, bevor er sich in eine der Ecken des Raumes zurückzog und mit irgendwem telefonierte. Vermutlich Ivan, oder jemandem, den ich noch nicht kannte. Aber es interessierte mich auch nicht. Es war mir egal und wenn er die Queen von England informierte, dass sie mehr Personal brauchten. Nichts davon hatte für mich eine Bedeutung, während Mikhails Worte in meinem Kopf sich in Dauerschleife wiederholten. *Wenn Leana eine wahnsinnige Schwester hat.* Eine Schwester. Wie kam er darauf, dass diese Katarina meine Schwester sein sollte? Ich war ein Einzelkind. Na ja, zumindest hatte ich das immer angenommen, sonst wäre ich doch mit den anderen ausgesetzt worden. Aber was, wenn ich gar nicht ausgesetzt worden war? Was, wenn meine Eltern mich eigentlich gewollt hatten? An dieses Szenario hatte ich nie gedacht. Bis jetzt. Konnte das wirklich sein?

»Leana? Der andere Zwilling ist also tatsächlich bei euch«, murmelte der Unbekannte und Rotz lief aus seiner Nase, als ein erneuter Hustenanfall seine Glieder schüttelte. Seine Worte drangen wie aus weiter Ferne zu mir, obwohl er nur wenige Meter entfernt war. Fast, als wollten meine Ohren mich davor beschützen zuzuhören. Doch der Schaden war bereits angerichtet. Die Stimme in meinem Kopf wurde überlaut und übertönte alles andere. Wenn Mikhail wusste, wer ich war, wieso hatte er dann nichts gesagt? Und warum lebte er mit einer Rossija unter einem Dach, wenn er sie doch so verachtete und hasste? Meine Hand wanderte an meinen Bauch. Deshalb sollte ich also die Mutter seines Kindes werden. Weil Erbrecht für die Mafia alles bedeutete. Tränen bildeten sich in meinen Augen und ließen meine

Sicht verschwimmen. Eine plötzliche Leere machte sich in mir breit. Mein Herz zog sich schmerzhaft zusammen, aber noch hatte ich die Realität nicht wirklich begriffen. Nur langsam tropfte die Erkenntnis in mein Hirn, dass alles eine Lüge war. Vom ersten Tag an hatte Mikhail mit mir gespielt. Deshalb war es so einfach für ihn gewesen, meine Identität verschwinden zu lassen und mir eine neue zu besorgen. Weil ich bereits ein anderer Mensch gewesen war. Immer schon.

»Natürlich, gab es dafür jemals Zweifel? Nur leider wirst du nicht mehr lange genug leben, um es jemandem zu erzählen.« Mikhail hob eine Waffe vom Tisch und drückte die Öse an die Stirn des Fremden, dessen Mund schockiert aufklappte. Mit letzter Kraft zerrte er an seinen Fesseln, doch weder Danilo noch Mikhail schienen Mitleid mit ihm zu haben.

»Nein, ich habe euch alles gesagt, was ich weiß. Bitte, ich ...« Noch bevor er den Satz beendet hatte, drückte Mikhail ab. Ein Schuss erklang. Eine Kugel löste sich aus dem Lauf der Waffe. Der Oberkörper des Mannes fiel nach vorn. Seine Finger wurden bewegungslos. Sein gesundes Auge starrte in meine Richtung, bevor es in seine Augenhöhle zurückrollte. Ein Schrei ertönte und es dauerte eine Weile, bis mir klar wurde, dass ich es war, die schrie. Die Übelkeit wurde überwältigend. Ich musste würgen.

»Leana!« Fragend drang Mikhails Stimme an mein Ohr, doch ich schaffte es nicht zu antworten. Eigentlich wollte ich nur weglaufen, doch meine Beine gehorchten mir nicht. Sie blieben wie angewurzelt stehen und ließen nicht zu, dass ich mich vom Fleck rührte.

»Oh mein Gott!« Ein Wimmern verließ meinen Mund. Ich hatte viel gesehen, während ich mit Kirill zusammen gewesen war, und auch das Leben auf der Straße war alles andere als leicht zu verdauen. Menschen starben an Unterkühlung, bei Schlägereien oder weil sie eine Überdosis nahmen. Es war also nicht die erste Leiche, die ich zu Gesicht bekam. Dennoch hatte ich so etwas noch nie erlebt. Diese Brutalität und die Art, wie die Leiche zugerichtet war, erschütterten mich. Dazu kam der Schock, der tief in meinen Knochen saß.

»Leana! Was machst du hier unten?« Mit wenigen Schritten war Mikhail bei der Tür und riss sie weiter auf, sodass er mich sehen konnte. Seine Kleidung war blutverschmiert und er hatte immer noch die Waffe in der Hand, die ich mit großen Augen anstarrte. Als er es bemerkte, ließ er sie fallen. Sie krachte mit einem lauten Knall auf den Boden. Instinktiv wich ich einen Schritt zurück und war froh, als meine Beine gehorchten.

»Ich bin schwanger«, rief ich das Erste, das mir in den Sinn kam. Ja, das war der Grund, weshalb ich ursprünglich hierhergekommen war. Doch mittlerweile beherrschten ganz andere Gedanken meinen Kopf. *Flieh!*, schrie alles in mir, doch mein Hirn brauchte ewig, bis es verstand, was ich tun sollte. Weglaufen. Weg von Mikhail.

»Was? Wirklich?« Freude breitete sich in Mikhails

Gesicht aus und er streckte eine Hand aus, um sie auf meinen Bauch zu legen. Wieder wich ich zurück. Ich wollte nicht, dass er mich berührte. Nicht jetzt. Am besten nie wieder. Wie konnte er mir das antun? Warum hatte er nie etwas gesagt? Wieso hatte er dafür gesorgt, dass ich mich in ihn verliebte, wenn am Ende nur der Tod auf mich wartete? Hätte er mich nicht in den Keller sperren, mich schwängern und umbringen können, wenn sein Erbe auf der Welt war? Warum diese Scharade?

»Ich ... Oh mein Gott.« Die erste Träne quoll über mein Lid und benetzte meine Wange. Mein Herz setzte einen Schlag aus. Und dann noch einen. Die Zeit schien für einen Augenblick stillzustehen, doch dann raste sie mit doppelter Geschwindigkeit weiter und ich rannte los. So schnell ich konnte, ließ ich Mikhail hinter mir und sprintete auf die Treppe zu.

»Nein, Leana! Warte!«, rief Mikhail mir hinterher, doch ich dachte gar nicht daran stehen zu bleiben. Meine Beine trugen mich den Flur entlang und jede einzelne Stufe hinauf. In meiner Seite begann es zu stechen und mein rasselnder Atem war vermutlich im ganzen Keller zu vernehmen, aber es interessierte mich nicht. Ich rannte und rannte, bis meine Unterschenkel brannten und die Kellertür hinter mir ins Schloss fiel, sodass Mikhails Schreie verschluckt wurden. »Leana!«

Mein Weg führte mich sofort zur großen Eingangstür, doch als ich sie aufziehen wollte, gab die Tür nicht nach. Sie war verschlossen. »Bitte, ich will hier raus, bitte!«, rief ich verzweifelt und riss an der Tür, aber sie öffnete sich einfach nicht. Immer mehr Tränen flossen über meine Wange. Wieder musste ich würgen.

»Leana? Stimmt etwas nicht? Eine halbnackte Frau ist weinend an mir vorbeigerannt und …« Hinter mir erklang wie aus dem Nichts Ewas Stimme. Meine Freundin stand im Türrahmen mit Samuel auf den Armen. Sie brach ab, als ihr Blick auf mein tränenüberströmtes Gesicht fiel. Ich schluchzte. Zeitgleich quietschte die Tür zum Keller. Mikhail. Fuck!

»Wohin ist sie gegangen?«, schrie ich Ewa an und betete, dass Mikhail ihr und Samuel nichts tun würde, nur weil sie meine Freundin war. Doch zu dritt wären wir zu langsam und tot war ich ihr auch keine Hilfe. Ich würde rennen, solange ich konnte und irgendjemanden auftreiben, der Ewa hier rausholen würde. Vielleicht Katarina – meine Schwester.

»Durch diese Tür.« Verwirrt zeigte Ewa auf eine kleine Glastür an der Seite und wollte auf mich zugehen, doch ich nutzte die Chance, lief auf den Ausgang zu und dankte Viktorija insgeheim dafür, dass sie mir einen Fluchtweg offengehalten hatte. »Wieso? Leana, was ist hier los?«

Gern hätte ich es Ewa erklärt, aber ich rannte einfach weiter. Über die Schwelle des Hauses, den Garten entlang und auf das schwarze Tor zu, das ebenfalls verschlossen war. Nein, nein, nein! Wieso! Schluchzend sah ich mich um, als Mikhails Stimme ertönte.

»Leana! Komm zurück!«, rief er und zeigte mir somit, wie nah er bereits war. Und ich hatte keine Möglichkeit hier rauszukommen. Zumindest dachte ich das, bis mir ein roter Schuh auffiel, der in der Wiese lag. Viktorija. Er musste ihr gehören. Panisch rannte ich darauf zu und daran vorbei zum nächsten Schuh, der näher an der Grundstücksumzäunung lag. Genau vor einem kleinen Tor, das sperrangelweit offenstand. Ein kleiner Dietrich steckte noch im Schloss. Erleichtert seufzte ich und sprintete weiter. Und ich kam wirklich an einer Straße an, bevor sich eine Hand um meinen Oberarm schlang. Mein Herz verlor seinen Rhythmus und stockte. Kälte erfasste mich und füllte die Leere in meinem Inneren. Ich versuchte, mich loszureißen, doch Mikhails Griff war zu stark. Was hatte ich auch erwartet? Dass ich wirklich schneller war als er? »Leana, es ist nicht so, wie du denkst«, beteuerte er und ich hätte ihm gern geglaubt. Aber die Fakten sprachen für sich, ob ich es wahrhaben wollte oder nicht.

»Also bin ich keine Rossija und du hast mich nicht nur wegen meines Namens ausgesucht?«, fragte ich und bemühte mich, meinen Arm aus seiner Umklammerung zu ziehen, doch egal wie sehr ich mich wand, er ließ mich nicht los. Im Gegenteil. Seine Finger schienen immer fester zu werden, bis sie sich in meine Haut bohrten.

»Zu Anfang ja, aber dann ...« Mikhail brach ab, als ich ihm mein Gesicht zuwandte. Konnte er den Schmerz erkennen, den ich fühlte? Oder wenigstens den Hass erahnen, den ich empfand? Schmerzhaft stach es in meiner Brust, weil ich nicht wusste, was ich denken sollte. Gern hätte ich ihm geglaubt, dass alles nur ein Missverständnis war und mich in seine Arme geworfen, weil ich schon jetzt Angst davor hatte, was ohne ihn aus mir werden würde. Doch mit ihm blieb mir nichts als der Tod, nicht wahr? Er hatte es von Anfang an so geplant. Niemals hätte er mich gehen lassen, sodass ich ein neues Leben anfangen hätte können.

»Was? Dann hast du erkannt, dass es mehr Spaß macht, mich zu ficken, als mich umzubringen?«, schrie ich und wusste nicht, ob ich froh sein sollte, dass die Straße verlassen war oder nicht. Sicher, so konnte Mikhail niemandem wehtun, aber es würde uns auch niemand sehen und mir zur Hilfe kommen. Ich war auf mich allein gestellt. So wie immer. Dabei hatte ich gedacht, dank Mikhail müsste ich nie wieder allein sein. »Ich habe doch nie jemandem etwas getan. Ich wusste gar nichts über die Mafia, bevor du in mein Leben getreten bist.« Ich schluchzte und wischte mir mit der freien Hand über die Wangen.

»Ich weiß, aber meine Stellung ...« Wieder brach Mikhail ab. Von der Freude im Keller war nichts auf seinem Gesicht übriggeblieben und auf seinen Zügen glaubte ich einen Bruchteil des Schmerzes zu erkennen, den ich fühlte. Hatte er ein Gewissen? Tat es ihm wenigstens ein bisschen leid?

»Deine Stellung? Was ist mit meinem Leben? Nicht, dass davor noch viel von meinem Leben übrig war, aber das wenige, das ich hatte, hast du mir auch noch weggenommen und wofür?« Ich leckte mir über die Lippen und schmeckte das Salz meiner Tränen. Gern wollte ich die Starke spielen und aufhören zu weinen, damit er sich nicht an meinem Geheule erfreuen konnte, aber ich schaffte es nicht. Es tat so weh. Hatte ich jemals solche Schmerzen empfunden? Ich konnte mich nicht erinnern.

»Ich brauchte einen Erben«, erklärte Mikhail mit ruhiger Stimme, obwohl ein aufgewühlter Ausdruck in seinen Augen lag. In den Augen, die ich lieben gelernt hatte. Verdammt! Ich war in ihn verliebt. Wieso suchte ich mir immer die falschen Männer aus?

»Mit mir? Einer Rossija. Schon klar.« Ich schnaubte und schniefte kurz darauf. Wenigstens ließ das Stechen in meiner Seite nach, doch noch immer atmete ich viel zu schnell. Mein Puls raste. Adrenalin zirkulierte durch meinen Kreislauf. »Ich habe Viktorija Unrecht getan, richtig? Ich dachte, sie wäre verrückt und bösartig, aber in Wahrheit war sie die Einzige, die wirklich ehrlich zu mir war. Sie hat mir ihren Hass wenigstens offen gezeigt, während du mir alles nur vorgespielt hast. Und das alles wegen eines Namens, mit dem ich nichts verbinde.« Ich schluchzte erneut. Nie hatte ich daran geglaubt, dass Namen Macht hatten. Egal, ob ich Rossija, Petrow oder anders hieß, es veränderte schließlich nicht, wer ich war. Ich wollte immer nur wissen, wer meine Familie war und erfahren, warum sie mich nicht gewollt hatte. Doch zum ersten Mal in meinem Leben wünschte ich mir tatsächlich, dass ich Leana Petrow wäre. Einfach nur irgendein Mädchen. Aber das war ich nicht. Nicht mehr.

»Ich hasse dich nicht«, flüsterte Mikhail und lockerte den Griff um meinen Oberarm ein wenig. Gerade genug, dass es nicht mehr schmerzte.

»Sondern?« Kämpferisch hob ich das Kinn und riss mich aus seiner Umklammerung. Diesmal schaffte ich es, doch meine zitternden Knie machten eine Flucht unmöglich.

»Ich habe mich in dich verliebt.« Mikhails Worte klangen ehrlich und trafen genau in mein schutzloses Herz. Was hätte ich dafür gegeben, sie gestern oder vorgestern oder am Tag zuvor zu hören? Damals, als ich ihm noch hätte glauben können? Doch nun bedeuteten sie gar nichts.

»Nein, hast du nicht. Wenn das die Wahrheit wäre, hättest du mir das nicht angetan. Du hättest es mir gesagt. Wir hätten darüber reden können.« Hätte, könnte, wäre gewesen. Alles gute Wörter, um zu beschreiben, dass etwas nicht so gelaufen war, wie man wollte und sich wünschte, dass es einen anderen Verlauf genommen hätte. Doch das änderte nichts daran, was geschehen war. Er hatte meinen Körper gekauft und ich hatte es zugelassen. Wie viel war ein Leben wert? Ich wusste es nicht. Im Moment kam es mir sehr wenig vor. Viel zu wenig. Der Schmerz jagte durch meine Brust und ich fühlte mich mutterseelenallein. Ich wünschte, ich hätte auf Viktorija gehört. Wäre ich nie in den Keller gegangen, wäre vieles anders gekommen. Vielleicht hätte ich dann in neun Monaten ein Kind geboren und danach hätte mich jemand, noch bevor die Nachgeburt aus meinem Körper war, erschossen. »Aber das war es dir nicht wert.« Ich war es ihm nicht wert gewesen. Hätte er mich wirklich umgebracht, obwohl ich nichts getan hatte? So wie den Mann im Keller? Die Ungewissheit nagte an mir und ich hasste mich selbst, dass jede Faser meines Körpers sich in seine Arme werfen und sich bei ihm ausheulen wollte.

»So ist das nicht, Leana. Ich habe nicht erwartet, dass du ... bist wie du bist.« Mikhail streckte die Hand nach mir aus und strich sanft eine Träne von meiner Wange, bevor ich es verhindern und zurückweichen konnte.

»Ach, und wie bin ich?« Ich schlug seine Hand weg und ging demonstrativ zwei Schritte zurück, sodass ich aus seiner Reichweite war.

»Großartig. Du bist die umwerfendste und schönste Frau, die mir je begegnet ist. Ich hatte erwartet, dass du sein würdest wie die Menschen, die dich gezeugt haben. Kalt, gefühllos und nur darauf bedacht, was ihnen einen Vorteil verschafft. Aber du warst von der ersten Sekunde das genaue Gegenteil. Du hast mich überrascht. Immer und immer wieder. Mit der Art, wie du gekämpft hast, um in dieser Welt zu bestehen, und dennoch dein Lachen nicht verloren hast.« Ein kleines Lächeln bildete sich auf Mikhails Gesicht, doch die Trauer in seinen Augen blieb. Selbst als hinter uns Schritte erklangen, versuchte er nicht, zu verstecken, dass mein Verhalten ihn traf. Nur langsam ließ er den ausgestreckten Arm sinken. »Komm mit mir nach Hause und lass uns in Ruhe darüber reden. Bitte. Meine Versprechen gelten immer noch. Wenn du nicht bleiben willst, nachdem das Baby auf der Welt ist, kannst du gehen und neu anfangen.«

»Neu anfangen? Ist das ein Synonym für den Tod?«, wollte ich wissen und fragte mich, ob er es bereute, mich ausgesucht zu haben, jetzt wo er wusste, dass ich eine Schwester hatte. Sie kannte die Mafia. Vielleicht wäre sie eine bessere Wahl gewesen. Sie hätte mit ihm verhandelt – auf Augenhöhe – während ich nur um mein Herz fürchtete.

»Ich werde dich nicht umbringen. Das verspreche ich dir.« Mikhail kam einen Schritt auf mich zu, doch ich wich wieder zurück. Schwerer Atem war zu vernehmen und er gehörte weder mir noch Mikhail. Irgendwo in einem Winkel meines Gehirns registrierte ich, dass Danilo zu uns getreten war, doch er blieb im respektvollen Abstand stehen, weshalb ich nicht darauf einging. Wieso auch? Es würde nichts bringen, ihn fortzuschicken. Sollte mich Mikhail mit Gewalt zurück zum Haus bringen wollen, bräuchte er Danilos Hilfe dafür nicht.

»Ich gehe nicht mit dir zurück! Ganz bestimmt nicht! Du hast mich belogen. Wieso sollte ich auch nur ein Wort aus deinem Mund glauben?« Und wer versicherte mir, dass er mich nicht wieder belügen würde? Ich konnte nun mal nicht ändern, wer meine Eltern waren. Das würde für immer zwischen uns stehen.

»Weil du das Gleiche empfindest wie ich bei dem Gedanken, von mir getrennt zu sein.« Mikhails Stimme wurde leise. Sein Blick brannte sich in meinen und ich unterdrückte ein Schluchzen. Nein, er hatte unrecht.

Ich glaubte nicht, dass er ebenfalls mit dem Gedanken spielte, dass sterben die bessere Option war, als ohne einander weiterzuleben. Doch genau das dachte ich. Ohne ihn war ich nicht glücklich gewesen. Keine Sekunde in meinem Leben und nun hatten sich auch meine Gefühle für ihn in etwas Schreckliches verwandelt. Ich hatte genug davon, unglücklich zu ein. Ständig. Zu jeder Tageszeit. Ich wollte es einfach nicht mehr.

»Ich empfinde gar nichts. Außer Wut und Trauer. Du hast meine Familie getötet wegen Geld und Macht.« Wie alt war er damals gewesen? Vierzehn? Fünfzehn? Selbst noch ein Kind und dennoch war er bereits ein Mörder gewesen. Zwanzig Jahre später hatte sich dieser Umstand nicht geändert.

»Sie hatten meine *Mat´* und meine Schwester auf dem Gewissen.« Flehend sah Mikhail mich an, als wünschte er, ich würde ihn verstehen, oder ihm zumindest verzeihen. Vielleicht könnte ich das sogar, wenn es nur um meine Eltern gegangen wäre. Sie waren schließlich gestorben, bevor ich überhaupt ein Erinnerungsvermögen gehabt hatte. Ich kannte Mikhail nicht und er mich nicht. Aber nun hatte sich die Sachlage geändert und er hörte dennoch nicht auf.

»Und jetzt willst du meine Schwester töten, bevor ich sie überhaupt kennenlernen kann«, warf ich ihm vor und versuchte zeitgleich, mir vorzustellen, wie es wäre, eine Schwester zu haben. Wie sie wohl aussah? Wir waren Zwillinge, also musste sie mir ähnlich sehen, selbst wenn wir zweieiig wären, richtig?

»Wenn es dir darum geht, lade ich sie gerne zu Kaffee und Kuchen ein, aber ich schätze mal nicht, dass sie ihre Waffen zuhause lassen wird.« Mikhail stieß ein Schnauben aus, das zwischen Verzweiflung, Belustigung und Wut schwankte. Als könnte er sich nicht entscheiden, was er fühlen sollte.

»Der Deal ist gestorben«, wisperte ich und wünschte mich zurück in Irinas Club. Hatte sie es gewusst? Wer ich war? Oder wurde es ihr erst klar, nachdem sie mir den Job angeboten hatte? Fragen über Fragen. Aber Ende machte es keinen Unterschied, wie die Antworten lauteten.

»Du bist bereits schwanger. Was willst du tun? Abtreiben, um ein Zeichen zu setzen?« Mikhails Stimme wurde lauter, bis er beinahe schrie. Ein klares Zeichen dafür, dass er das nicht zulassen würde. Und plötzlich wurde mir klar, dass mein Körper nicht mehr mir gehörte. Nicht, solange das Baby in mir war. Das Kind meines Feindes. Doch wollte ich es wirklich loswerden? Der kleine Zellhaufen hatte sich seine Eltern schließlich genauso wenig ausgesucht wie ich.

»Ich glaube, mir wird schlecht«, murmelte ich, als mein Magen sich erneut an diesem Tag drehte und diesmal konnte ich nicht verhindern, dass meine Magensäure sich einen Weg durch meine Speiseröhre suchte. Ich schmeckte Galle auf meiner Zunge und im nächsten Augenblick erbrach ich mich auf den Asphalt. Der beißende Geruch der Säure stieg mir in die Nase und brachte mich dazu, wieder zu würden. Noch mehr Flüssigkeit kam über meine Lippen. Mikhail wollte zu mir kommen, doch ich streckte verteidigend eine Hand in seine Richtung, um ihn zu stoppen und atmete durch die Nase, um die Übelkeit irgendwie zu bekämpfen. »Nein, komm nicht näher!«

»Bitte, Leana. Lass es mich erklären. Gib mir nur ein paar Minuten«, bettelte Mikhail und ging weiter auf mich zu, sodass ich nach hinten ausweichen musste. Mein Magen grummelte protestierend aufgrund der Bewegung, doch wenigstens verteilte ich nicht noch mehr Mageninhalt auf der Straße. Zitternd wischte ich mir mit dem Handrücken den Mund ab und richtete mich aus meiner gekrümmten Haltung auf.

»Wieso? Ach, richtig, du brauchst ja noch meine Unterschrift. Mein Fehler! Wo sind die Dokumente?« Auffordernd sah ich Danilo an, der tatsächlich ein paar Papiere in der Hand hielt. Er war immer auf alles vorbereitet. Resignierend schüttelte ich mit dem Kopf. Ganz der ergebene Diener. Würde er im Notfall auch meine Hand festhalten und mit ihr den Stift führen, damit ich unterschrieb?

»Danilo, das ist nicht der richtige Augenblick, um …«, widersprach Mikhail, wurde jedoch von meinem Blick zum Schweigen gebracht, als ich erhobenen Hauptes auf Danilo zuging, ihm den Stift aus der Hand riss und die Papiere an der markierten Stelle unterschrieb. Fertig. Jetzt war ich Leana Morosow, doch das änderte gar nichts. Ich blieb das kleine, ängstliche Mädchen, dem gerade das Herz gebrochen wurde.

»Hier. Jetzt sind wir offiziell verheiratet, wenn ihr die Dokumente beglaubigen lasst. Somit gehört ein Teil meines Erbes dir. Ich weiß, Scheiße, dass du es jetzt mit meiner Schwester teilen musst, aber vielleicht kann Danilo sie heiraten, dann habt ihr das Problem gelöst und ihr könnt für immer in eurer Macht schwelgen.« Ich drückte Danilo die Papiere wieder in die Hand und ließ den Stift achtlos auf den Boden fallen, bevor ich wieder Abstand zwischen ihn und mich brachte. Kurz verspürte ich sowas wie Triumph, als Mikhail mich sprachlos ansah. Doch der Moment währte nur kurz. Danilo ließ die Dokumente fallen, als hätte er sich daran verbrannt und zog blitzschnell seine Waffe, die er auf mich richtete. Scharf sog ich die Luft ein. Mein Blick wanderte ängstlich zu Mikhail, doch er starrte auf einen Punkt hinter mir.

»Ich denke eher, dass er nicht lange genug leben wird, um in irgendetwas zu schwelgen«, mischte sich eine weitere Stimme in die Unterhaltung ein und plötzlich spürte ich etwas Kaltes, das gegen meinen Hinterkopf gedrückt wurde. Es dauerte eine Weile, bis mir klar wurde, dass Danilos Waffe nicht auf mich, sondern den Mann hinter mir gerichtet war, der wiederum eine Pistole an meinen Kopf hielt.

»*Otez*«, zischte Mikhail und purer Hass wurde durch dieses eine Wort transportiert. Eine neue Welle Adrenalin jagte durch meinen Körper. Mein Herz schlug doppelt so schnell wie es sollte.

»Scheiße«, hauchte ich und schloss für einen Moment die Augen, denn mir wurde klar, dass alles, was folgen würde, meine verdammte Schuld war. Weil ich in meiner Panik nicht nachgedacht hatte. Ich war eine Rossija, ob ich wollte oder nicht. Das hieß, viele Menschen trachteten mir nach dem Leben. Hinter dem großen Tor mit Mikhails Männern, die patrouillierten, war ich sicher gewesen. Doch ich hatte diese Sicherheit aufgegeben, um vor dem Monster wegzulaufen, das sich im Inneren befand, ohne das Risiko abzuschätzen, dass draußen noch weitere Monster auf mich warten könnten. Ich war in mein Verderben gerannt. Und nun war es zu spät, um es zu ändern. Bei Mikhail hatte ich noch die Hoffnung gehabt, er würde mich doch irgendwie mögen und deshalb nicht umbringen. Aber bei seinem Erzeuger? Ein Schuss und mein Leben wäre vorbei – und das meines Kindes, das noch nicht einmal richtig begonnen hatte.

»Schön dich kennenzulernen, Schwiegertochter. Ich habe sehr lange auf diesen Tag gewartet, aber ehrlich gesagt habe ich nicht damit gerechnet, dass du dich uns so auf dem Silbertablett servierst.« Gelächter erklang hinter mir und ich spürte einen warmen Atem in meinem Nacken, der mich schaudern ließ. Eine Gänsehaut bildete sich auf meinem Körper. Rechts von mir, hinter einem Baum, bewegte sich etwas und kurz darauf kam ein weiterer Mann hervor. Hatten sie nur zufällig das Anwesen gestalkt oder hatten sie darauf gewartet, dass ich dumm genug sein würde, den sicheren Hafen zu verlassen? Ich wusste es nicht und es änderte auch nichts am Endergebnis.

»Nicht bewegen, Leana!«, befahl Mikhail, während er an seinen Rücken griff und eine Waffe hervorzog, die er auf den anderen Mann richtete, der grinsend zu mir schlenderte und breitbeinig neben mir stehenblieb. Er gehörte also zu Mikhails Dad. Fantastisch! Ich verdrehte die Augen und betete, dass nicht noch mehr Feinde plötzlich hinter irgendwelchen Sträuchern hervortreten würden. Zwei gegen zwei. Das war fair, oder nicht? Doch wirklich gerecht erschien es mir dennoch nicht, denn aus Gründen, die ich nicht kannte, schoss Mikhail seinem Erzeuger nicht gleich in den Schädel. Lag es daran, dass ich in der Schussbahn stand? Hatte er Angst, er könnte mich treffen? Oder war das nur Wunschdenken?

»Ich muss dir recht geben, mein Sohn. Sie ist wirklich eine Schönheit«, lobte sein *Otez* und griff nach einer meiner Strähnen. Er wickelte sie um seinen Finger und zog seine Hand dann zurück, sodass meine Haare sich kringelten. Mikhail hatte das oft getan, nachdem wir Sex gehabt hatten. Ich hatte es geliebt, weil es dafür sorgte, dass ich mich wie die schönste Frau auf der Welt fühlte. Doch jetzt hatte ich einfach nur Angst.

»Mikhail?«, flüsterte ich. Mein Körper bebte, obwohl ich mich bemühte, mich nicht zu bewegen. Aber die Panik, die mich gefangen hielt, kroch in jeden Millimeter meiner Zellen. Mein Fluchtinstinkt wollte mich dazu verleiten wegzurennen, doch ich wusste, dass das mein Todesurteil wäre. Also blieb ich stehen und musste hoffen, dass der Mann, der mich eigentlich ebenfalls tot sehen wollte, rettete, damit sein Erzeuger nicht gewann.

»Alles ist gut«, versicherte Mikhail mir, doch das Zittern in seiner Stimme machte klar, dass er selbst nicht an seine Worte glaubte. Und ich konnte ihn verstehen. Auch ich sah nicht, wie wir alle das hier lebend überstehen sollten. Keiner von uns hatte mit einem plötzlichen Angriff gerechnet, niemand von uns war vorbereitet. Wir alle waren zu sehr mit unserer Krise beschäftigt gewesen, als auf unsere Umgebung zu achten und das wurde uns nun zum Verhängnis.

»Nein, aber bald wird es das sein. Deine Regentschaft ist vorbei, Mikhail.« Sein Dad lachte laut auf und presste die Öse der Waffe fester an meinen Körper. Zeitgleich zog auch sein Lakai seine Pistole und richtete sie auf Danilo, der mich mit riesigen Augen betrachtete. Angst lag in seinem Blick und ... war das Mitleid? Tja, vielleicht hatte er irgendwo in seiner Brust doch ein Herz, auch wenn es offensichtlich nicht oft schlug.

»Ach ja, und was willst du machen? Mich erschießen? Viel Glück dabei. Du wärst gleich der Nächste mit einer Kugel im Kopf.« Mikhail deutete auf Danilo und ich musste meinem Ehemann recht geben. Wenn sein Dad auf ihn schoss, würde Danilo als nächstes eine Kugel abfeuern. Und dann würde der Unbekannte auf Danilo schießen. Am Ende würden also ich und der Fremde übrigbleiben. Kein besonders guter Ausgang. Aber was war die Alternative? Dass Mikhails Erzeuger auf mich schoss, er dafür von Mikhail getötet wurde und Danilo sich zeitgleich um den Unbekannten kümmerte. Das war doch akzeptabel, oder? Dann würden Danilo und Mikhail weiterleben und ich wäre tot, so wie sie es geplant hatten. Dann müsste Mikhail nur noch meinen Zwilling dazu bekommen, ein Kind mit ihm zu kriegen. Die *Bratwa* würde weiterbestehen und der Erhalt der Blutlinie wäre gesichert. Gern hätte ich mich für Mikhail darüber gefreut, doch der Gedanke, er würde ein anderes Kind mit einer anderen Frau bekommen, füllte die Leere in meinem Herzen mit Trauer. Ich schluchzte, doch niemand beachtete mich.

»Du wirst mir all meine Rechte zurückgeben, oder ich werde sie umbringen. Hier und jetzt«, drohte Mikhails Erzeuger und ich hörte ein leises Klicken, als er die Waffe entsicherte, sodass nur eine einzige Bewegung mit dem Finger zwischen mir und der Kugel stand.

»Was?« Mikhail legte ungläubig den Kopf schief. Sein Mund klappte auf. Ein fragender Ausdruck huschte über sein Gesicht, als hätte er nicht verstanden, was sein Dad gesagt hatte. Doch mir war sofort klar, vor welche Entscheidung er meinen Ehemann stellte. Die *Bratwa* oder ich. Die Stellung als *Don* oder unser Baby. Mikhails Leben oder meins.

»Mikhail?« Wieder entfuhr mir ein Schluchzen. Ich wusste bereits, dass ich die Wahl verloren hatte. Nichts war Mikhail wichtiger als seine Macht. Nicht einmal meine Gefühle. Dieses Wissen tat weh, aber was brachte es mir, mich weiter zu belügen und auf etwas zu hoffen, dass niemals passieren würde? Richtig! Gar nichts.

»Du hast gehört, was ich gesagt habe. Ihr Leben gegen den Titel als *Don* und wenn du sofort entscheidest, lasse ich dich dein Kind wenigstens ein einziges Mal sehen, bevor ich dich umbringe.« Die Stimme von Mikhails Erzeuger nahm einen bösartigen und schadenfrohen Unterton an. Er war sich sicher gewonnen zu haben und ich hätte auch um alles Geld der Welt gewettet, dass Mikhail nicht einmal darüber nachdenken musste. Doch ich hatte mich geirrt. Mikhail zögerte. Sein Blick wanderte zu mir. Stumm sah er mich an.

»*Don*, mach das ja nicht!«, rief Danilo, aber Mikhail reagierte nicht auf ihn. Er starrte mich einfach an und ein kleines Lächeln bildete sich auf seinen Lippen, obwohl es in seinen Augen gefährlich glänzte.

»Es wird alles gut, Leana«, versprach er mir und nickte langsam, bevor er seinen Erzeuger mit den Augen fixierte. »Du wirst ihr kein Haar krümmen? Selbst wenn ich tot bin?«

»Nein, Mikhail! Tu das nicht!«, schrie Danilo und sein Blick wanderte zwischen mir und Mikhail hin und her. Unentschlossen drehte er immer wieder den Kopf, als wüsste er selbst nicht, was er tun sollte. Er wollte die Mafia beschützen. Und seinen *Don*. Das war seine Aufgabe. Aber offensichtlich fiel es ihm auch nicht leicht, mich in den Tod zu schicken. Fast hätte ich bei dem Gedanken gelächelt, aber mir war eher zum Heulen zumute. Dachte Mikhail wirklich darüber nach, auf den Deal einzugehen? Was war, wenn sein Erzeuger sein Wort nicht hielt? Und selbst wenn, wollte er wirklich alles aufgeben, für das er gearbeitet hatte? Jeder Mord, jeder Verlust wäre umsonst gewesen. Die Arbeit von zwei Jahrzehnten wäre mit einer einzigen Unterschrift für immer zerstört. Als hätte er die Mafia niemals angeführt.

Mikhails Lächeln wurde breiter, während er seinen Kopf in Danilos Richtung drehte. »Was ist die Alternative? Nichts ist jemals so wichtig wie die Familie.« Und genau das war ich anscheinend für ihn. Familie. So, wie er mein Zuhause geworden war. Ich schniefte und sah hinab auf meine Hände, die meinen Bauch umschlungen hielten. Als wir uns für das Arrangement entschieden hatten, hatte niemand von uns gewusst, dass es dazu kommen würde, aber ich hatte Gefühle für ihn entwickelt. Und er anscheinend auch für mich. Keiner hatte sie gewollt, aber sie waren da und würden nicht einfach verschwinden.

»Was ist mit der *Bratwa*?«, fragte Danilo zweifelnd und trat einen Schritt auf Mikhail zu. Der Arm, in der er seine Waffe hielt, zitterte leicht. Er schwenkte die Pistole in seiner Hand und zielte weiterhin hinter mich. Doch nun wirkte er viel weniger bedrohlich auf mich, obwohl er immer noch die blutverschmierte Schürze trug.

»Ohne sie will ich die *Bratwa* nicht«, hauchte Mikhail und senkte seine Waffe. Er behielt sie zwar in den Fingern, um sie im Notfall doch benutzen zu können, doch er gab die Gegenwehr auf. Seine angespannten

Schultern sackten herab und er hob beschwichtigend seine freie Hand.

»Mikhail?« Wie ein Gebet kam sein Name aus meinem Mund. Viel zu leise, als dass mich jemand hören konnte, doch sie sahen die Tränen, die unentwegt über meine Wangen liefen. Das konnte nicht sein Ernst sein. Das durfte er nicht tun. Mein Kind sollte nicht ohne Dad aufwachsen und ich wollte nicht ohne ihn sein, wenn es auf die Welt kam. Eigentlich wollte ich gar nicht mehr ohne ihn sein. Ja, er war ein Monster. Ein viel Schlimmeres, als ich gedacht hatte und vielleicht würde mich das irgendwann umbringen. Aber nicht jetzt. Nicht heute. Und sein Erzeuger zeigte mir, dass es noch weitaus schlimmere Monster auf dieser Welt gab. Natürlich konnte ich ihm nicht sofort verzeihen, doch irgendwann bestimmt. Vorausgesetzt er lebte lange genug.

»Du kannst alles haben, was du willst, solange du sie gehen lässt.« Mikhails Stimme klang so endgültig, dass ich wusste, die Entscheidung war gefallen und das Herz aus Glas in mir, das ich mühsam über Jahre wieder zusammengebaut hatte, nachdem Kirill es zerstört hatte, zersplitterte in tausende Einzelteile. Die Scherben bohrten sich in meine Organe und ließen mich bluten, bis ich glaubte, vor Schmerzen das Bewusstsein zu verlieren.

»Sehr gut! Matteo!« Mikhails Erzeuger schnalzte mit der Zunge und kicherte wie ein Psychopath. Zeitgleich trat der Unbekannte, dessen Namen wohl Matteo war, vor und reichte Mikhail einen Stapel Dokumente. »Unterschreib! Dann lasse ich deine Schlampe gehen«, versprach Mikhails Dad und rief seinen Lakai zurück. Wieder reagierte Matteo sofort und trat an seinen ursprünglichen Platz, nachdem er Mikhail die Papiere übergeben hatte.

»Lass sie zuerst los! Und ich will, dass sie eine Waffe bekommt, damit niemand sie vom Gehen hindern kann, sobald ich unterschrieben habe«, forderte Mikhail und steckte seine Pistole ein, um besser unterschreiben zu können, da er sonst den Stift nicht hätte halten können, den Matteo ihm grinsend in die Hand gedrückt hatte.

»Mikhail! Nicht!«, brüllte Danilo erneut. Diesmal wütender, doch inzwischen erkannte ich, dass hinter dieser Wut weit mehr steckte. Angst. Verzweiflung. Trauer. Genau dasselbe, was auch ich empfand, als die Waffe an meinem Hinterkopf verschwand. Mikhails Erzeuger trat hinter mir hervor und hielt sie mir entgegen. Doch ich nahm sie nicht. Ich wollte das nicht und würde das Spiel sicher nicht mitspielen.

»Mikhail, du musst nicht ...«, begann ich zu protestieren und betrachtete den Mann neben mir genauer. Er sah Mikhail ähnlich. Die markante Gesichtsstruktur, das kantige Kinn und das dunkle Haar hatten sie gemeinsam. Aber Mikhail hatte hellere Augen und seine Züge waren weicher. Nicht so von Hass und Wut zerfressen.

»Es tut mir wirklich leid, Leana. Du hattest recht. Es gab eine Zeit, in der ich dich umbringen wollte, sobald wir ein Kind gehabt hätten. Aber es kommt mir vor, als wäre seitdem eine Ewigkeit vergangen und jetzt ertrage ich den Gedanken nicht, dass dir irgendjemand etwas antun könnte. Somit, ja, kann er die *Bratwa* haben. Doch bitte wirf mir nie wieder vor, ich würde dich hassen, denn das stimmt nicht.« Mikhail biss die Zähne zusammen und in seinem Blick lagen so viele Gefühle, dass es mir den Atem verschlug. Ich wollte ihm antworten, ihm sagen, dass es in Ordnung war, doch ich bekam keinen Ton heraus. Stattdessen versiegten meine Tränen und ich reckte kämpferisch das Kinn. Nein, es war noch nicht vorbei. Ich zog die Waffe aus den Händen von Mikhails Dad. Sie war entsichert, also musste ich nur noch schießen. Und das würde ich. Ich wartete nur noch auf den richtigen Augenblick. Kurz schaltete sich mein Gewissen ein und erinnerte mich daran, dass Mord strafbar und barbarisch war. Doch ich versuchte, gar nicht viel darüber nachzudenken. Jeder von uns hatte das Recht, seine Familie zu beschützen und genau das würde ich tun. Machte mich das zu einem schlechten Menschen? Wahrscheinlich. Aber ich war lieber ein böses Mädchen als ein Engel, der allein auf einer beschissenen Wolke saß.

»Herzallerliebst!« Mikhails Erzeuger täuschte ein Würgen vor und erntete dafür von Matteo ein Grölen. »Unterschreib endlich!«

»Ja.« Mikhail nickte und senkte den Kopf. Der Stift rutschte über das Papier. Matteo grinste siegessicher und Mikhails Dad lachte. Doch dieses Lachen blieb ihm gleich darauf im Hals stecken. Ich zielte. Ein

Schuss ertönte. Und dann noch einer, obwohl ich nur einmal geschossen hatte. Chaos brach aus. Schreie wurden laut, wobei ich wohl am lautesten schrie. Ein Körper schlug auf dem Asphalt auf und Schritte erklangen. Und dann wurde es mit einem Mal still. Der Geruch nach Schwarzpulver kroch mir in die Nase und teures, süßliches Parfüm.

ZEHN

MIKHAIL

Ich zuckte zusammen, als der erste Schuss sich aus Leanas Waffe löste und die Kugel an *Otez* vorbeiflog. Sie hatte noch nie mit einer Pistole geschossen. Wann auch? Somit war klar, dass sie nur mit viel Glück hätte treffen können. Aber das Leben meinte es nicht unbedingt gut mit uns. Umso überraschter war ich, als es ein zweites Mal knallte. Ich ließ den Kugelschreiber fallen. Mein Kopf schoss in die Höhe und ich erblickte eine dünne Silhouette, die sich halb hinter einem der Bäume versteckte, die überall an der Seite der Straße wuchsen. Eine Kugel flog auf *Otez* zu und verfehlte ihn nur knapp. Doch sie traf trotzdem. Das Projektil bohrte sich in die Schläfe von Matteo, der nur einen halben Meter von *Otez* entfernt stand. Der älteste Freund meines Erzeugers wurde sofort steif. Seine Augen wurden leer. Er fiel um wie ein Brett. Sein Kopf krachte auf die Straße. Blut floss aus dem Einschussloch und hinterließ in kürzester Zeit eine kleine Lache auf dem Asphalt.

»Fuck! Wer zum Teufel wagt es …«, schrie mein Erzeuger, legte eine Hand um Leanas Hals und zog ihren Körper an sich. Er riss ihr die Waffe aus den Fingern und richtete sie blitzschnell auf mich, während ich immer noch versuchte zu verarbeiten, was gerade passiert war. Leana hatte jemanden umbringen wollen. Für mich. So viel war klar. Und als sie es nicht geschafft hatte, hatte ihr jemand geholfen. Die dünne Gestalt löste sich vom Baum und trat näher auf uns zu. Ihre Füße waren nackt, liefen jedoch ohne Beschwerde über die kleinen Steinchen, die sich unweigerlich in ihre Fußsohlen drücken mussten.

»Waffe fallen lassen!«, befahl sie und richtete den Lauf einer kleinen 9mm auf *Otez*, der kurz aus der Fassung gebracht wurde und den Griff um Leanas Hals lockerte. Panisch schnappte meine Ehefrau nach Luft und wand sich in den Armen meines Erzeugers, doch sie schaffte es nicht, sich loszureißen.

»Viktorija?«, fragte Danilo ungläubig, als Vik so nah wie möglich an *Otez* herantrat. Dennoch hatte sie kein freies Schussfeld. Mein Erzeuger bemühte sich, Leana immer so zu platzieren, dass wir keine Möglichkeit hatten, ihn zu erschießen, ohne Leana zu verletzen. Dieser Bastard! Eine einzige Kugel wäre auch viel zu wenig für ihn. Wie konnte er es wagen, hierher zu kommen und meine Familie genau in dem Moment zu bedrohen, in dem sowieso schon alles zusammenbrach?

»Viktorija Chochlowa. Was für eine Ehre! Stehst du meinem Sohn immer noch zu Diensten? Ich dachte, er braucht dich jetzt nicht mehr, wo er diese zauberhafte Dame hat.« Mein Erzeuger lachte abfällig, weil er wusste, wie sehr seine Worte Viktorija treffen mussten. Doch Vik zuckte nicht einmal mit der Wimper, wofür ich größten Respekt empfand, auch wenn ich sie am liebsten umbringen wollte, weil sie ihren Posten verlassen und mich erst in diese Misere gebracht hatte. Sie hatte mich verraten und sie hatte fliehen wollen, obwohl ihr Leben mir gehörte. Auch wenn ich sie nicht so behandelte, war sie doch eine Sklavin der *Bratwa*, seit ihr Dad sie an uns verkauft hatte.

»Ich sagte, du sollst die Waffe fallen lassen!«, wiederholte Viktorija und ihre Augen verzogen sich zu Schlitzen. Entschlossenheit lag in ihrem Blick. Sie wollte ihn töten und das konnte ich gut nachvollziehen. Was ich jedoch nicht verstand war, weshalb sie nach all den Jahren versucht hatte, von mir wegzukommen und trotzdem wiederkam. Sie hätte einfach verschwinden und untertauchen können, doch stattdessen stand sie hier mit einer Waffe und kämpfte meine Schlacht, die ich beinahe verloren hatte. Aber ich hätte tatsächlich auf die Mafia verzichtet, wenn ich keine andere Wahl gehabt hätte. Leana war einfach zu wichtig. Nicht nur wegen ihrem Blut, immerhin gab es auch noch ihre Schwester. Sondern, weil sie zu mir gehörte. Weil sie meine Frau war und noch lange bleiben würde, wenn es nach mir ging.

»Weißt du, Leana, mein Sohn und ich haben den gleichen Geschmack, was Frauen betrifft – nur, dass ich sie deutlich jünger mag.« Viel jünger. Viktorija war damals noch ein Kind gewesen. Nicht einmal alt genug, um Schamhaare zu besitzen, aber das war ihm egal gewesen. Weil er ein Schwein war und kein Mann. Deshalb durfte er auch nicht die Mafia leiten. Ja, wir waren brutal, aber wir hatten Ehre und er nicht. Kleine Kinder gehörten nicht auf den Strich, Babys waren keine Ware und Ehefrauen von Verrätern waren kein Freiwild. Das war unser Kodex und ich setzte ihn mit starker Hand durch.

»Lass sie los! Ich werde es nicht noch einmal sagen. Waffe runter! Sofort!«, forderte Vik wieder und auch Danilo stieg nun über Matteo, um näher an Leana heranzukommen, doch solange die Waffe auf ihren Kopf gerichtet war, traute sich niemand wirklich auf *Otez* zu. Auch nicht als Schritte hinter uns ertönten und Ivan in Begleitung von Stefano und Dimitrij angerannt kam und wir damit deutlich in der Überzahl waren. Die drei blieben in wenigen Metern Entfernung stehen und richteten ihre Waffen auf *Otez,* der unbeeindruckt blieb und so tat, als wären sie gar nicht da.

»Du wirst nicht schießen, Chochlowa«, höhnte mein Erzeuger und grinste überlegen in Viktorijas Richtung. »Dazu fehlt dir der Mut. Die Angst, dass Mikhail dich verstoßen könnte, wenn der kleinen Leana etwas passiert, ist dir doch viel zu groß. Oder glaubst du, er würde dich nehmen, wenn sie nicht mehr da wäre? Du bist ein Niemand. Nutzlos. Du hast Glück, dass du Titten und einen geilen Arsch hast, denn ansonsten würdest du schon lange unter der Erde liegen. Warte nur ab, bis du älter wirst und deine

Schönheit welkt. Was denkst du, geschieht dann mit dir?«

Schuldbewusst wandte ich den Blick ab, sodass ich fast verpasst hätte, wie Viktorijas starre Maske verrutschte und Schmerz darunter hervorblitzte, bevor sie sich wieder unter Kontrolle hatte. Auch ich hatte mir diese Frage immer und immer wieder gestellt. Nicht unbedingt den Teil mit ihrer Schönheit, aber was aus ihr werden soll. Ich wusste, dass Leana und sie nicht gut miteinander auskamen, also hatte ich schon überlegt, wohin ich Viktorija abschieben sollte. Fuck, ich war ein Arschloch. Ich hätte ihr einfach anbieten können zu gehen und den Vertrag mit ihrem Dad für nichtig zu erklären. Stattdessen hatte ich Irina gefragt, ob sie Viktorija gebrauchen konnte. Scham stieg in mir hoch. Ich hatte mich Viktorija gegenüber schäbig verhalten. Nicht so wie mein Erzeuger, aber auf andere Weise. Und ich war wohl nicht der Einzige, den seine Schuld auffraß, denn auch Ivan und Dimitrij, die Vik immer wieder aufgezogen hatten, dass sie nichts anderes konnte, als die Beine breitzumachen, senkten den Kopf.

»Ich wollte immer nur frei sein und niemandem gehören, Wichser. Etwas, das du niemals zugelassen hättest. Du hast mich immer wieder daran erinnert, wo mein Platz ist. Anders als bei deinem Sohn. Dort durfte ich wählen, was ich tun und sein wollte, und ich habe entschieden, dass mein Platz an seiner Seite ist, damit ich jede Kugel abfangen kann, die in seine Richtung fliegt.« Stolz hob Viktorija weiter das Kinn und sorgte somit dafür, dass die gesamte Aufmerksamkeit meines Erzeugers auf ihr lag. Kluges Mädchen. *Otez'* Griff um Leanas Hals lockerte sich weiter, bis seine Finger gerade noch so auf ihrer Haut lagen. Leana hatte aufgehört sich zu bewegen, sodass er wahrscheinlich bereits vergessen hatte, dass er sie festhielt. Ängstlich sah meine Ehefrau mich an. Noch immer waren ihre Wangen gerötet und nass vom Weinen. Wünschte sie sich inzwischen ihren Ex zurück? Ich konnte mir nicht vorstellen, dass sie es bei ihm viel schlechter gehabt hatte. Oder war sie von ihm ebenfalls hintergangen, belogen und beinahe ermordet worden? Na ja, eigentlich schon.

»Dafür hat er Danilo«, widersprach mein Erzeuger, um Viktorija weiter zu kränken und ihr klarzumachen, dass sie nirgendwo einen Platz hatte, doch statt in Tränen auszubrechen, lachte Viktorija.

»Richtig, deshalb habe ich meine Meinung in den letzten Wochen geändert. Weißt du, warum es hilfreich ist, wenn niemand mit einem redet? Man kann ganz genau allen anderen zuhören. Deshalb weiß ich auch, dass du der kleinen Rossija gesteckt hast, welche Anwesen sie zerstören muss, um unsere Aufmerksamkeit zu erregen. Ich habe mir die Suchtrupps genauer angesehen. Mikhail und Danilo dachten wohl, es wäre klug, Männer zu nehmen, die schon sehr lange im Dienst der Morosows standen. Aber damit hatten sie unrecht. Denn darunter waren viele deiner Spitzel. Sie haben dich auf dem Laufenden darüber gehalten, was Mikhail plante. Über jeden seiner Züge warst du informiert, also wusstest du auch, dass es nicht mehr lange dauern würde, bis nichts mehr von den Immobilien der Morosows übrig bleibt. Also musstest du handeln. Sag, hat es dich Überwindung gekostet, einen deiner Männer zu Katarina zu schicken?« Viktorijas Stimme wurde noch kälter, bis sie klirrte wie zerbrechendes Eis. Viktorija schnaubte arrogant und trat noch einen Schritt näher, sodass sie nur die Hand ausstrecken müsste, um Leana zu berühren, doch stattdessen hielt sie *Otez* ihre Waffe vor die Nase. »Nur Scheiße, dass die Frau mehr Rückgrat hat, als du jemals besitzen wirst, richtig? Sie hat kein Interesse daran, mit jemandem zu arbeiten. Ihr Hass auf die Morosows ist riesig, also spielte sie vorerst mit und traf sich mit deinem Kontaktmann. Aber statt mit ihm Informationen auszutauschen, folterte sie ihn, bis sie alles wusste, was sie wissen musste. Das würde erklären, wieso eine der Leichen verstümmelt war. Danilo hat mir davon erzählt. Er dachte, es läge daran, dass der Mann viel näher an der Explosion war als die anderen. Aber das war nur die halbe Wahrheit. Oder? Wie lange hast du gebraucht, um zu bemerken, dass der Mann nicht wiederkommen würde?« Erneut lachte Viktorija auf, während Danilos und meine Augen immer größer wurden. Woher wusste sie das alles? Ungläubig starrte ich sie an, während sie eine Bombe nach der anderen platzen ließ und keinen Hehl daraus machte, dass vieles hätte vermieden werden können, wenn ihr irgendwer Gehör geschenkt hätte. Fuck. Für mich wurde auf jeden Fall klar, dass ich nicht zulassen würde, dass sie weiterhin nur Schwänze in der *Bratwa* lutschte. Wenn sie ohne Ressourcen all das herausfinden konnte, war ich gespannt darauf, was sie noch alles zustande bringen würde. »Du bist erbärmlich und sicher kein *Don*, denn ein richtiger *Don* hätte seinen Stolz hinuntergeschluckt und Mikhail gesagt, was Katarina tut, um die *Bratwa* zu beschützen. Aber das hast du nicht.« Zufriedenheit legte sich auf Viktorijas Züge, während sie sich über die trockenen Lippen leckte und zum ersten Mal sah ich über das sexy Outfit hinweg und erkannte die Frau, die Vik geworden war, obwohl wir alle ihr Steine in den Weg gelegt hatten. Während wir alle nur unseren Rachegelüsten hierhergejagt waren, hatte sie die *Bratwa* an die erste Stelle gesetzt, obwohl sie nicht einmal hineingeboren worden war. Sie hatte sich dafür entschieden, die Mafiafamilie über ihre eigenen Bedürfnisse zu stellen und hatte ein Auge auf Leana und ihre Schwester gehabt, lange bevor ich überhaupt von dem Zwilling gewusst hatte.

»Das Miststück hätte alles haben können, was sie wollte. Sie hätte nur mitspielen müssen«, zischte mein Erzeuger und sein Kopf begann, sich rot zu verfärben. Eine Ader trat an seiner Stirn hervor und seine Nasenflügel bebten vor Wut. Ob sie sich jedoch gegen Viktorija oder Katarina richtete, konnte ich nicht sagen. Vielleicht ein bisschen von beidem.

»Falsch. Du machst den gleichen Fehler wie dein Sohn. Du gehst davon aus, dass Katarina und Leana wie ihre Eltern sind, aber das ist nicht der Fall, nicht wahr? Katarina will einfach ihre Schwester finden und

Leana möchte ein glückliches Leben führen. Es geht ihnen nicht um die *Bratwa*. Das ging es nie. Ihr habt sie da mithineingezogen. Es ist ganz allein eure Schuld und nicht ihre. Und das ist der Grund, warum ich nicht mehr an der Seite deines Sohnes stehe, sondern an ihrer.« Viktorijas zeigte auf Leana und ihre Worte überraschten nicht nur mich. Auch Danilo und Leana sogen scharf die Luft ein und starrten Vik an wie ein Gespenst. Weil es absolut unerwartet kam und doch stand sie da und setzte sich für meine Frau ein, obwohl sie sie hassen sollte. Und das traf mich hart, weil ich es nicht so gesehen hatte. Ich hatte mich in meinen Plänen und meinem Hass auf die Rossijas verloren, sodass ich beinahe den Wald vor lauter Bäumen nicht gesehen hatte. Aber nun tat ich es. Leana war großartig und sie trug mein Kind in sich, das ich jetzt schon über alles liebte. Nicht, weil es mein Erbe sichern würde, oder von einer Rossija abstammte. Nein, weil es mein Baby mit Leana war. Der Frau, mit der ich mein Leben verbringen wollte.

Viktorija räusperte sich. »Also nimm deine Griffel von meiner Herrin oder ich sorge dafür, dass es das letzte Mal war, dass du deine Hände benutzen konntest!«, beendete sie ihren Vortrag und ihr Finger am Abzug zuckte gefährlich. Meine Muskeln spannten sich erwartungsvoll an und ich öffnete den Mund, um Vik zuzurufen, dass sie es nicht tun sollte, weil ich fürchtete, sie könnte Leana treffen. Aber ich wurde von *Otez* unterbrochen.

»Mein Bruder wird dich suchen und umbringen,

wenn du mich tötest«, schrie mein Erzeuger und machte einen entscheidenden Fehler. Er löste den Griff um Leana, stieß sie von sich und packte mit der freigewordenen Hand ebenfalls seine Waffe, um sie zu stabilisieren und zielsicherer auf Viktorija schießen zu können. Leana ließ sich auf den Boden fallen, damit *Otez* nicht wieder nach ihr greifen konnte. Ihre Knie schlugen hart auf dem Asphalt auf. Sie gab ein qualvolles Keuchen von sich, krabbelte aber ein Stück von meinem Erzeuger weg und rappelte sich auf. Sofort rannte sie in meine Richtung und damit aus der direkten Gefahrenzone. Ohne nachzudenken, lief ich ihr entgegen und legte schützend meine Arme um ihren bebenden Körper. Erleichterung überflutete mich. Ihr Duft nahm all meine Sinne ein und ich drückte sie so fest wie möglich an mich, um ihr schlagendes Herz klopfen zu hören. Sie lebte. Es ging ihr gut. Alles würde in Ordnung kommen. Erst jetzt merkte ich, wie viel Angst ich davor gehabt hatte, es könnte anders kommen.

»Wer hat gesagt, dass ich dich töte?«, erklang Viktorijas Stimme wie aus weiter Ferne, bevor *Otez* schießen konnte, und ich sah über Leanas Kopf hinweg, wie Vik die Waffe senkte und den Abzug betätigte. Eine Kugel löste sich und traf genau auf *Otez* Knie. Wieder knallte es und dann noch einmal. Viktorijas Lachen ertönte. Ein Schuss bohrte sich in das andere Bein und der letzte genau in den Bauch meines Erzeugers. Er riss die Augen auf. Sein weißes Hemd sog sich mit Blut voll. Seine Beine brachen unter ihm weg. Ihm fiel die Waffe aus der Hand und Danilo trat schnell vor und platzierte seinen Fuß darauf, damit *Otez* sie sich nicht wieder schnappen konnte.

»Du dämliches Miststück!«, rief mein Erzeuger und presste seine Hände gegen seinen Bauch, um die Blutung zu stoppen. Trotzdem quoll der rote Lebenssaft zwischen seinen Fingern hervor.

»Psychoschlampe ist das Wort, das du suchst«, verbesserte Viktorija ihn und brachte damit Leana zum Kichern. Es war nicht wirklich ein erfreutes oder belustigtes Lachen. Sie klang eher nervös und erleichtert, aber das reichte fürs Erste. Sie würde sich von dem Schock erholen. Zumindest hoffte ich das.

»Danilo! Nimm ihn mit und wirf ihn in irgendeine Zelle im Keller. Ich werde mich zu einem späteren Zeitpunkt um ihn kümmern.« Viel später. Von mir aus könnte er auch im Keller verrotten. Es gab Wichtigeres als ihn. Leana zum Beispiel. Ja, *Otez*, aber vor allem Vik hatten dafür gesorgt, dass ich unseren Streit nun in einem anderen Licht sah. Ich hatte viele Fehler gemacht. Der größte davon war, dass ich in Leana etwas sehen wollte, das sie nicht war. Ein Monster. Und dabei hatte ich mich selbst in eines verwandelt. Die Unterbrechung und die Angst hatten den Konflikt verschoben. Aber das beendete ihn nicht automatisch. Noch hatten wir keine Lösung für das Problem, auch wenn sie jetzt meine Frau war. Auf diese Art wollte ich nicht, dass wir zusammen waren. Ich wollte, dass aus den Gefühlen irgendwann Liebe wurde. Und wenn sie nicht daran glaubte, dass es funktionieren würde, dann bedeutete ihre Unterschrift auf der Hochzeitsurkunde gar nichts für mich.

»Sicher, *Don.*« Danilo kickte die Waffe unter seinen Füßen über die Straße und beugte sich hinunter, um die Handgelenke meines Erzeugers zu packen. *Otez* schrie auf, versuchte um sich zu schlagen und drohte Danilo, doch er war zu schwach, um sich wirklich zu wehren. Schon jetzt hatte er einen Teil seines Blutes eingebüßt und Danilo schleifte ihn nicht gerade zimperlich über den Asphalt. Dabei eilten ihm schon nach wenigen Metern Dimitrij und Stefano zur Hilfe, die *Otez* an den Beinen packten, damit er aufhörte, Danilo seine Arbeit zu erschweren.

»Ein guter Schuss«, lobte Leana Viktorija, als die Schreie meines Erzeugers kaum noch zu hören waren. Dabei drehte sie sich sanft in meiner Umarmung um, sodass ihr Hintern in meine Leiste gedrückt wurde. Ich nickte Ivan über ihren Kopf hinweg zu, der daraufhin die verstreuten Waffen einsammelte und ebenfalls zurück ins Anwesen ging. Ich wollte ihn nicht hierhaben, bis ich die Sache mit Vik geklärt hatte. Doch danach würde er mir Rede und Antwort stehen müssen. Als mein Sicherheitschef hätte er wissen müssen, dass *Otez* mich beschattet hatte. Das war ein Fehler, den er sich nicht hätte erlauben dürfen. Schon gar nicht, wenn meine Herrschaft so fragil war wie nie zuvor.

»Vielen Dank.« Viktorija nickte ihr höflich zu und lächelte sie an. Doch das Lächeln verschwand, als sie den Blick hob und in mein Gesicht sah.

»Du hast deinen Posten verlassen.« Meine Stimme

klang kühl und ich versuchte die Wut zu unterdrücken, die ich deshalb empfand. Ich hätte Leana verlieren können. Ihretwegen. Verstand sie das nicht? Sicher, sie hatte uns gerade mehr oder weniger gerettet, aber das alles wäre nicht nötig gewesen, wenn Leana nie in diesen Keller gegangen wäre.

»Ich ... Ja.« Niedergeschlagen senkte Viktorija den Blick und sah auf ihre nackten Zehen herab. Sie waren beschmutzt mit Erde und an der Seite prangte ein Kratzer, der blutete. Wie weit sie schon gewesen war, bevor sie umgedreht hatte, um wieder herzukommen?

»Du wolltest gehen?« Ich formulierte es als Frage, auch wenn ich die Antwort schon längst kannte und überlegte, was ich tun sollte. Als *Don* wäre es meine Aufgabe, sie zu bestrafen. Niemand durfte ungefragt seinen Posten verlassen. Aber als Freund sollte ich ihr danken.

»Ja.« Viktorija nickte und faltete die Hände hinter ihrem Rücken. Die Haltung gefiel mir nicht. Es ließ Viktorija wie eine Sklavin aussehen und das war sie nicht. Nicht in meinen Augen. Waren wir Freunde? Ich wusste es nicht. Ich war ihr *Don*, ihr Arbeitgeber. Zumindest bisher war das alles gewesen, was uns verband.

»Wieso bist du zurückgekommen?« Ich verfestigte meinen Griff um Leana und legte mein Kinn an ihrem Kopf ab. Dennoch war sie mir immer noch zu weit weg. Am liebsten hätte ich sie hier auf offener Straße gefickt, nur um in ihr sein zu können. Ich wollte mit ihr verschmelzen, um ganz sicher zu sein, dass sie unverletzt war. Auf ihren Schienbeinen waren Schürfwunden zu sehen, die leicht bluteten, aber ihr Herz schlug und nur darauf kam es an.

»Sie hatten ihren Wagen kurz hinter der Grundstücksgrenze geparkt«, erklärte Viktorija und blickte mich durch halbgeschlossene Augen an. Zögerlich hob sie den Kopf, als ihr klar wurde, dass ich sie nicht gleich erschießen würde. Wie auch? Dafür hätte ich Leana loslassen müssen und das kam nicht infrage.

»Du hättest trotzdem gehen können.« Und ich an ihrer Stelle hätte es vielleicht getan. Na ja, sogar ganz sicher. Sein eigenes Leben für andere zu riskieren, bedeutete eine Menge. Für mich hieß es, dass ich Viktorija ab jetzt uneingeschränkt vertrauen würde. Weil sie das Risiko auf sich genommen hatte, dass ich sie erschoss, nur um mir den Arsch zu retten. Und mein Herz. Mein Blick wanderte zu Leanas Hinterkopf.

»Ich hätte aber auch bleiben können. Sie wird Hilfe brauchen, sich in dieser Welt zurechtzufinden, wenn sie beschließt, deine Frau zu bleiben.« Auch Viktorijas Augen richteten sich auf Leana, die sich an meine Brust kuschelte, während ihr Atem sich langsam normalisierte.

»Wieso tust du das?«, fragte meine Frau und ich war ihr dankbar dafür, weil ich es selbst gern wissen würde. Ich hatte nie etwas für Viktorija getan. Wir waren im selben Alter, doch dass ich damals ein Kind gewesen war, war keine Entschuldigung dafür, dass ich ihr nicht gegen *Otez* geholfen hatte. Und als er endlich weg war und ihr Leid ein Ende hätte haben können, hatte ich sie ausgenutzt und nichts gesagt, als Danilo und alle anderen sie ebenfalls wie Dreck behandelten. Ich verdiente ihre Hilfe nicht. Genauso wenig wie ich Leanas Liebe verdiente.

»Weil ich wünschte, mir hätte damals jemand geholfen, mit allem zurechtzukommen.« Eine einsame Träne lief über Viktorijas Wange. Sie machte sich nicht die Mühe, sie wegzuwischen und setzte stattdessen ein tapferes Lächeln auf.

»Es tut mir leid, Vik.« Ich würde gern alles rückgängig machen, aber das konnte ich nicht. Aber ich konnte es zukünftig besser machen und das würde ich. Wenn sie mir noch eine Chance gab. Und hoffentlich Leana ebenfalls.

»Muss es nicht. All das hat mich stark gemacht und wir werden stark sein müssen, um die nächsten Monate zu überstehen.« Viktorija ging in die Knie und hob die Zettel auf, die mir aus der Hand gefallen waren, als die Schüsse ertönt waren. Angewidert betrachtete sie die Dokumente, richtete sich wieder auf und zerriss sie in der Mitte.

»Wovon redest du?« Verwirrt zog ich die Augenbrauen zusammen und versuchte, mir einen Reim auf ihre Worte zu machen, aber bevor ich darauf kam, was sie sagen wollte, setzte sie bereits zu einer Erläuterung an.

»Dein Onkel wird nicht einfach Däumchen drehen, wenn dein Erzeuger nicht zurückkommt. Er wird angreifen. Wir sollten ihm zuvorkommen.« Mit einem Grinsen im Gesicht warf sie die zerrissenen Blätter in die Luft, die sich durch den Wind überall auf der Straße verteilten. Erst dann lief sie hinüber zu den anderen Dokumenten. Meine Heiratsurkunde. Sie musste nur noch dem Standesamt übergeben werden und dann wäre es amtlich, immerhin hatte Danilo sich extra online registriert, um Trauungen durchführen zu dürfen. Ich erwartete, dass sie dasselbe mit dem Papier machen würde wie mit den Dokumenten von *Otez*, doch stattdessen drückte Viktorija sie schützend an ihre Brust.

»Was schlägst du vor?«, fragte ich Viktorija und setzte einen Kuss auf Leanas Scheitel. Sie ließ es zu, was ich als gutes Zeichen wertete. Vielleicht war noch nicht alles verloren.

»Ich denke, wir schicken ihm einfach einen seiner Männer in all seinen Einzelteilen. Fürs Erste.« Viktorija deutete auf Matteo, dessen Leiche etwas abseits lag, und stieß ein Lachen aus, in das ich miteinstimmte. Das war eine hervorragende Idee und es würde dafür sorgen, dass mein Onkel eine Zeit lang die Füße stillhielt aus Angst, wir könnten meinen Erzeuger töten.

»Kümmerst du dich darum?«

»Selbstverständlich. Ach, und ihr könnt euch Zeit lassen. Ich werde Ewa in der Zwischenzeit beruhigen. Ich denke, wir haben ihr einen ganz schönen Schrecken eingejagt.« Viktorija nickte mir zum Abschied zu, hob ihre Waffe vom Boden auf und ging in die gleiche Richtung, in die auch Danilo verschwunden war. Matteo ließ sie dabei einfach zurück, aber ich hatte keinen Zweifel daran, dass sie die Leiche im Laufe der nächsten Stunden holen würde. Vielleicht sogar mit Danilo, der es liebte, Körper zu zerlegen.

»Danke«, murmelte ich Viktorija zum Abschied hinterher und entschied, es dabei zu belassen. Manchmal war es besser ein Freund zu sein als ein *Don*. Ich würde lange daran arbeiten müssen, einen guten Mittelweg zu finden. Aber ich war zu allem bereit, wenn ich damit meine Familie beschützen konnte. Eine Familie zu der neben Danilo und Vik hoffentlich auch Leana noch gehörte.

ELF

LEANA

»Geht es dir gut?« Mikhails Frage überforderte mich genauso sehr wie die ganze Situation. Immer noch lag ich in seinen Armen und sah Viktorija hinterher, die es innerhalb von ein paar Minuten geschafft hatte, mein ganzes Weltbild schon wieder auf den Kopf zu stellen. Insgeheim hatte ich ihr immer gegrollt, weil sie sich benahm wie eine Hure und darauf auch noch stolz war, aber nun wusste ich, dass sie wirklich stolz auf sich sein konnte. Weil sie mehr war als ein Loch, das man ficken konnte und sie es nun allen bewiesen hatte. Und wenn sie das konnte, schaffte ich es auch, mir selbst zu zeigen, dass ich mehr war als Mikhails Hure. Ich war seine Frau. Und genau das wollte ich auch sein.

»Ich weiß es nicht«, antwortete ich ehrlich und dachte an die vergangene Stunde zurück, die mir vorkam wie ein Film, der an mir vorbeigezogen war, ohne dass ich wirklich wusste, was darin passierte. Im ersten Moment rannte ich noch vor dem Mann weg, der es geschafft hatte, Gefühle für mich zu wecken und im nächsten wollte ich auf einen Irren schießen, der genau diesen Mann – meinen – bedrohte. Wie hätte ich mich gefühlt, wenn ich wirklich getroffen hätte? Wenn Mikhails Erzeuger eine Kugel im Kopf gehabt und statt Matteo auf dem Asphalt gelandet wäre? Ich wusste es nicht und ich hoffte, auch nie herausfinden zu müssen, wie es wäre, wenn ich jemanden umbrachte. Doch ich würde es wieder versuchen, wenn jemand Mikhail oder meinem Kind etwas antun wollte. Und das sagte alles, oder nicht?

»Hast du Schmerzen?« Mikhails Hände fuhren über meine Arme, meinen Oberkörper und hinunter zu meinen Schenkeln, als würde er sichergehen wollen, dass ich nirgendwo verletzt war. Und das war ich auch nicht. Es sei denn mein zerschmettertes Herz zählte, dessen Splitter ich mühsam sortierte, um es irgendwann wieder zusammenzukleben.

»Nein«, hauchte ich und löste mich aus seinem Griff. Langsam brachte ich ein wenig Abstand zwischen uns und drehte mich um, sodass ich ihn ansehen konnte. Meine Knie zitterten. Die Beine fühlten sich an wie Wackelpudding. Sie bewegten sich unkontrolliert und ich hatte Angst, dass sie jeden Moment unter mir wegbrechen würden. Dennoch brauchte ich die Distanz zu ihm, um klarer denken zu können.

»Es ist alles gut«, versicherte Mikhail mir und diesmal hatte er recht. Ja, jetzt im Augenblick war alles gut, aber es würde immer jemanden geben, der mich tot sehen wollte. Oder mein Baby. Wollte ich das? War es mir das wert? Vor kurzem hätte ich nein gesagt, den Deal mit Mikhail gelöst und so schnell wie möglich das Weite gesucht. Aber er hätte alles für mich weggeschmissen. Sogar sein Leben, um mich zu beschützen. Und er würde es wieder tun. Allein der Gedanke, dass sein Erzeuger ihn hätte töten können, trieb mir wieder die Tränen in die Augen.

»Nein, gar nichts ist gut. Hätte Viktorija nicht ... Oh mein Gott.« Ich schniefte und schlug die Hände vor den Mund. Würde ich zukünftig immer wieder diese Angst fühlen müssen, Mikhail zu verlieren? Oder würde ich mich irgendwann daran gewöhnen?

»Beruhige dich, Leana! Es wird nie wieder vorkommen. Das verspreche ich dir. Ich werde Berge versetzen, wenn ich muss, um dich zu beschützen.« Mikhail streckte eine Hand nach mir aus und diesmal schlug ich sie nicht weg. Ich ließ zu, dass er seine Finger auf meine Schulter legte und sanft über meine Haut strich. Er klang überzeugt von seinen Worten und die Stimme in meinem Kopf, die noch vor gar nicht so langer Zeit laut protestiert hatte, als ich ihm glauben wollte, war verstummt. Seine Taten sprachen für ihn. Sagen konnte man viel, aber Mikhail hatte gezeigt, was er tun würde, damit ich in Sicherheit war.

»Du hättest alles aufgegeben? Einfach so?«, wollte ich wissen, weil ich es immer noch nicht glauben konnte. Er war so besessen von seinem Platz als *Don* gewesen und davon, mich zu töten und nun das. Er hatte sich verändert. Genau wie ich. Früher hätte ich behauptet, niemals jemandem mit Absicht ein Leid zuzufügen und dennoch hatte ich die Waffe in die Hand genommen und geschossen.

»Daran ist gar nichts einfach, *ángil*. Aber ich werde dich für nichts auf der Welt gefährden.« Nicht mehr. Ja, eventuell wollte er mich irgendwann umbringen, aber das war vorbei. Wieso sollte er mich retten, nur um mich dann selbst zu töten? Vielleicht musste ich aufhören, in der Vergangenheit zu leben und alles hinter mir lassen. Mikhails Geheimnisse vor mir, Kirills Misshandlungen und meinen Namen. Aber dann musste auch Mikhail seine Lügen zurücklassen und mit mir in eine neue Zukunft starten.

»Ich heiße jetzt Leana Rossija?«, fragte ich und staunte, wie leicht mir der Name von den Lippen ging. Es hörte sich eigenartig an, ungewohnt, aber nicht unbedingt schlecht. Wie der Titel eines alten Buches, den man vergessen hatte und an den man sich eines Tages plötzlich wieder erinnerte.

»Nein, Leana Morosow, wenn du das willst.«

Ja, das klang besser. Richtiger. Ich formte den Namen mit den Lippen und versuchte mich an den Gedanken zu gewöhnen, dass ich mich ab jetzt so vorstellen musste. Leana Morosow. Geborene Rossija.

Ich nickte langsam und zog die Augenbrauen nachdenklich zusammen, um mich an das Gespräch mit Mikhail von unserem ersten Abend zurückzuerinnern. Doch ich hatte mir nicht alles gemerkt. Ich dachte schließlich, es würde mich nicht persönlich betreffen. Aber das tat es jetzt. »Meine Eltern sind tot. Habe ich noch andere Verwandte?«

»Nur die Schwester, die anscheinend jetzt schon besessen von dir ist.« Mikhail verzog missbilligend den rechten Mundwinkel. Er sah es wohl nicht als glückliche Fügung des Schicksals an, mir doch noch eine Blutsverwandte zuzugestehen, doch ich freute mich darauf, Katarina kennenzulernen. Irgendwie.

»Wird sie es verstehen?« Meine Stimme wurde zu einem Flüstern. Würde ich es an ihrer Stelle? Vielleicht, vielleicht aber auch nicht. Tatsache war, dass sie anscheinend mehr über meinen Ehemann wusste als ich und darüber, was damals passiert war. Auch sie hatte unsere Eltern niemals kennengelernt, aber sie hatte vermutlich eine ganz andere Bindung zu ihnen, wenn sie vom Tag ihrer Geburt an wusste, dass sie eine Rossija war.

»Was?« Mikhails Hand wanderte zu meiner Wange. Sein Daumen zeichnete kleine Kreise auf meinen Kiefer und sein Blick wurde unendlich sanft.

»Dass ich mich in den Mörder meiner Familie verliebt habe?« Ein Schluchzen kam über meine Lippen. Würde sie mich hassen, ohne mich zu kennen? Ohne dass sie ahnte, wie es dazu gekommen war? Es war nicht so, dass ich mich dafür schämte. Denn das tat ich definitiv nicht. Aber es machte mir Sorgen, wie sie als Außenstehende darauf reagieren könnte.

»Wenn sie dir ähnlich ist, wird sie zumindest zuhören.« Mikhails Lippen verzogen sich zu einem Lächeln und sein Daumen wischte eine Träne weg, die über mein Lid kullerte. Ich bemühte mich, sie zurückzuhalten, aber die Emotionen überwältigten mich und die

Anspannung der vergangenen Stunde verflüchtigte sich. Erschöpfung trat an ihren Platz.

»Vielleicht können wir sie wirklich zu Kaffee und Kuchen einladen?«, scherzte ich, doch ein wenig wünschte ich mir, sie würde wirklich vorbeikommen, mit mir Tee trinken und wir könnten miteinander reden. Vielleicht würden wir es dann schaffen, die Familienfehde zwischen den Morosows und den Rossijas hinter uns zu lassen.

»Ich denke, es wäre klüger, Viktorija zu ihr zu schicken, um einen ersten Kontakt herzustellen«, erwiderte Mikhail ernst und ich trat näher auf ihn zu, weil er selbst hinter einem Scherz von mir erkannte, wie wichtig mir dieses Thema war.

»Und bis dahin?« Fragend sah ich ihn an und schmiegte meine Wange enger an seine Hand. Seine Haut war warm, während ich mittlerweile fror. Nicht mehr wegen der Kälte in meinem Inneren, sondern weil der Wind stärker wurde. Er wehte meine Haare in mein Gesicht und nahm mir so kurz die Sicht.

»Kommst du wieder mit mir nach Hause?« Unsicherheit mischte sich in Mikhails Stimme und zeigte, dass auch an ihm der heutige Tag nicht spurlos vorbeigegangen war. Er fürchtete sich davor, dass ich wieder verneinen und gehen würde. Mit seinem Herz und seinem Baby im Gepäck.

»Darf ich den Keller sehen?«, fragte ich, weil ich es nicht schaffen würde, bei ihm zu bleiben, wenn er mir weiter etwas vormachte, doch das hatte Mikhail offensichtlich gar nicht vor. Viktorija hatte recht. Die

Zeiten würden nicht immer einfach werden und ich wollte mich uneingeschränkt auf ihn verlassen können.

Lächelnd strich Mikhail mir eine Strähne aus dem Gesicht und steckte sie hinter mein Ohr. »Wenn du willst.«

»Nein, eigentlich nicht. Aber ich will auch nicht, dass du Dinge vor mir verheimlicht oder mich anlügst.« Ich konnte gut und gern darauf verzichten, diesen beschissenen Keller je wieder von innen zu sehen. Am liebsten wäre es mir, ich würde vergessen, was ich darin beobachtet hatte, doch noch immer sah ich, wie das gesunde Auge des Unbekannten nach hinten rollte, als er starb. Ich würgte und war froh, dass mein Magen immer noch leer war. Ja, ich würde mich definitiv vom Keller fernhalten.

»Ich habe diesen Fehler einmal gemacht. Er wird mir kein zweites Mal passieren. Das schwöre ich.« Mikhail legte seine Stirn an meine. Sein warmer Atem streifte mein Gesicht und ich wollte ihn küssen, doch es spukten Zweifel in meinem Kopf herum, die ich nicht loswurde. Außerdem musste ich mir dringend die Zähne putzen, bevor ich meine Lippen wieder auf seine presste.

»Gibt es noch etwas, das ich wissen muss?« Ich fürchtete mich vor der Antwort und neuen Überraschungen, aber wenn wir schon einmal alle Karten auf den Tisch legten und ehrlich zueinander waren, dann wollte ich alles wissen. Besser jetzt als später.

»Ja.« Mikhail hob seine Stirn von meiner und sah

mich an. Er lehnte sich leicht zurück und wollte die Hand von meiner Wange nehmen.

Schnell schnappte ich mir seine Finger und drückte sie an mein Gesicht zurück. Ich wollte, dass er mich weiter berührte, weil der Körperkontakt nicht nur mein Äußeres, sondern auch mein Inneres wärmte. »Was?«

»Die Ringe, die du so magst. Sie gehören mir nicht. Na ja, einer schon, aber der andere war im Besitz deiner Familie«, erzählte er und zog seine Hand unter meiner hervor. Ich ließ es geschehen, als mir klar wurde, dass er sich nicht von mir distanzieren, sondern mir einen besseren Blick auf die Ringe geben wollte. »Willst du ihn tragen?« Mikhail nahm den größeren der Schmuckstücke von seinem Mittelfinger und wollte ihn mir reichen. Der Ring der Rossijas. Hatte mein Dad ihn getragen, bevor er starb? Oder meine Mom? Ich hatte keine Ahnung. Ich wusste nur, dass ich ihn nicht tragen wollte. Weil ich keine richtige Rossija war und das Imperium, das sie aufgebaut hatten, die *Bratwa*, nicht mir gehörte. Nein, sie gehörte Mikhail, also war der Ring an seiner Hand gut aufgehoben. Ein Lächeln bildete sich auf meinen Lippen.

»Nein, ich will den anderen«, sagte ich, nahm den Ring entgegen und schob ihn wieder auf Mikhails Mittelfinger, bevor ich nach dem anderen griff und ihn vom Zeigefinger abzog.

»Was?« Verwirrt blickte Mikhail auf seine Hand, während ich den Ring der Morosows ebenfalls an meinen Mittelfinger steckte, weil er zu groß für alle anderen Finger war.

»Ich will den Ring deiner Familie und du behältst den von meiner«, erklärte ich, als Mikhail auch nach mehreren Sekunden immer noch seine Hand mit seinen Blicken durchbohrte.

»W-w-wieso?« Unverständnis lag in Mikhails Miene, doch sie löste sich Stück für Stück auf und machte einer Erkenntnis Platz. Wir gehörten zusammen. Ab jetzt waren wir ein Team.

»Weil wir jetzt eine Familie sind.«

»Wir bekommen ein Baby.« Freude mischte sich in Mikhails Stimme und eine Hand – die Hand mit meinem Familienring – wanderte zu meinem Bauch.

»Ja.« Ich nickte unter Tränen, doch diesmal waren es Tränen der Freude und nicht der Panik. Ich wollte dieses Baby. Früher hatte ich nie darüber nachgedacht, ein Kind zu bekommen, doch nun wo es in mir wuchs, konnte ich mir nichts Schöneres vorstellen. »Und du wirst nicht weggehen?«, fragte ich und musste ein Schluchzen unterdrücken, weil ich furchtbare Angst davor hatte, mich hierauf – auf eine Familie – einzulassen und am Ende wieder alles zu verlieren. Ich war mir nicht sicher, ob ich das überleben würde.

»Nein.« Mikhails Antwort kam sofort. Er musste nicht darüber nachdenken oder überlegen, welche Lüge sich am besten anhören würde. Nein, er sagte die Wahrheit. Ich glaubte fest daran. Und das war der Grund dafür, dass auch mein letzter Widerstand bröckelte.

»Gut«, hauchte ich und lächelte, als ich meine Arme um seinen Nacken legte und ihn enger an mich zog, bis meine Lippen über seinen schwebten. »Dann gehen wir jetzt nach Hause.« Es war ein einfacher Satz. Sechs Wörter, die im Grunde allein nichts aussagten, doch zusammen boten sie ein Versprechen auf eine gemeinsame Ewigkeit und obwohl ich Angst hatte, ließ ich mich diesmal nicht davon lenken, sondern begrüßte alle Stolpersteine, solange sie mich immer wieder zu meiner Familie zurückführten. Und ich dankte Gott im Stillen für den unglaublichsten Deal meines Lebens. Vielleicht machte mich das in den Augen von vielen immer noch zu einer Hure. Aber ich war glücklich, als Mikhail seinen Mund auf meine Wange drückte und das war alles, was zählte.

ZWÖLF

MIKHAIL

»Was willst du hier?« *Otez'* Stimme klang müde, als er nach einer schieren Ewigkeit bemerkte, dass ich in den Raum getreten war. Er saß zusammengekauert in der Ecke des Zimmers, in der der Geruch nach Pisse und Kotze am schlimmsten war. Seine Haare waren fettig und verfilzt. Schweißnass klebten sie an seinem ausgezehrten Gesicht. Die Wangen wirkten eingefallen. Er hatte seit Tagen nichts mehr gegessen und wie von mir verlangt, hatte Danilo vorgestern aufgehört, meinem Erzeuger Wasser in die Zelle zu bringen.

»Ich wohne hier, falls es dir entfallen sein sollte. Außerdem gehört jeder Ziegelstein in diesem alten Gemäuer mir.« Ich grinste beim Anblick des sonst so stolzen Mannes, wie er vor mir im Dreck kroch. Sein ganzer Körper war mit Schmutz überzogen und sein eigenes, getrocknetes Blut klebte an seiner Haut. Inzwischen musste es ihn überall jucken und die Schmerzen von den Schüssen ließen ihn bei jeder Bewegung keuchen. Sie hatten ihn zum Glück nicht umgebracht. Noch nicht. Die Wunden hatten sich entzündet und eiterten vor sich hin. Es war ein qualvolles, demütigendes Ende. Genau wie ich es mir gewünscht hatte. Aber dennoch reichte es mir nicht. Anfangs dachte ich, das würde es und ich hatte es die letzten zehn Tage genossen zu wissen, dass er litt, doch ich wollte mehr. Rache.

»Ja, noch.« *Otez* schnaubte und kroch auf mich zu. Vermutlich um mir den Hals umzudrehen. Doch die schwere Eisenfessel um seine Füße, die in der Wand eingelassen war, sorgte dafür, dass er nicht näherkommen konnte.

»Du kannst mir nichts mehr anhaben und auch dein Bruder wird daran scheitern, mich zu zerstören.« Ich verdrehte die Augen und dachte an das Paket, das Viktorija heute Morgen verschickt hatte. Sie hatte ihr Versprechen wahrgemacht und Matteo mit Danilo in alle Einzelteile zerlegt. Seitdem hatte sie jeden Tag ein Paket an meinen Onkel geschickt. Heute war Matteos Schwanz dran gewesen und morgen würde er Matteos Hoden dazu bekommen. Mein Lachen hallte an den Ziegelsteinen wider.

»Ich rede nicht von mir oder meinem Bruder. Du hast dein Todesurteil selbst unterschrieben, als du deine Schlampe geheiratet hast. Ihre Schwester ist euch auf den Fersen und Viktorija irrt sich, wenn sie glaubt, dass Katarina nicht scharf auf die *Bratwa* ist. Warum denkst du, will sie Leana finden? Weil ihr Familienbande so wichtig sind? Wieso hat sie dann nicht schon früher nach ihr gesucht? Nein, es geht ihr darum, dass sie ihre Macht nicht teilen muss – jetzt, wo Leana durch dich ein Teil der Mafia ist. Sie wird Leana umbringen, sobald sie die Chance dazu bekommt. Wenn du deinen Engel wirklich schützen willst, musst du dich mit allen verbünden, die …« *Otez* versuchte ein letztes Mal, mir weiszumachen, dass ich ihn brauchte und ihn deshalb nicht umbringen konnte. Aber das stimmte nicht. Ich hatte die Wachen an den Toren verdoppelt. Nur zur Sicherheit. Und ich ließ Leana nicht aus den Augen. Es würde alles gut werden.

»Hör auf! Ich bin es leid, deiner Stimme zuzuhören. Wie ich meine Frau beschütze, geht nur mich allein etwas an und dafür brauche ich bestimmt nicht deine Hilfe, oder die von irgendjemandem sonst«, schnauzte ich ihn an und umgriff das Glas in meiner Hand fester, um nicht die Beherrschung zu verlieren und ihn zu erwürgen.

»Du bist ein Narr!« *Otez* hustete, als er sich an seiner eigenen Spucke verschluckte, die sich inzwischen reichlich zähflüssig anfühlen musste. Der Gedanke hob meine Stimmung wieder ein bisschen und ich trat näher an ihn heran. Der Gestank wurde stärker und ich hielt den Atem an, weil es im ersten Augenblick unerträglich war. Mein Magen rebellierte und ich war froh, heute noch nichts gegessen zu haben.

»Ja, aber ich lebe noch und du wirst in wenigen Tagen tot sein.« Mein Grinsen wurde breiter und ich zog das Glas, das ich bisher hinter meinem Rücken versteckt hatte, hervor. Weiße Flüssigkeit schwamm darin. Milch. Frisch aus dem Kühlschrank. Na ja, gestern war sie zumindest frisch, als ich sie herausgenommen und ins Glas geschüttet hatte, um mehrere Blüten hineinzustecken und über Nacht einwirken zu lassen.

»Du wirst mich nicht umbringen«, behauptete *Otez*, doch jeder Blinde hätte die Angst in seinen Augen gesehen, als er mich von seiner Position auf dem Boden betrachtete.

»Stimmt, du wirst es selbst tun. Ich habe dir eine Kleinigkeit mitgebracht.« Schadenfroh stellte ich das Milchglas vor ihn, in dem immer noch der weiße Oleander steckte. Ob er *Mat*'s Lieblingsblume wiedererkannte? Wunderschön und absolut tödlich. »Ich hoffe, du genießt deine letzten Stunden auf Erden. Auf Nimmerwiedersehen!«, flüsterte ich unheilvoll, drehte mich um und ging zum Ausgang des Raums, ohne noch einmal zurückzublicken.

»Mikhail! Mikhail! Das kannst du nicht tun!«, schrie *Otez*, aber ich ignorierte es, schlug hinter mir die Tür zu und drehte den Schlüssel zweimal, sodass er nicht fliehen konnte, selbst wenn er sich von den Fesseln befreien würde.

»Soll ich dir Oropax besorgen?«, fragte ich scherzhaft und blickte auf Danilo, der gegenüber von der Tür Stellung bezogen hatte, um mir sofort Bescheid zu sagen, wenn mein Erzeuger das Zeitliche segnete.

»Nein, ich finde die Schreie sehr beruhigend.« Danilo lachte schallend und ich wusste, dass er die gleiche Befriedigung empfand wie ich, als er *Otez* flehen hörte.

Es klang wie ein Winseln und passte zu dem Tier, das er war.

»Gut zu wissen. Angenehme Nacht, Danilo.« Ich nickte ihm zum Abschied zu und ging bereits den langen Flur entlang, um wieder zu Leana zu gelangen, die in unserem Schlafzimmer auf mich wartete.

»Dir auch, *Don*«, ertönte Danilos Stimme hinter mir und der amüsierte Unterton verriet, dass er genau wusste, wo ich so schnell hinwollte. Aber es kümmerte mich nicht. Ich musste nicht der knallharte *Don* sein, wenn es um meine eigene Frau ging. Also sprintete ich die Treppen hoch, ließ den Keller hinter mir und lief weiter in die obere Etage, wo die Tür zu unserem Zimmer sperrangelweit offenstand.

»Alles in Ordnung?«, fragte Leana, als ich schwer atmend eintrat und die Tür hinter mir ins Schloss warf. Es knallte, doch es kümmerte mich nicht. Schnurstracks trat ich hinter Leana und legte meine Arme um ihre Hüften. Ihr warmer Körper schmiegte sich an meinen und ich seufzte erleichtert, als die Anspannung von mir abfiel. Das Thema Erzeuger konnte ich abhaken. Endlich.

»Du siehst fabelhaft aus«, murmelte ich und drückte meine Nase in ihr Haar, um den Gestank des Kellers darin loszuwerden. Ihre Strähnen kitzelten mein Gesicht und ihr Hintern drängte sich gegen meine Lenden, die zum Leben erwachten. Mein Blut sammelte sich in meinem Unterleib und mein Schwanz reagierte auf Leanas unwiderstehlichen Duft. Mein Glied zuckte und begann sich aufzustellen.

»Bald nicht mehr.« Leana kicherte und legte ihre Hände auf ihren Bauch. Zeitgleich betrachtete sie uns im Ganzkörperspiegel, den ich für sie im Schlafzimmer angebracht hatte, damit sie nicht immer ins Bad gehen musste, wenn sie aussuchte, was sie anziehen wollte.

»Du wirst für mich immer wunderschön aussehen«, säuselte ich und Leana legte ihren Köpf schief, um mir mehr Platz zu geben. Sofort nutzte ich die Gelegenheit und setzte eine Spur aus Küssen auf ihren Hals.

»Mikhail«, stöhnte Leana und schloss genüsslich die Augen. Ihr Körper erzitterte unter meinen Berührungen und ich ließ meine Hände über ihren Bauch hinunter zu ihren Schenkeln wandern. Sanft fuhr ich dabei unter ihr Kleid und brachte Leana zum Keuchen. Meinen Schwanz presste ich an ihren Hintern und begann, mich an ihr zu reiben. Ja, das war gut. Noch befriedigender, als meinen Erzeuger beim Sterben zuzusehen.

»Bist du müde?«, wollte ich wissen, weil sie seit dem Vorfall von Albträumen geplagt wurde und mehr als einmal nachts weinend in meinem Armen aufwachte. Es brach mir das Herz, das sie litt, aber langsam normalisierte sich der Alltag wieder und ich hoffte, es würde sich geben, wenn sie sah, dass sie hier sicher war. Bei mir.

»Nein.« Leana schlug die Augen auf und biss sich auf die Unterlippe. Erregung färbte ihre Wange in ein köstliches Rot und sie suchte meinen Blick. Ihr Puls beschleunigte sich. Ich konnte es durch ihre Haut fühlen und setzte einen weiteren Kuss aus ihren Hals, bevor über ihre Halsschlagader leckte.

»Gut.« Ich lächelte sie diabolisch durch den Spiegel an und schob den Unterrock ihres Kleides weiter nach oben, bis ihr schwarzer String zum Vorschein kam. Wir hatten noch keinen Sex gehabt, seit der Spiegel aufgehängt worden war und ich war schon gespannt, wie es sein würde, doppelt sehen zu können, wie sie vor Lust schrie. In wenigen Minuten würde ich es wissen. Ich packte ihren String, schob meine Finger sanft darunter und streichelte die Haut, die dadurch freigelegt wurde. Sie war zart und unendlich weich. Zeitgleich küsste ich weiter ihren Hals und lehnte mich nach vorn, sodass Leana gegen den Spiegel gepresst wurde. Sie erschauderte. Ihre Augen begann zu leuchten und sie verschränkte ihre Hand mit meiner, sodass unsere Ringe sich berührten. Wir gehörten zusammen, waren eine Einheit. Von jetzt an bis unsere Herzen nicht mehr schlugen.

»Ich liebe deinen Körper«, raunte ich ihr zu und stoppte meine Streicheleinheiten auf ihrer Haut. Gern hätte ich mir viel Zeit gelassen, jeden Millimeter von Leana zu liebkosen und sie in den Wahnsinn getrieben, aber ich selbst hatte das Gefühl, jeden Moment den Verstand zu verlieren, wenn ich nicht endlich in ihr sein durfte. Das letzte Mal war schon wieder viel zu lang her und meine Hose spannte unangenehm um meinen harten Schaft. Ich rückte ein Stück von Leana ab, nahm meine Hände von ihr und öffnete in Windeseile meine Hose, um sie samt Boxershorts von meinen

Hüften zu schieben. Der Stoff landete an meinen Knöcheln und während ich ihn von meinen Füßen trat, drückte ich mich wieder an Leana. Wie von selbst fanden meine Finger erneut unter ihren Rock und zu ihrem Slip, den ich mit einer einzigen Handbewegung zerstörte. Ein Reißen war zu hören. Leana japste überrascht auf. Ihr Laut jagte durch meinen Körper und schien in meinen Lenden zu explodieren. Mein Puls beschleunigte sich. Ich keuchte erregt. Es grenzte fast an ein Wunder, dass sie immer noch auf jede Berührung so unverfälscht und unschuldig reagierte. Doch sie ließ genüsslich den Kopf in den Nacken fallen und stöhnte auf, als mein nackter Schwanz sich gegen ihren Arsch drückte.

»Mikhail«, rief sie atemlos und stützte sich mit den Händen auf dem Spiegel ab, durch den ich jede ihrer Reaktionen sehen konnte. Selbst das kleinste Heben ihrer Mundwinkel, das mir zeigte, wie sehr ihr gefiel, was ich mit ihr tat, weshalb ich mich nicht zurückhielt und nach dem Saum ihres Kleides griff.

»Heb die Arme!«, befahl ich und Leana kam meiner Anordnung sofort nach. Ihre Finger lösten sich vom Spiegel und sie streckte sie nach oben, sodass ich ihr das Kleid über den Kopf ziehen konnte. Achtlos schmiss ich den Stoff beiseite, der in irgendeiner Ecke landete. Der Anblick, der mir sich daraufhin bot, ließ meinen Atem stocken. Leanas Titten waren im Spiegel zu sehen, während ich gleichzeitig weiterhin ihren wohlgeformten Arsch bewundern konnte. Ihre Brustwarzen stellten sich verlangend auf und bettelten nach

Aufmerksamkeit. Es war mir vorher nicht aufgefallen, dass sie unter dem Kleid keinen BH trug, aber nun war ich froh, dass sie keinen anhatte. Es war eine Barriere weniger, die ich entfernen musste, um ihr nah zu sein. Gierig strich ich mit den Händen über ihre Hüften, packte ihr Becken und zog sie an mich heran, bis ihr Arsch sich gegen meine Leiste drückte. Leana stöhnte und begann damit, ihren Po zu kreisen. Verlangend leckte ich mir über die Lippen und ließ meine Finger ihre Seiten hinauf und dann zu ihren Titten wandern. Jedes Härchen an Leanas Körper stellte sich auf. Sie erzitterte unter meinen Berührungen. Sanft begann ich ihre Brüste zu kneten, die meine Hände perfekt ausfüllten, und rieb meinen Schaft an ihrem Hintern. Erste Tropfen bildeten sich auf meiner Spitze und dicke Adern traten an meinem Glied hervor. Das Pulsieren in meinen Schwanz wurde stärker und breitete sich in meinem ganzen Körper aus, bis ich das Pochen sogar in meinem Kopf spüren konnte. Viel zu schnell pumpte mein Herz Blut durch meinen Körper und verteilte meine steigende Erregung. Leans blumiger Duft, der mich umgab, und ihre warme Haut an meiner machten mich verrückt. Es war überwältigend und dennoch nicht genug. Ich wollte sie packen, mich in sie rammen und sie ficken, bis sie nicht mehr wusste, wo und wer sie eigentlich war.

»Spreiz die Beine, *ángil*«, verlangte ich und drückte ihre Titten fester. Leana stieß ein Stöhnen aus und rutschte mit den Beinen auseinander, sodass mein Schwanz zischen ihre Schenkel gleiten konnte. Sofort fühlte ich die warme Flüssigkeit, die aus ihr floss und immer mehr wurde. Sie half dabei, mich zwischen ihren Beinen zu bewegen, ohne dass irgendeiner von uns Schmerzen hatte. Mein Schaft rutschte über ihre Scham, neckte ihre Spalte und fuhr dazwischen, bis meine Eichel über ihre Klit fuhr. Leanas Augenlider flatterten. Ihre Knie zitterten. Sie schrie auf und presste die Hände fester gegen den Spiegel. Ihre Lippen blieben einen Spalt offen stehen, als sie die Augen schloss und in ihrer Lust schwelgte. Ihr Brustkorb hob und senkte sich unnatürlich schnell.

»Bitte! Lass mich nicht warten«, hauchte sie und bewegte ihr Becken rhythmisch gegen meines. Dadurch wurde die Reibung an meinem Schwanz intensiver. Ich knurrte unwillig und stoppte ihre Bewegungen, indem ich sie an der Hüfte festhielt, weil ich besorgt war, gleich zu kommen. Kurz sammelte ich mich und entschied, dass ich sie jetzt ficken würde. Und später im Bett noch mal. Und in der Dusche, nachdem wir ein Nickerchen gemacht hatten. Ich war wie ausgehungert nach ihr und zuerst musste ich den ersten Hunger stillen, bevor ich an etwas anderes denken konnte.

»Niemals«, versprach ich, rutschte mit meiner Spitze von ihrer Klitoris weiter nach unten, bis ich an ihren Eingang stieß und drückte mich, ohne zu zögern, hinein. Sofort gaben ihre Muskeln nach und ich rutschte bis zum Anschlag in sie hinein. Leana stöhnte langgezogen. Sie riss die Augen auf und unsere Blicke trafen sich im Spiegel. »Alles gut?«, wollte ich wissen und hielt für einen Moment still, bis Leana zaghaft nickte und sich anschließend auf die Unterlippe biss, um ein weiteres Stöhnen zu unterdrücken. Fast enttäuschte mich das, weil ich jeden Ton vergötterte, der aus ihrem Mund kam. Aber noch verzauberter war ich von der Hitze, die mich umgab. Leanas Muskeln schlossen mich ein, übten Druck auf meine empfindliche Eichel aus und schmiegten sich an mich, während ich begann, mich in ihr zu bewegen. Keuchend zog ich mich zur Hälfte aus ihr zurück und glitt dann wieder hinein, bis ich anstieß. Der Stoß entlockte Leana einen leisen Schrei, ihr Kopf fiel nach vorn. Ihre Stirn lehnte sich gegen den Spiegel, der aufgrund ihres Atems beschlug. Es gefiel ihr, also wiederholte ich den Vorgang. Einmal, zweimal, dreimal, viermal, bis sich ein stetiger Rhythmus aufbaute, der immer schneller und schneller wurde. Schweißperlen kitzelten an meiner Schläfe und die Hitze in mir wurde stärker. Meine Muskeln spannten sich an. Mit jedem Stoß zogen sie sich weiter zusammen. Wieder und wieder rammte ich meinen Schwanz in Leana. Ich beschleunigte meine Bewegungen, hielt sie fester an der Hüfte und genoss die Erregung, die zwischen uns in der Luft knisterte. Leana keuchte. Ich stöhnte. Meine Stöße wurden unkontrollierter. Mein Glied schwoll weiter an, bis ich glaubte, er würde jede Sekunde explodieren. Doch ich hielt mich zurück und griff mit der rechten Hand nach Leanas Scham. Schnell fand ich ihre Klit und begann sie fest zu umkreisen. Ich wollte, dass Leana mit mir kam, um jede Sekunde ihres Orgasmus auskosten zu können. Und lange brauchte ich darauf auch nicht zu warten. Meine Finger übten mehr Druck auf ihren empfindlichsten Punkt aus und brachten Leana dazu, sich vor mir zu winden. Ihre geröteten Wangen leuchteten mir im Spiegel entgegen. Sie sog scharf die Luft ein. Ihre Beine gaben unter ihr nach, sodass ich sie festhalten musste. Und als Leana in meinen Armen zu zittern begann, ihre Lust durch das Zimmer schrie und verzweifelt versuchte, sich am Spiegel festzuhalten, weil sie anscheinend das Gefühl hatte, den Boden unter den Füßen zu verlieren, ließ ich ebenfalls los. Die Anspannung in meinem Körper löste sich. Blut rauschte durch meine Gefäße, sie weiteten sich und ließen meinen Schwanz schneller pulsieren. Zeitgleich spürte ich das Zucken von Leanas Muskeln um meinen Schaft. Sperma wurde aus meiner Eichel gedrückt. Schubweise ergoss ich mich in ihr und vermischte damit ihre Erregung mit meiner. Wir waren eins. Und würden es auch für immer sein.

EPILOG

LEANA

»Mir wäre es lieber, wir würden uns nicht unterhalten. Ich bin für deinen Schutz zuständig und Mikhail reißt mir den Kopf ab, wenn dir etwas passiert. Er war von Anfang an dagegen.« Viktorija schnaubte und sah mich durch den riesigen Spiegel an, während sie sich eine Strähne aus dem Gesicht strich. Nervös huschte ihr Blick über meinen Körper und ich hätte am liebsten die Augen verdreht. Was sollte mir an einer Tankstellentoilette irgendwo im Nirgendwo passieren? Die Chance von einem Bären angegriffen zu werden, war hier größer, als dass plötzlich ein Killer die Tür eintrat.

»Das ist schön für ihn. Er hätte auch am liebsten, dass ich den ganzen Tag nackt im Bett verbringe und wenn ich nicht bald neue Kleidung bekomme, werde ich das auch müssen.« Ich seufzte tief und trat zu Viktorija an den Spiegel, der oberhalb der Waschbecken hing. Mein Handy legte ich sorgfältig auf das Porzellan, bevor ich das Wasser aufdrehte. Das waren Mikhails Bedienungen gewesen, damit ich doch noch shoppen gehen durfte. Ein Handy, auf dem ich zu jederzeit erreichbar sein musste und zwei Wachhunde, die jeden totbissen, der mir zu nahe kam. Seine Fürsorge war unglaublich, aber manchmal war es einfach nervig. Auch jetzt trug ich ein Kleid, das mir eigentlich nicht mehr passte, weil er darauf bestanden hatte, dass ich alles online bestellte, ohne es anprobieren zu können. Es spannte um meinen dicken Bauch und ließ mich aussehen wie eine Presswurst.

»Wie weit bist du inzwischen?«, fragte Viktorija und zog ein paar Papiertücher aus einem Spender an der Wand, mit denen sie auf mich zukam.

»Ende des zweiten Trimesters und ich kann dir sagen, ich habe jetzt schon keine Lust mehr. Es heißt, man soll die Schwangerschaft genießen und dass man sich nie wieder so sexy fühlt wie in dieser Zeit, aber ich bin fast sicher, dass sich das irgendein Mann ausgedacht hat.« Ich hielt meine Hände unter das eiskalte Wasser und schauderte. Die Schwangerschaft brachte meinen Körper durcheinander und ich war überempfindlich. Vermutlich hatte das Wasser eine angenehme Temperatur, aber für mich fühlte es sich dennoch an, als würde ich meine Finger unter flüssiges Eis halten.

»So schlimm?« Viktorija reichte mir die Papiertücher, nachdem ich meine Hände fertig gewaschen hatte und lächelte mich aufmunternd an. Sie hatte keine Ahnung von Schwangerschaften, Babys oder Hormonumschwüngen und kein Interesse daran, irgendwas darüber zu lernen, weil sie laut eigener Aussage lieber mit Waffen als mit Puppen spielte. Aber sie hatte ihr Wort gehalten und seit der Schwangerschaft war sie nicht von meiner Seite gewichen. Es sei, denn Mikhail hatte sie explizit weggeschickt, um mit mir allein zu sein. Wir waren nicht wirklich Freundinnen, aber sie war die Einzige, die mich ertrug, wenn ich in einem Moment jammerte und im nächsten vor Wut schrie, um wieder im nächsten zu weinen. Also hatten wir uns arrangiert und ich musste zugeben, dass sie mir langsam ans Herz wuchs. So wie alle anderen auch. Am Ende war die *Bratwa* nichts anderes als eine große Familie, bei der man sich die Verwandten nicht aussehen könnte. Natürlich nur, wenn man das Morden und die Hierarchie ignorierte.

»Zum wievielten Mal sind wir jetzt schon stehengeblieben, damit ich auf die Toilette gehen kann? Dreimal? Also frag bitte nicht, wie schlimm es ist.« Ich warf die nassen Papiertücher in den dafür vorgesehenen Korb und richtete meinen Blick auf den Spiegel. Meine Wangen waren von der Anstrengung gerötet. Schweiß perlte von meiner Stirn. Der Sommer hatte inzwischen seinen Höhepunkt erreicht und jede Bewegung fiel mir schwer. Ich konnte es nicht erwarten, bis unser Kind endlich auf die Welt kam und ich wieder meine Füße sehen konnte.

»Es macht weder mir noch Ivan etwas aus.« Viktorija lachte und tätschelte mir die Schulter, bevor sie ihre Haare zurückwarf und auf den Ausgang zu stolzierte. Früher hätte es mich gewundert, dass sie hohe Schuhe trug, obwohl sie auf mich aufpassen und mich im Ernstfall verteidigen sollte. Aber an ihren Füßen waren diese Absätze Waffen. Mir zumindest hatte sich der Magen umgedreht, als sie einmal einem Typen, der von Mikhails Onkel geschickt worden war, ins Gesicht getreten und mit dem Absatz sein Auge aufgespießt hatte. Ekel breitete sich in mir aus und ich verscheuchte schnell die Erinnerung, um nicht wieder kotzen zu müssen. Morgenübelkeit. Noch ein Gerücht, das offensichtlich Männer in die Welt gesetzt hatten. Die Übelkeit hielt nämlich den ganzen Tag an.

»Ich weiß, aber es nervt mich.« Ich folgte Viktorija zum Ausgang und wartete, bis sie die Tür öffnete und sich aufmerksam umgesehen hatte. Erst dann trat sie zur Seite und ließ mich die Tankstellentoilette verlassen.

»Was kann ich dagegen tun?« Viktorija legte mir eine Hand auf den Rücken, damit ich nicht zurückfallen konnte, als ich die Stufen nach unten ging und auf den Parkplatz lief, der bis auf wenige Autos verwaist war. Doch die meisten Wagen waren schon mit so einer dicken Staubschicht überzogen, dass ich nicht glaubte, dass die Autos wirklich noch benutzt wurden.

»Lenk mich ab! Wo wir bei meiner ursprünglichen Frage wären. Was ist das zwischen Danilo und dir?« Ich beschleunigte meine Schritte in der Hoffnung, schneller zum Wagen zu kommen, doch die Sonne brannte auf mich hinunter und jede Bewegung erforderte mehr Kraft als die zuvor. Schon nach wenigen Metern war ich außer Atem. Und das sollte jetzt noch drei Monate so weitergehen?

»Er hasst mich und ich hasse ihn. Also werde ich mich weiterhin auf deinen Schutz konzentrieren, weil es dazu nichts zu sagen gibt«, antwortete Viktorija ausweichend und passte sich meinem Schritttempo an, damit sie immer einen halben Meter hinter mir blieb.

»Mikhail denkt das nicht.« Und ich auch nicht. Keiner im Anwesen, um genau zu sein. Immer öfter explodierte es zwischen den beiden. Es war fast so, als hätte Mikhail jahrelang als Puffer zwischen ihnen fungiert, aber nun, da er weg war, hatten sie keine Ausrede mehr, nicht miteinander zu schlafen und die sexuelle Spannung wurde unerträglich für alle um sie herum.

»Ich habe höchsten Respekt vor meinem *Don*, aber wenn es um meine Beziehungen geht, interessiert mich seine Meinung nicht wirklich.« Viktorijas Stimme wurde eine Spur tiefer und ich hörte den verletzten Unterton darin. Inzwischen hatten mein Mann und sie eine Lösung gefunden, um miteinander umzugehen, ohne dass sie sich zerfleischen wollten, aber ich wusste, dass es Viktorija noch nachhing. Und auch meinem Ehemann. Mikhail hasste es, dass er Viktorija so schlecht behandelt und dadurch eine Freundin verloren hatte. Und Viktorija machte sich dafür verantwortlich, dass er beinahe die *Bratwa* verloren hatte, weil sie ihren Posten verlassen und mich nicht aufgehalten hatte. Sie hatten ein schwieriges Verhältnis, aber Mikhail hatte ihr das gleiche Versprechen gegeben wie mir. Sie könnte bleiben, solange sie wollte. Sie war keine Gefangene mehr und das dankte Viktorija meinem Ehemann jeden Tag, indem sie auf mich Acht gab. Meinem Ehemann. Wie das klang. An manchen Tagen konnte ich nicht glauben, was für ein Glück ich gehabt hatte, irgendwann vor Irinas Club gelandet zu sein. Ich musste Kirill fast schon dafür danken, dass er ein Arschloch war. Oder immer noch ist. Aber das war zum Glück nicht mehr mein Problem.

»Du gibst also zu, dass ihr eine Beziehung habt?« Grinsend warf ich Viktorija über die Schulter einen Blick zu und sah gerade noch, wie sie mit den Augen rollte. Das musste ich unbedingt Mikhail erzählen. Zielsicher griff ich in meine Hosentasche und wollte das Handy von ihm herausziehen, doch die Tasche war leer.

»Haben nicht auch der Scharfrichter und sein Opfer eine Beziehung zueinander?« Viktorija blieb keine Sekunde später stehen, als sie merkte, dass etwas nicht in Ordnung war. Fragend sah sie mich an, während ich in die andere Hosentasche griff, aber auch in der war kein Telefon.

»Verdammt! Ich habe mein Handy am Waschbecken neben den Toiletten liegen gelassen.« Genervt warf ich den Kopf in den Nacken, sodass die Sonne mir genau ins Gesicht schien. Schweißperlen kitzelten meine Schläfen und der Gedanke, wieder zu den Toiletten zurücklaufen zu müssen, ließ mich laut aufstöhnen.

Beruhigend legte mir Viktorija eine Hand auf die Schulter. »Kein Problem, ich hole es. Da vorn wartet Ivan auf dich. Geh schon mal vor«, ordnete sie an und sah sich noch einmal prüfend um, aber auf dem Parkplatz war es ruhig und nirgendwo war eine Menschenseele zu sehen.

»Danke«, murmelte ich, als sie bereits loslief. Ihre Absätze klackerten in Windeseile über den Asphalt, während ich langsam zum Auto ging, die Tür öffnete und mich hineinsetzte. »Ivan, wir müssen noch kurz auf Viktorija …«, begann ich lächelnd und schnallte mich an. Erst dann richtete ich meinen Blick auf den Fahrer hinter dem Lenkrad. Meine Stimme erstarb. Das Lächeln auf meinen Zügen verflüchtigte sich. Ein Kloß bildete sich in meinem Hals. Das war nicht Ivan. Braune, lange Haare fielen über das Gesicht, das mich im Rückspiegel ansah und blaue Augen, die meinen zum Verwechseln ähnlich sahen, starrten mich an.

»Hallo, Schwester! Es wird Zeit für einen kleinen Ausflug.« Katarinas Griff um das Lenkrad verfestigte sich. Sie startete den Motor, verriegelte die Türen und legte den ersten Gang ein, noch bevor ich reagieren und mich wieder abschnallen konnte. Mit rasender Geschwindigkeit parkte sie aus, ohne den Blick von mir zu nehmen. Es war gruselig mich selbst ansehen zu können, oder besser gesagt jemanden, der genauso aussah wie ich. Doch dann fielen mir die kleinen Unterschiede auf. Sie hatte eine kleine Narbe am Hals, die parallel zu ihrer Kieferlinie verlief und ihr Haar war eine Spur dunkler und länger als meines. Außerdem kringelten sich ihre Locken stärker und den Ausdruck, der in ihren Augen lag, hatte ich nie zuvor bei mir gesehen. Hasserfüllt und kalt. Als würde sie jemanden betrachten, der gerade ein Hundebaby lebendig gefressen hatte.

»Wo ist Ivan?«, fragte ich und versuchte, die Nervosität hinunterzuschlucken, die mich befiel. Was wollte Katarina von mir? Sie hatte nie auch nur auf eine Nachricht geantwortet und war zu keinem Treffen erschienen. Und nun was sie plötzlich da und deutete mit dem Kopf auf den Beifahrersitz. Zögerlich nahm ich meinen Blick von ihr und folgte ihrer stummen Aufforderung. Ivan saß angeschnallt und anscheinend schlafend auf dem Sitz, doch das Blut, das seine rechte Gesichtshälfte entlanglief, und die Wunde an seiner Stirn zeigten, dass er nicht freiwillig den Platz gewechselt hatte.

»Er macht ein kleines Schläfchen, aber keine Sorge, er wird überleben, wenn du tust, was ich sage. Wir alle werden das«, versprach Katarina und grinste, während sie den Gang wechselte und das Auto auf die Straße lenkte. Mein letzter Gedanke, als Katarina vom Parkplatz fuhr, war, dass Mikhail recht gehabt hatte. Ich hätte nackt in seinem Bett bleiben sollen.

Ende Teil 1

DANKSAGUNG

Liebe Leseherzen!

Mit jedem Manuskript fällt es mir schwerer, allen Menschen zu danken, die an der Entstehung der Geschichte beteiligt waren, weil es inzwischen einfach so unfassbar viele sind und ich das Gefühl habe, es werden immer mehr. Dennoch gebe ich mir unheimlich Mühe, dass jeder von diesen großartigen Leuten hier eine Erwähnung findet. Fatos, die den Denkanstoß für diese Geschichte gegeben hat und maßgeblich dafür verantwortlich ist, dass es sie überhaupt gibt. Nikolina, die immer die besten Cover zaubert. Christina, die mir geholfen hat, alle Abgabetermine unter einen Hut zu bringen, nachdem in meinem Kopf Chaos ausgebrochen ist. Meine Buchbetreuerin Eva, die Licht ins Dunkel bringt und dafür sorgt, dass Leana nicht zweimal der Rock ausgezogen wird. Corinna, Kristina, Rebekka, Lucia, Jenny, Anna und alle anderen vom Federherzverlag, die Hand in Hand arbeiten, damit bei jedem Buch alles perfekt ist – vom Buchsatz bis zu den Karten, die ich signieren darf.

Mein ganzer Dank gilt natürlich auch meinen Testleserinnen. Allie (weil du Spielzimmer im Keller genauso zu lieben scheinst wie ich), Bella (danke für die Nachhilfe in Russisch – ohne deinen Mann und dich wäre ich aufgeschmissen gewesen), Julia, Clarissa, Ella, Danielle (ich hoffe, die Angelegenheit mit dem falschen Datum auf deinem Führerschein hat sich geklärt), Kim, Jenny, Lexi, Mandy, Meike, Sonja, Quynhi, Liv (ja, ich werde auch in den nächsten Manuskripten »Kaffe« schreiben und lachend an dich denken. Ach, und noch einen Shot auf das behütete, antikriminelle Zuhause), Mira, Yvonne (ein Hoch auf deinen Keller und Hintertüren, aber ich lasse trotzdem nicht zu, dass ihr meine Protagonisten verschleppt – die brauche ich schließlich noch), Toni (danke, dass meine Protagonistin nun Leana und nicht Sofia heißt), Eleonora (danke, dass ich dich mit jedem neuen Buch zerstören darf, aber du mir trotzdem treu bleibst) und Evi (tut mir leid, dass es deine Lieder am Ende nicht auf die Playlist geschafft haben, aber vielen Dank für all die Vorschläge).

Außerdem gilt mein Dank meinen Kolleginnen vom Federherzverlag, deren Bücher ich mehr mag als meine eigenen. Mädels, ihr seid der Wahnsinn. Hört bloß niemals damit auf. Vor allem du, Jane! Danke für die Möglichkeiten, die du jeder von uns tagtäglich gibst. Ich bin sehr stolz, bei deinem Verlag sein zu dürfen.

Und ein großes Danke auch an die Frau, die dafür verantwortlich ist, dass aus jedem Alptraum ein Albtraum wird. Es tut mir leid, dass du teilweise die gleichen Fehler immer wieder verbessern musst und danke, dass du mir dafür noch nicht den Kopf abgerissen hast.

Dankeschön auch an meine Familie, die inzwischen um ein Mitglied gewachsen ist. An manchen Tagen kann ich gar nicht fassen, was für ein Glück ich habe. Egal, ob mir jemand beim Jammern zuhört, wenn das Ende nicht so wird wie ich will, oder mir einer von euch ein Glas Frizzante reicht, wenn ich gestresst bin und einen Abend durchatmen muss. Vielen Dank, dass es euch gibt.

Und zuletzt gilt mein Dank wie immer euch, liebe Leseherzen. Danke, dass ihr dieses Buch ehrlich gekauft und mich damit unterstützt habt. Und für die, die es nicht haben: Ihr wisst ja inzwischen, was Mikhail mit Verrätern macht.

Ich hoffe, euch hat die Geschichte gefallen. Aber selbst wenn nicht, lasst mir gerne eine Bewertung oder Rezension da. Ihr glaubt gar nicht, wie viel euer Feedback und eure Unterstützung mir bedeutet. Danke dafür!

Wir lesen uns in Band 2 wieder.

Eure Liz

GLOSSAR

Für alle Tonis unter meinen Leserinnen (Süße, du bist großartig, aber manchmal hasse ich dich wirklich).

Bratwa – *bezeichnet die russische Bruderschaft, die als Mafia zusammengefasst wird. Innerhalb der Bratwa gibt es verschiedene Familien, die diese illegale/ kriminelle Vereinigung bilden.*

Àngil – *russischer Kosename mit der Bedeutung „Engel“*

Angilótschik – *russischer Kosename mit der Bedeutung „Engelchen“*

Mat'- *weiblicher Elternteil*

Otez – *männlicher Elternteil*

Sammle Herzpunkte und sichere dir

kostenlose Wunschbücher

Du hast Lust, Feedback zu den Verlagstiteln des Federherz Verlages zu geben? Du möchtest dabei Punkte sammeln, von denen du dir in regelmäßigen Abständen Wunschbücher aussuchen kannst?

Dann mach mit beim Herzlesen. Alles, was du dafür brauchst, ist ein Konto auf unserer Federherz-Homepage. Sobald du dieses hast, kannst du direkt damit loslegen, Herzpunkte zu sammeln.

Wir freuen uns, bald mehr von dir zu lesen!

Dein Federherz Verlag